十年

一凡 著

中国文联出版社

图书在版编目（CIP）数据

十年 / 一凡著. -- 北京：中国文联出版社，
2016.8（2024.6 重印）

ISBN 978 - 7 - 5190 - 1936 - 5

Ⅰ.①十… Ⅱ.①一… Ⅲ.①言情小说—中国—当代
Ⅳ.①I247.5

中国版本图书馆 CIP 数据核字（2016）第 217203 号

著　　者　一　凡
责任编辑　曹艺凡
责任校对　茹爱秀
装帧设计　中联华文

出版发行　中国文联出版社有限公司
地　　址　北京市朝阳区农展馆南里 10 号　　　　邮编　100125
电　　话　010 - 85923025（发行部）　　　　85923091（总编室）
经　　销　全国新华书店等
印　　刷　三河市华东印刷有限公司

开　　本　710 毫米×1000 毫米　　1/16
印　　张　17
字　　数　270 千字
版　　次　2024 年 6 月第 1 版第 2 次印刷
定　　价　78.00 元

目 录
CONTENTS

卷首语

　　这是一段不被世人认可的错爱，但是我却深陷其中，不能自拔。

　　因为用心爱过，所以我才会这么的执着和义无反顾……

第一章

一个不算宽大的办公室里，男人从椅子上坐了起来，信步走到了窗前，窗外首先最先映入眼帘的是那树疯了似绽开的木香花，小小的花束此时安谧的盘在那段老墙上，离这个办公室有些距离，所以香气显得有些若有若无。

林越这一会有些莫名的烦躁，拿起手机拨了苏紫的号码，话筒里传来一串服务话音：你所拨打的电话已关机……

这个苏紫，总是经常这样的莫名其妙，自从前几天收到她的一条短信："青石板路、布衣闲行、在大理"接着就一直是关机状态。

这个女人，认识这么多年了，似乎一直都摸不透她，都快奔四的人了，还小孩脾气想干嘛立刻就干嘛，风风火火神经兮兮的性格和苏月真是差别也太大了，她的公司幸亏有妹妹苏月管家婆一样的盯着，否则真担心能不能营运得顺利。

林越的弟弟这两天电话催得紧，婚期临近急等着用钱，林越了解林强的性格，不到不得已，轻易是不会张这个口的。

五万元，说多也不多，但是对于林越来说也是一个不小的数字了，家里的钱都是妻子徐丽管着，昨天晚上给徐丽打电话张口说林强办婚事想借钱的事，徐丽没说不答应给，但是听得出口气中很不情愿，也不能怪徐丽，跟自己结婚这么多年，女儿都这么大了，家里也没攒下多少积蓄，还时不时的被农村家里的亲戚借来借去，唉，农村人，挣点钱不容易，林强结婚，当然算是他们林家的一件大事了，他这个做老大的怎么也不忍心不帮这个忙，想到父母和弟弟的期盼都在他身上了，林越又忍不住拨了苏紫的电话，照旧手机打不通。

"神经病！"林越忍不住骂了一句。

叮铃铃办公室电话突然响了。

"林总，上海项目部那边来人了"助理小王的声音。

"好的我这就过去"林越拿起手机从桌子上拿起这段时间连夜赶的准备材料，拉开门起身走了出去。

走廊上，几个人朝走廊的尽头走去，林越与几个下属还没说几句话，兜里的手机就振动了起来，来电显示陌生的电话号码，林越按下了接听键，还不等他开口，苏紫的声音："林我在版纳，明天和优优一起去迪庆"

"哦，玩就玩呗，那也不能不开机啊"，碍于身边有同事，林越的声音不好大声吼她。

"我手机丢了，也懒得补卡，打电话告诉你一声，过几天回去，你忙吗？"

"恩上海那边来人了，我现在就过去接待一下"

"哦，那我挂了，你忙吧！"

听到苏紫要挂电话，林越赶紧说："先别挂，我有事找你！"林越扭头对随行的几个人说"你们先过去我一会就到''

几个下属应着，继续朝前迈动着步子。

看到同事走远了些，林越信步走到了窗边。

"苏紫—我想和你说个事，你说话方便吗？"

"你说，什么事？不是——想我了吧？"两个人的时候苏紫说话似乎永远都没正经。

"什么呀，说正经的啊，林强想借点钱，你现在手头方便吗？"

"林强借钱？多少？"电话那边苏紫的语气认真了起来。"五万！"

"哦，好的，什么时候要？"

"就这几天"

"这么急啊？"苏紫那边稍有一些踌躇了。

"恩——要不这样吧，你找苏月去拿吧一会我给苏月打个电话"

苏紫这个性格林越有时候很喜欢，她虽然大大咧咧的，看起来没什么心机，其实苏紫不傻，但是苏紫很多时候不问为什么，这也是女人聪明的地方，但是一听到让他找苏月去拿，林越有点不太情愿。

"你到底几天能回来？我去找苏月拿不太好吧"

"你什么人啊现在是你借钱，难道还要我派人去给你送过去啊，林总——你架子越来越大了呀"

林越不好意思的拿着手机笑了。

"要不这样吧，你把林强的账号要过来，我找个时间去买个新手机，补个卡，要到账号后发到我手机里，我让会计小赵给转过去"苏紫办起事一直都这样，干脆利落，林越有时候不得不佩服这个小他四五岁的女人。

"好吧，他们喊我了，就这样说好吧？我等你信息。"同行的朋友过来催苏紫，苏紫该挂电话了。

"好，注意安全，拜拜！"挂了电话，林越嘘了一口气，弟弟的事搞定了，心里也踏实了，大步迈开走上去赶前面的同事去了，脑子里接下来该想想怎么和客户那边开始谈这个项目上的细节了。

苏月今年34了，单身妈妈，五官和身材都很匀称，称不上极致的漂亮，但是属于很有女人味道贤淑的那种，性子也总是不温不火，和苏紫比苏月倒是更像姐姐。

时间真快，恍然间苏紫都三十七了，谈过两场波澜不惊的恋爱后，苏紫仿佛在情感之事上就停滞不前了。

3

两个女儿，大的大龄不婚，小的却又是夫婿早逝，可想而知，她们的父母一直心神难安。

苏紫属兔，却长了一副小虎牙，中等个头，高中毕业后上了几年的营销管理就雄心壮志的要闯荡社会，在上海待了几年，混得不好也不坏，不过苏紫聪明，经过几年的历练和打拼现在在洛城终于有了自己的公司，生意这几年竟也是慢慢的有些声色起来。

"想象无极限辉煌任我显"是苏紫的途远创意公司座右铭。

自从几年前苏月的老公去世后，她就把苏月极力窜弄拉来自己的公司，公司里那些琐碎的账务和数字核算苏紫不喜欢弄，所以就让苏月给自己的公司当管家兼管财务，毕竟是一母同胞，何况苏月心细谨慎，所以替自己分担公司的后勤事务苏紫也很是放心。

十年

　　苏月此时这边很是头大，苏紫说走就走了，几天了电话也打不通，对方难缠的段经理非说这个方案和他的产品不太符合，非要公司拿出新的方案出来，签订的合同没几天了，这么短的时间怎么可能再做出来一个方案，构思和灵感方面怎么可能说有就有。

　　但是客户都是大爷，说什么也要稳住，要是苏紫在就好了，段经理和其他男人一样，好像都吃苏紫的那一套，无论是忽悠或者是狡辩，大小问题苏紫几乎都能摆平，用苏紫的话来说，实在搞不定大不了陪几顿酒饭，再不行大方点嗲几句，或者送女人暧昧点的笑脸，唉，苏紫为了公司也的确不容易，出去玩几天也没什么大不了的，想到这里，对苏紫即兴出游的抱怨似乎也不觉什么了。

　　"段经理你看这样好不好，这个方案是苏紫经手的，苏紫出门了，走的时候交代了在这个方案交给你的日期她会亲自回来和你交涉的，但是这几天不知道怎么回事，手机打不通，你的方案我知道很重要，但是苏紫那边联系不上，所以我也急啊，要不再等几天我看能不能联系上她，给你一个回话，好吗？"苏月一口气说出这么多，也为自己的机智应变暗暗感到小小的骄傲。

　　"苏紫几天联系不上？她没事吧？"体型臃肿的段经理欠了欠身子，神情又正色了一些。

　　"我也不知道，所以才有些担心"苏月故意流露出忧虑的神情。

　　段经理听苏月这么一说，方案的事倒是不上心了，反倒对苏紫的安全也有些许的焦急了，也难怪，你的方案再急再重要，人家这边可是人身安全的问题，两者孰轻孰重，不费脑细胞也能掂量出轻重来。

　　"苏月，你别急，苏紫应该不会有什么事的，我的这个方案等苏紫回来再说吧，不急不急……"段经理现在倒是不好意思和苏月计较了，男人嘛，谈不上怜香惜玉，也不能不近人情吧。

　　"那我先回公司了，苏紫回来后让她和我联系，别急啊你别急"说着段经理拿起桌子上的包起身向苏月的办公室的门口走去。

　　"谢谢你段经理，今天不好意思了，苏紫一联系上我就让她给你联系，你对我们的公司真太照顾了，谢谢你，你慢走啊……"

　　"走啦走啦，别送了"说完段经理拖着矮胖的身躯头也不回的下楼了。

　　看到段经理下楼走后，苏月还没转身走回到办公室桌前坐下来，立刻

4

又站了起来，到隔壁的设计室里交代吴涛王欣他们几个小青年。

"刚才段经理对他的方案策划不太满意，所以你们的这个任务还不能算是告一段落，有时间再构思构思，这两天最好再拿出一个更好的创意来"

苏月说话的时候看到王欣咬了咬嘴角，知道这女孩子有些不太耐烦，那也没办法，这些员工也都服苏紫，经常是她陪他们一起构思，一起想象，每年带员工一起出去玩也是苏紫给他们的福利，每每很晚了在办公室里即兴嬉闹也是苏紫带头的，他们听苏紫的，苏月这点很清楚，但是她现在不在，自己也不能什么都不管呀，不管他们听不听这话我苏月还是要说给他们听的，毕竟公司不能因为苏紫的这几天不在让所有的业务都中止吧，说完，苏月转身出去了，给房间里的所有人一个背影，不再去理会那个房间里不服和抱怨。

苏月在自己的办公室椅子上坐下来，用手揉揉脖子，看看时间，什么也做不了，要到接孩子的时间了。

苏月接到儿子后，带着孩子从菜市场买了点菜又买了条鱼，打算今天做酸菜鱼吃，突然又想起来吴军也喜欢吃鱼，反正他一个人也是天天瞎凑合着吃，不如喊他一起，好多天也没见他了，也不知道这些天他那个装修工程忙的怎么样了。

两家老爷子既是老战友又是多少年的是老朋友了，吴军没有兄弟姐妹，吴叔叔就他一个儿子，在心理上，苏紫和苏月早就把他当自己的兄弟来看了。

浓眉大眼的吴军人长得很是精神，再加上一米八二伟岸的体型是女人很养眼的那种男人类型。

吴军的电话接通后苏月听着很吵，不由得说话声音也高扬了几分"喂——喂听得见吗？你那边干嘛呢"

吴军此刻这边的确很吵，边接苏月的电话边走到安静点的地方"喂苏月能听到吗？什么事你说？"

"没什么事，想问你今天晚上有事吗？如果没事来我家吃饭吧，就我和炎炎，我今天买了很多菜"

"哦吃饭哦—我看吧"

听着吴军心不在焉的口气，苏月有点不高兴，我烧菜请你吃，你还端什么架子？

5

"如果你忙那就算了，我就少做点够我和炎炎吃就行了！"

吴军听到身后吵闹的声音似乎加剧了，皱了皱眉头，两道浓眉凑的更显得粗重了。

"恩再看吧，我这边忙好了尽量去好吧，就这样吧回头再说"说着吴军又走向刚才那堆吵闹的人群方向。

听到挂断电话的声音，苏月有些拿不定主意，这饭我是做他的还是不做呢？唉搞什么啊。

林越下班后，被几个小同事拉去吃饭，喝了点酒似乎有点微醺，饭局结束后小青年们非要去 K 歌，他不会唱，每次陪客户唱歌都是扮演着拍手鼓掌的角色，所以是真心不愿再去那种喧闹的地方，于是借口喝的有点多想回去休息。

"林总——一个人回去干嘛啊？这么早能睡得着吗？一起去热闹热闹呗"有人起哄想拉这位副总一起去玩玩。

"真不去了，我又不会唱歌，你们玩吧，我回去还要再看看明天开会用的材料"因为是真的不想去，所以林越给自己尽可能的多找些借口。

"林总——真的假的呀，不是有约会吧？"

"林总——你们这个年龄有情况的多的是啊，再说了你林总又这么

帅，是不是真有情人了啊——"一群小青年都跟着起哄起来了。

"是啊，一个人在异地工作，嫂子又不在身边，有也是正常的嘛"听到年轻人在拿自己开心，林越只有笑的份了"好好我就是想去约会，所以我不陪你们去唱歌了行了吧，"

一行人走到了饭店门口，他笑着摆摆手，不去理会那些年轻人的玩笑，朝他们相反的方向走去，那些小青年们只好止住了笑闹，将注意力转移到了来往的出租车上，继续他们接下来的娱乐时光。

四月底了，这个季节的风不寒不温，吹在脸上，自然而然的惬意，林越感觉晚上吃的不少，所以决定散步回去，反正一个人也没什么事，这个时间跟徐丽打个电话吧，问问家里，也问问女儿的情况。

调来洛城工作五年了，林越一般不让徐丽给他打电话，说工作时间不方便，不是工作时间又可能接待来人或者客户，有时间自己会朝家里打的，徐丽怄不过他，慢慢的如果不是有什么要紧的事一般不会主动打电话给他了。

6

和徐丽电话里说了会话不觉间林越也走到了他住的公寓，上楼进了房间，洗漱后拿起床头的书刚翻看了几页，忽然手机来了一条短信，苏紫的口气风格。

"在干嘛呢帅哥？"

"花酒场上左拥右抱"林越回复。

"我这厢美男—争相献媚，乱花渐欲"苏紫立刻不示弱的回应过来。他早就习惯了苏紫的轻佻语气，林越回"呵呵怪不得你乐不思蜀了，什么时候回来？"

苏紫复"林想你了"

林越心里美滋滋的，苏紫的情话说得总是麻而不腻。

"傻妮——又和你的那个谁谁绵上了？"优优洗澡出来看到苏紫在那捣鼓手机就知道她是在干嘛了。

优优这几年略微有点发福，皮肤略黑，但是榄棕色波浪长发女性十足，生活充裕，老公又会哄又会宠她，一儿一女自从去年送贵族学校后优优就完全彻底的悠哉了，上个月拉着苏紫拍闺密写真，这个月又拉她来云南，真不亏是死党牌的女友，林越曾笑他们俩是女同性恋，苏紫嗤他"切老土吧你，现在都不叫同性恋了，现在都称为拉拉！"

"管着吗你？哼你嫉妒！"苏紫看到优优洗好出来了，又立刻发一条"估计后天回"就站起身来走向浴室。

"我嫉妒你？我是不找情人，如果我找肯定比你那个姓林的强"走到床边的优优又转身追到浴室门口。

苏紫看她追上来和自己绕嘴，索性也不关门了，直接调水开始洗澡。

优优看她既然不关门就干脆靠在门边上接着叨叨。

"傻妮——快十年了吧？你就这样继续下去吗？"优优见过一次林越，儒雅型的男人，外表固然一表人才，但是苏紫为了这个男人这么多年不婚不嫁的，毕竟是密友，优优替苏紫觉得不值。

被她这么一问，苏紫的心里忽地暗了下来，和林越认识今年就算十周年了，从二十七岁的时候遇见这个男人后，一直到现在就再也没把别的男人入过眼底。

我还能继续和他多久呢？还是一辈子就这样下去吗？苏紫在心里自己问自己，除了洗澡水哗哗声，还有耳边画外音般优优的叨咕，但是一想到

7

离开他，心里又仿佛被什么撕扯着说不出的难受……

"我说了半天你听见了没？优优提高嗓门，突然她听到床上自己的手机响了起来，才放过苏紫去接听电话。

水岸名都的小区里，虽然也是三室一厅，但是苏月的房子各个房间的面积都不大，客厅和餐厅是在一起的，此时的苏月一身随意的休闲家居服正在整理着餐桌上的碗碟，一边和炎炎商量让他回房间自己先去翻翻彩绘书，自己洗好碗筷就过去给他讲故事，炎炎磨叽着终于走向自己的小房间，此时的敲门声就响了起来，不用问，苏月就知道来者何人了。

开了门，苏月看见他今天的精神很不好，认识这么多年了，吴军的掩饰功夫一向不怎么样，苏月也没多问，把桌上的饭菜随便收拾一下招呼他坐下来吃饭。

吴军今天话也不多，往常一来就会逗逗炎炎，或者给苏月打些哈哈，今天的他明显得有些心事重重。

苏月有些担心，但是又不知怎么开口问。

"喝点酒吗？"苏月轻声地问一句。

"恩，喝点吧！"吴军回答的也简单。

苏月从门厅的柜子上取下上次他喝剩下的半瓶白酒递给他，吴军给自己斟满，端起来一口喝下去大多半，龇了龇牙的同时好像又皱了一下眉头，然后拿起筷子夹了口菜，又去端酒一口全喝了下去。

苏月还是忍不住在他旁边的餐椅上坐了下来。

"怎么了？"苏月小声问了一句。

吴军抬头看了看苏月，想说什么又摇了摇头。

"没事吴军笑笑说："这几天事多，太累了"刚说完吴军的电话响了起来，掏出手机看了看号码后犹豫了几秒，然后像是下定了决心后摁掉了，挂断后，手机接着又固执的响了起来，定了定神，吴军又挂掉了，接着下了决心似的索性把手机关机了，然后又给自己倒满酒，又闷头喝了起来。

看着眼前的这个男人，苏月真不知道该怎么办了，如果现在就是他说遇到什么麻烦了，自己又能帮上他什么呢？

看了看吴军，苏月不再说话了，端起桌上的碗碟默默的转身走进厨房。

几只碗苏月今天却洗了很久，貌似出神的她看起来有些呆滞。

认识吴军这么多年了，他和苏紫总是敢闯敢干，自己永远都是跟在他们俩后面的那一个，所以他不说，苏月也只好沉默。

"妈妈——妈妈要不然我先让军舅舅陪我玩会赛车吧？"炎炎在房间里等不来苏月，自己跑出来了。

苏月看了看吴军，站起来拉起炎炎的小手说"今天军舅舅有点不太舒服，改天让他陪你玩赛车，妈妈现在就给你讲故事去！"

吴军勉强的给炎炎一个笑脸，"恩下次我再陪炎炎，今天舅舅真的是有些累了"

心不在焉的给孩子讲完了故事，看着炎炎终于安静地睡着了，苏月来到客厅，才发现吴军不知道什么时候已经离开了。

苏紫如果苏紫现在在就好了，苏月这个时候真的开始想姐姐了。

心里想着如果苏紫回来了，告诉她吧也许他们什么事都可以一起商量着去解决。

火车站的出站口人流一波一波地涌动着，有人接站夸张似的拥抱，也有人大包小包的兼顾着生怕疏漏了什么，那些小招待所的拉客生意人日复一日很卖力的嚷着，还有些出租黑车热情的招揽着自己的生意，置身其中的人们各自扮演着自己的角色，天天如此反复着上演着这一幕幕。

浅蓝色的花 T 恤身下着一条米白色的休闲运动裤，一头微卷长发近乎凌乱，略圆的脸庞左顾右盼，苏紫等了好一会，才看到一个高高的大男孩朝这边小跑着过来。

"井子——这边呢！"苏紫朝他挥着手，井子咧着嘴憨笑着快跑过来。

"姐——路上堵车我来晚了"井子摸着头傻笑，苏紫白了一眼，接着把大包塞给他，直着向前走去，用后脑甩给他一句"送我先去公司"

火车上已经接到苏月的电话了，有几件事等着苏紫处理，井子吊儿郎当的模样扛着包紧跟其后，两人的身影很快的也融入到了人流之中。

"段经理的那个食品广告版本基本不动，在原来的基础上我又加了点内容"说着苏紫将手里的一页纸张放到了桌面上"再加些孩子们喜欢的旋律和色彩布景，突出产品在市场上老少皆宜的受欢迎程度"苏紫站在桌旁对吴涛交代着。

"至于细节上你们再想想，希望你们能想出更好的新奇和特色，我一会就过来！"说完苏紫转身又走到苏月办公室。

"苏月——如果方洪甲公司的那个合同没什么问题的话，把款给他打过去吧！"

"恩，我核算过了，没什么问题，我打过去后就催他那边快点开工了"

苏紫回来了，看着她沉稳不乱的将事情一件件摆平，苏月在心里暗暗的松了一口气，这个公司她才是天，自己始终是她身边的辅臣。

差不多忙碌了整整一个下午，直到傍晚苏紫才想起苏月提醒自己联系一下吴军，这才立刻拿起电话给吴军拨了过去。

吴军现在真的算是焦头烂额，法院的那栋办公楼装修，虽然接近尾声，花费了他大量的人力物力，垫资就更不说了，几乎铺垫了他公司全部的流动资金。

工程进度中竟不知觉的超过了预算，现在装修工人的工资已经一个月没发了，和法院那边交涉了好几次了，希望能先给拨一部分费用过来，但是一想到那个刘副院长公事公办的态度他就知道没戏。

"工程没结束验收之前，我们没义务给你们先拨款，没这金刚钻，你们会敢揽这瓷器活？对我们哭穷，我们是行政单位而且是法院，不是私企，更不是个体，一切我们都得按合同按原则来走程序……"

10

唉，工人都指着每个月这点工资养家呢，埋怨牢骚每天充斥着吴军的耳朵，而且最让他现在不能接受的是，一个刚来没多久叫二黑的小青年，昨天在更换12楼的一块玻璃时，也不知道保险带没系牢还是怎么了从上面直接摔下来了，现在人在医院里躺着还处于昏迷中。

工人的工资都发不出来了，现在医院的这笔医药费又迫在眉睫，怎么办？怎么办？吴军头疼，公司没法去了。

工人看老板克扣工资不发，现在他们的兄弟在医院躺着等救命，老板这几天的态度明显在躲，工地上的工人也都索性不干了，天天聚集在公司聚众愤议。

吴军现在真不知道该怎么办，躲在家里几天都没出门，电话也不敢开。

吴军手机总也打不通，大白天关机，很不正常，从来没有过的失联，苏紫此时此刻很是焦虑不安。于是苏紫不放心开车去他公司找却又撞见公司的杂乱场面，办公室里一片狼藉，从激愤的工人嘴里骂骂咧咧中苏紫才知道吴军现在的窘况，苏紫这个急啊，又立刻找到了家里。

嘭嘭嘭的敲门声让吴军从迷糊中机愣起来。

"开门——吴军，我知道你在里面，"苏紫的声音。

吴军只好起身去打开门，门开了，吴军满脸倦容，颓废模样出现在苏紫面前，带着怒气和焦急来的苏紫一时间心里的气焰消了大半。

"就这么躲？你想躲多久？'苏紫还是开口斥责了。

吴军不说话转身又卧回到客厅的沙发上，地上早就一地烟头了。

"你躲多久都没关系，但是那个小工人怎么办？人家等着救命呢"苏紫还是忍不住提高了语调。

吴军还是不说话，闷头猛抽烟，眉头皱的更紧了。

"起来，去医院——我陪你去"苏紫弯腰用力去拉他。

"你不想活，人家那么多口子工人还等着活呢，那个小工人的命还等着救呢！"

苏紫使劲的拽他，吴军就势这才站了起来。

"姐——我手里真的没钱了"吴军瞟了瞟了苏紫，诺诺的声音"能借的朋友我都借了，现在已经欠了不少了"

一句姐，苏紫听得心里一酸，吴军比苏紫小两岁，一个大院从小长大的玩伴，但是几乎从来不喊她姐，苏紫才一米六五，而且人又长的显小，与一米八二个头的吴军站在一起，吴军总打趣嚷着让她喊自己哥。

"吴军——还有我，我和苏月，还有我的途远公司，离天塌下来还远着呢"

苏紫宽慰着他，一副很认真的神态。

苏紫开车载着吴军一路飞驰，路上吴军告诉她，因为这个二黑刚来没多久，劳务合同虽然签了，但是工人的就业保险手续还没去办，因为他一直在愁工人的拖欠工资问题，天天忙着到处筹钱和客户交涉，所以这方面就给疏忽大意了，现在看来所有的医疗费用都应该是吴军公司这边的，他应该要负全责的。

苏紫听他这么说真想骂他，但是想想吴军已经意识到了自己的疏忽，何况现在已经面临着如此窘迫的境地，所以干脆暂时闭口不多说了。

11

十年

　　一手握着方向盘，苏紫另一只手挼了挼被风吹乱的头发"吴军—现在最重要的是这个二黑的性命问题，别的什么都好说，只要是钱能解决的问题就不是什么问题了"

　　"恩——"吴军应了一声，听苏紫这么说，这么多天压在吴军心里的石头仿佛一下子轻了许多。

　　打电话先让会计小赵尽快取二十万现金给她送医院来，苏紫枣红色的福特在街道上一路飞驰往医院方向驶去……

　　到了医院，苏紫先拉着吴军先去医生哪儿问了病人的情况，一会到了病房刚给家属自报上自己的身份，病房里的气氛立刻就火药了起来。

　　二黑的几个堂兄见到了吴军情绪有些激动，满嘴的骂骂咧咧不说，其中一个上去揪住了吴军的领口，似乎立马出手给吴军几个拳头才能泄愤，苏紫本能的上前去护，但是却被推搡到了一边，一时间病房里气氛有些杂乱，附近的病人和家属也都看热闹的围了过来。

　　二黑的母亲是一个脏兮兮而又年迈的乡下女人，她一边哭骂着一边给围观的人痛诉着他们的不幸。

　　"这黑心的老板到现在才出现啊—要不是俺亲戚和村里的人凑的医院的钱，还不知道俺儿的命咋弄呐"说着她抹着眼泪，却没在意自己的鼻涕伴着眼泪也一起涌现了出来。

　　"俺可怜的儿哎——你的命可咋恁苦哎，刚下学没几年还没挣到什么钱，还没娶上媳妇呐，现在出事了又碰上这么黑心的老板哎——"老人继续哭诉着并不时抹着脸上涌出的液体。

　　苏紫连忙挤到了老人的身旁，给她递上了餐巾纸"大妈——你好人有好命，我们刚才已经问过医生了，你儿子不会有事的"

　　老人抬眼看了看苏紫"恁躲到现在才来，俺儿要是真有什么三长两短的啊，俺和他爹可咋活恁……"

　　苏紫边劝边给老人解释"大妈——我们没躲，吴老板只是出去到处借钱去了，这不刚筹到钱就立刻来医院了吗？"

　　那边几个男人之间的拉扯中好像吴军挨了两拳，苏紫虽然看着心疼，但是又不敢过于的去袒护。

　　等了一会家属的情绪都稳定了一些，责骂声渐渐的弱了下来，她才走过去站到了吴军的身边。

　　看了看病房里的家属，苏紫推了吴军一把"说吧——"

12

吴军看了看苏紫鼓励的目光，转向大家这才开始郑重地开了口。

"对不起各位了，这件事我真的不是想赖，前几天真的是没钱——"

没容吴军把下面的话说完，有人就抢过了他的话茬"没钱就躲我们啊是不是？还说不是想赖？不是想赖是什么啊？"

"我——我现在刚筹到钱就马上来了"吴军连忙补充了刚才没说完的话。

"那你如果还没筹到钱的话，是不是一直都不来了呢？"一个上了年纪的汉子怒斥了一句过来。

看到氛围又有些不对了，苏紫赶紧也帮着吴军圆场。

"各位大哥—这件事我弟弟做的是有很多不对的地方，现在既然我们来了，就是想把这件事承担过来，该怎么办现在就怎么办，不过话又说回来了，如果他现在还是没筹出钱来，你们就是今天打死他又能解决现在的所面临的问题吗？二黑就能从床上站起来吗"

说完苏紫环视了一下病房里的人，把目光重新定在了二黑母亲的身上。

"大妈——二黑出现了现在这样的事故，我们也不想的，换做是你们，你们不也是想好好做生意，肯定也是不想任何工人出事对不对？我们现在愿意承担一切的费用和后果，无论怎么样，人心都是肉长的，我们也有家人和亲人，我们也不忍心看到二黑这么年轻就有什么三长两短的是吧？"

苏紫的一番话似乎让病房里的人安静了下来，二黑的母亲又忍不住抹起了眼泪。

苏紫再次环顾了一下众人，继续刚才的发言"既然我们现在来了，我们就不会装怂，如果这个医院不行，我们就去大医院，去上海？去北京？一定要治，好好的治，你们放心——花多少钱我们都认！"

苏紫如此诚恳的表态，二黑的家人现在也说不出什么了，一场纠纷就这样被慢慢的平息了下来……

出了医院，苏紫和吴军才算是彻底的松了口气，发动了车子，苏紫转过头没头没脑的骂起了吴军。

"活该你挨打！几天不露面，如果我是二黑的家人，估计我刚才在医院也可能上去给你几个大嘴巴子"

听到苏紫这么说自己，吴军讪讪的咧了咧嘴，虽然挨了打，对于吴军

13

来说，今天的心情却着实的轻松了很多。

洛城城西有一个新开发没几年的小区，规模不是很大，在洛城也算不上高档，名字叫西聊花园，小区里大面积种的栀子花苏紫很是喜欢，所以坚持买了一套，并笑称是她"秘密花园"，苏紫有时候会来小住上几日。

吴军公司的事帮忙处理的差不多了，补发工人工资，伤残赔付，苏紫陪着他跑来跑去，又从自己公司借给他几十万，这个耿直的大男人有些过意不去，非要给银行利息或者给苏紫公司算股份。

"呵呵，好吧你的公司我要股份不要利息，我就喜欢做大——爷的感觉，"苏紫故意把大爷两个字的发音拉的很长，好像很拽的样子。

吴军看向她，呵呵地傻笑"女大爷嘛——"

忙碌了这么多天，今天苏紫终于可以偷点时间在这个花园房里饱饱的睡个觉了，一觉睡醒看时间已经是晚上快九点多了，她才感觉得有点饿了，但是又不想起床，从床头抓起电话联系林越吧，好多天没见他了。

"在哪里？"苏紫和他一般都信息联系，打电话的确不太方便，毕竟都是成人，有些话在电话里不能腻歪的，更何况她也喜欢发信息，有很多文字能表达的东西有时候用语言发音不太好说出口，例如有些暧昧的语句，苏紫这样以为。

瑞景大酒店

林越这边的酒场仍在持续，他喝的不少，英俊的脸上微微泛着红光，上面集团公司来人，作为副总他不能不陪也不能不陪喝，酒量渐渐的也在日益增长。

兜里的手机振动了几下，林越知道是短信，装模作样的陪旁边的一个人喝完手中的一杯，才装作心不在焉地拿起手机佯作看时间。

苏紫的短信：在哪？

他回：陪领导吃饭，你在哪？

很快的苏紫又过来一条：在秘密花园，我也要你陪！

林越回：估计很晚，明天吧！然后把手机放进兜里，抬眼看看桌上的人有没有在意自己，大家都还在互相端来敬去，林越笑自己心虚，拿起水果盘里的水果刚要咬下去，手机又振动了，吃完水果，又磨叽了一会，才拿出手机看了看，苏紫的：想骑马！

林越觉得这女人越发放肆了，但是体内又有些燥热的骚动，发了一个字回她"浪"

苏紫知道林越，他谨慎保守，自己这么张扬的性格有时候他不喜欢，但是自己还偏偏喜欢调戏他，苏紫经常吓唬他"林我就是上帝派来魔骇你的魔女"说完就会露出她嘴里的虎牙奸奸的笑，回想起自己那副蛮横的表情，苏紫狡黠地笑了。

从床上爬起来，穿好衣服，拿起手机听着音乐下楼得弄点吃的去。耳机里流淌出音乐旋律，苏紫喜欢的一首歌：《鬼迷心窍》

李宗盛真不愧是乐坛的鬼才，歌词苏紫也很是喜欢：

曾经真的以为人生就这样了

平静的心拒绝再有浪潮

斩了千次的情丝却断不了

百转千折它将我围绕

有人问我你究竟是那里好

这么多年我还忘不了

春风再美也比不上你的笑

没见过你的人不会明了

是鬼迷了心窍也好

是前世的因缘也好

然而这一切已不再重要

是命运的安排也好

是你存心的捉弄也好

然而这一切也不再重要

我愿意随你到天涯海角

虽然岁月总是匆匆的催人老

虽然情爱总是让人烦恼

虽然未来如何不能知道

现在说再见会不会太早……

随着音乐哼唱着，苏紫上身套一件亮蓝色的毛衣，下面配一条浅灰色碎花长裙，迈着悠闲的步子在小区里漫步。

刚吃了一碗功夫煲仔，她还想溜达会再上楼，这时候迎面而来了一对母女，小女孩蹦蹦跳跳着嘴里和妈妈说着什么，苏紫不由得止步立在那里，

15

眼光追随着那孩子。

　　粉嫩圆嘟嘟的小脸，大眼睛，睫毛长长的，米色的蓬蓬裙，白色的小皮鞋，真太惹人喜爱了，让人有抱过来想亲她的冲动，一时间她竟看的愣了，自己要是有个这样的女儿就好了，这样想着，她心里忽地荡漾起一片柔情，软软的。

　　手机骤然响了，显示是林越的号码。

　　"喂——干嘛呀？"苏紫按下接听键故意嗲声地问。

　　"你在哪里？不是说你在花园吗？"他的声音听起来有些怪责。

　　"恩在啊，我在小区溜达呢，你来啦？"苏紫边接电话边朝自己的房子走过去。

　　门一打开，苏紫就看出他有些喝多了，因为笑的有点怪怪的。

　　"干嘛呀？帅哥"随手关了门，她用手调戏状去勾了勾他好看的下巴，"你今天可是主动送上门，本姑娘可不会放过你的呦"

　　苏紫用淫荡的眼神瞟他，接着又用手夸张的抹着自己嘴角，假装擦口水的动作。

　　"女流氓，救命啊！'林越尖着嗓子小声的叫，手却来搂他面前的这个女人了。

　　"你今天就是叫破喉咙，本姑娘照样蹂躏你，"苏紫变本加厉般继续一副母狼的凶相。

　　"来——让本姑娘爽爽，我就饶了你"说着，手不老实的去开始解他的衣服。

　　"不要啊——"林越继续尖着声音"小哥今年我才十八，放过我吧"手却已经伸入苏紫的上衣里乱摸了。

　　咯咯咯苏紫终于忍不住笑了起来，看来林越还是喝点酒比较有情趣，搂着他的脖子对着他的耳朵小声问他，"说我浪？我们俩谁浪？"

　　"这个时间了，现在我们俩该一起去兴风作浪了——"说着林越拉他一起往卫生间走去，扭扭捏捏，拉拉扯扯着两人朝浴室去了…………

16

第二章

林越和苏紫认识的时候33岁，这个年龄说小不小，说成熟也不能算成熟，通州交通大学毕业，毕业后回到家乡的交通局工作。

京阳毕竟是小地方，工作年限永远都是职场升迁的重量级条件，但是林越因为文凭这一硬件再加上工作能力方面也很踏实稳健，刚满三十就被提拔为局里业务部门的主任。

这个年龄能有这种职务，在一群同学和朋友中也算是小有成就了，有时候林越为此也有些沾沾自喜。

也许是因为年轻精力充足，再加上工作上主要是分管具体业务的工作，和很多人事上的杂乱不掺和太多，所以林越工作起来也算是很得心应手，工作业绩上也就显得很出成绩，局长对林越挺欣赏的，慢慢的开始越来越器重起来了。

林越今天一早手头的杂乱工作还没理出头绪就被局长临时派去省城开会，给家里打了电话就匆匆卜路了。

会议精神无外乎是新工作的布置和听一些无足轻重的报告和指示，两天会议要在省城待两晚，林越为了打发两晚的异地时间，联系一下大学同学邹伟述述旧，这小子这几年混得不错，在质量监督局混了个小领导，听说日子过的小有滋润。

邹伟接到林越的电话很热情，毕竟大学四年一个寝室天天朝夕相处，很念旧情，非嚷嚷着要请他去吃饭，晚上锦江国际，饭店很够档次，林越听说过但是今晚却是第一次光临。

晚上六点半他如约而至，到了才发现不是老同学做东，而是有人办事请他，几年不见发现老同学越来越油滑了。

既来之则安之吧，几个人寒暄，客套，然后一一落座，其中饭局中好像有一个什么局的局长，客气推让了一番最终还是坐到了首席。

邹伟介绍了一遍后饭局才算正式开始，林越有点后悔今天来赴这个饭局了。

他不喜欢这种场合，联系邹伟的初衷是想两个人找个小饭店喝点小酒聊聊天的，但是现在觉得自己来简直有些无趣。

"不好意思，不好意思我来晚了"人未现身一个女性的声音先传入了包间。

林越很自然的随着声音转头看去，这女人穿衣服很有品味，亮棕色的小风衣内搭了一件低圆领的灰色毛衣，衬托的皮肤很白，下身穿一件紧身蓝色牛仔裤配一双深棕色低帮流苏短靴，中等个头称不上很漂亮，但是五官看起来让人感觉很舒服，中长卷发，笑起来显现出一对很可爱的小虎牙。

"小苏——快来快来"邹伟脸上的笑容很灿烂，并起身安排这个叫小苏的女人挨着林越左边坐了下来。

"我来介绍一下，美女苏紫——搞平板创意设计的"邹伟给众人介绍后冲这个苏紫笑笑，让在座的人都感受到了两人的之间的熟络。

饭局的氛围似乎无形的一下子高涨了些，本来几个大男人吃饭突然出现了一个女性，最起码让在座的每一个男人眼睛也都能营养一晚了。

中国式的饭局推杯换盏，渐渐的都喝了几杯酒后，大家话就开始多了，偶尔说了点此饭局聚众的正事但大都以闲谈和娱乐为主要内容，不知谁说起了个人嗜好，局长就说起他平时休息时间喜欢钓鱼。

"三三两两钓鱼舟，岛屿正清秋"坐在林越旁边的这个女人小声吟了句诗词。

"好词——！"马局长听到了对着她称赞了起来"看不出美女还很有才啊"

"呵呵，哪里啊，我平时喜欢看书而已，恰巧记得这首宋词罢了，领导见笑了"这个叫苏紫的女人谦虚的推让起来。

"我这朋友不仅人漂亮，还很有文采，可不是一般普通的美女啊"邹伟顺势跟着捧了那女人一句。

这女人娇羞状的抿嘴一笑"小女我可不会钓鱼，但是我觉得钓鱼是一件很修身养性的事情，垂钓者心境一般大都平静祥和，秉性糟乱的心态一般是没法玩的吧"苏紫的举止和笑意都很大气，让在座的男人不由得又徒添了些好感。

林越还注意到，这女人酒量也不错，到现在为止也不比在座的男人少喝，脸色有些微红了，但是状态还是很好，她已经将外套脱掉了，灰色的低领宽松毛衣，头发不知道什么时候被她从后面挽了起来，有几缕随意的散了下来，显得越发的有女人味，林越想这女人倒挺耐看，也算是有几分姿色的。

"独驾一艘孤舟，闲钓一池静悟，三三两两懒懒悠悠，马局长你可真悠闲雅致，近似于闲云野鹤式的人物了，来——我敬你一杯"苏紫站起身来端起酒杯隔着林越敬酒。

"来来来，美女我敬你敬你"局长挺着大肚腩忙不迭地回应她，说着并不时拿目光在对方身上扫描着。

敬来敬去，慢慢的都有些多了，酒足饭饱，结束后的娱乐是邹伟提议去唱歌，说局长的歌唱的好，林越不想去，反正也有些喝多了，想早点回去休息。

邹伟不放过他，非拉他一起去，这边苏紫也说有点喝多了唱歌也不愿意去。

19

"都去都去,给我面子唱歌我请"邹伟这小子喝点酒估计兴奋倒来劲了，没办法，一班人马又杀往练歌房。

局长的歌点的不少，但是唱歌水平实在让人不敢恭维，其中的"再活五百年"吼的好似鬼哭狼嚎一般，但是大家还跟着拍手，接下来又喝啤酒，慢慢的也不知道喝了多少，林越彻底的晕了，就连后来怎么回去的也不知道了。

后来再去省城开会学习什么的，林越也就没怎么联系过邹伟，怕他还给自己安排那种饭局，实在是很不喜欢，这一次来洛城出差需要一个多星期，时间太久闲来没事，一天他突然想去书店逛逛，买几本书回宾馆打发打发时间，路上问了几个行人才知道去新华书店的路线。

林越只顾看路牌，没注意有个女人这时候已经走近他，挨着他的时候仿佛扭了脚突然喊叫了起来，林越想也没想很自然的搀了那女人一把，谁知道那女人反应很快的把他推开，"流氓——"女人尖着嗓子骂了他一句。

一时间林越有些懵了，我怎么成流氓了？这时候他看见很快的围过来几个人，其中一个人上来就扭住他，冲着他骂骂咧咧起来。

"你小子敢耍流氓，胆子也大了吧，光天化日的"

"流氓，你个臭流氓"那女人不迭的喊起来。

渐渐的路上有几个爱看热闹的行人围了过来，林越这才反应过来，但是局势已经没法容他躲开了。

"你小子也太不像话了，走走把他送派出所去"那几个男人对林越推推搡搡，嘴里仍是不干不净的。

林越从小到大也没这样被人在大街上围观受如此这样的羞辱，心里火气很大。

"谁流氓了，我怎么流氓了？"他不停的为自己辩解，但是他的声音和那几个人比起来，显得很是弱小。

他们气势很凶，非要拉他去派出所。

"怎么了？怎么了？"这时候又有一个女人的声音高声喊叫起来，只见一个女人拨开人群走到了林越的身边

"怎么回事？"这女人挨着林越站定大声的质问那几个嚣张叫骂的人。

"什么怎么回事？这男的耍流氓？大白天的，太不像话了"他们其中一个近五十的男人大声叫嚷着。

"切——他耍流氓，我不信，他不可能"那女人很维护林越，并上去又朝林越身边靠了靠。

林越这才转头认真看看自己身边的这个女人，一袭鹅黄色的连衣裙挺漂亮的，很眼熟，但是一下子又不起来在哪里见过。

"不可能，你们说他耍流氓他就耍流氓啦，去派出所？好啊，我也一起去，我倒要让派出所的警察看看到底是谁耍流氓？"那女人气势口气好像都很大。

"他就耍流氓了，他就是摸我了"刚才那女人又嚷了起来。

"呵呵，你说他耍流氓？怎么可能？你让大家都过来看看"说着这女人冲着围过来看热闹的人喊起来。

"我刚离开我男人一会，没走多远哪个男人老婆在附近男人敢对别的女人动手耍流氓？"

"第一有老婆跟着呢，男人他有贼心也没贼胆吧？第二他就是敢也要找个比我好的极品美女才动手吧？"

听她这么一说，路人都哄笑了起来，原来的那女人看起来三十多岁，虽然看起来是有几分姿色，着衣打扮上也不算落伍，但是过于浓妆艳抹了些，身材看起来也很一般，如果仔细看下来仍然显得有些庸俗，而后来这个自称是老婆的女人似乎二十几岁，年轻时尚，皮肤白嫩，相貌和身材也是属于挺亮眼的那种，如果真的让男人选，估计任何男人都会选择和后者亲密接触。

现在事态没想到会这样，那几个刚才还气势嚣张的人气焰渐弱，诺诺的小声嘀咕着。

"走啊，去派出所，派出所我有朋友，正好也清楚我男人是什么样的人"这个女人问那个带头的男人。

咕咕哝哝那几个人小声嘀咕着说可能弄误会了。

围观的路人看没什么热闹看了也就笑着都慢慢疏散开了，那几个人很无趣的也都嘟囔着离开走了，只是刚才那叫嚷很凶的女人还不时回头似乎不服气的看了看他俩，不一会功夫，热闹的人群就剩下他和这个女人了，仿佛什么都没发生过，林越觉得真够荒唐的，这都什么事啊。

"老公——我们还不走吗？"身边的女人冲林越佯装温柔的喊了一声，他这才回过神来好好的打量起这个维护自己的女人，鹅黄色的连衣裙至膝盖，小腿白皙匀称，但是这张脸似乎见过，还是没想起来是谁。

"咯咯咯"那女人笑了，"怎么？我当一会你老婆没给你丢人吧？"

林越看到她笑起来的虎牙想起来了，以前在一起吃过饭的，林越有些不好意思了，"怎么会呢，谢谢你美女"

"我叫苏紫邹伟的朋友，你是他同学是吧？"

"恩我们见过的，一起吃过 次饭"林越心里今天挺感激这小丫头的，如果不是她帮忙解围，还不知道被纠缠到什么时候呢。

"呵呵是的那次是为了给家里亲戚办事才去陪酒借故认识那个马局长的"苏紫也记得那顿饭局，那次因为两人临位而坐的，所以苏紫对他是有印象的。

"哦谢谢你，我想去书店逛逛的，没想到碰上这事"林越不好意思的

21

挠挠头。

"别客气，我也是恰巧路过，认出是你才挤过来的，他们几个人估计是想玩敲诈，今天被我遇上，算他们倒霉！"苏紫得意般的冲他笑笑。

"这么巧我也就是要去书店，我让我同学给我进的几本书到货了让我去拿，那一起吧"说完看了林越一眼她朝前走去，林越顿了顿于是也跟了上去。

"我有一同学在新华书店上班，买书可以给我打折的，今天如果你买也便宜你了"苏紫和林越开着玩笑，林越话不多所以大多只有笑着附和。

"你也喜欢看书啊？"苏紫问，在路上两个人随便聊了起来。

"我很喜欢书，但是现在看书的人越来越少了，大人孩子都是看电视上网的多了"苏紫扁扁嘴说"我喜欢看书的感觉，喜欢书本淡淡的墨香，那些文字所表达的东西是无法用语言来能表述的，特别是有些人物的思想及心理刻画无论演技多好的演员也是无法释义的……"说起看书苏紫开始不由得滔滔起来读感了。

"网上看文章不如拿本实体书本，尤其是自己喜欢的文学作品，面对着不停闪烁的屏幕，好像在吃快餐，匆匆茫茫的浏览着文字，看过之后没有一点印象了，电脑上的文字枯燥，单调，缺少感官上的享受和情感上的共鸣，和你站在大街上看形色匆匆的行人的感觉是一样的，没有细细品味的余地，爱书的人都喜欢捧着书慢慢的享受它，你可以陪着里面的人物一起去感受喜怒哀乐，悲欢离合，手里的书给人一种踏实，丰满的厚重感，每一个文字似乎都可以和你交流，你会觉得自己有了深刻的思想，会成为书中的一部分，而不是一个过客……"

对于看书两人都有同感，网络上的东西传播的很快，但是消失的也快，而书作为实实在在的物质，却随时在你的手边，你可以信手拈来。

人类的文明延续到今天，书籍有着不可磨灭的功劳，这是任何现代科技都取代不了的。

"嗨，陈艳——"

新华书店的员工陈艳此时正在低头翻看一叠新书入库单据，突然被苏紫的声音吓了一跳，一看来者是谁，脸上立即也就见怪不怪了，陈艳翻了她一眼，"怎么才来？"

"呵呵，路上捡了个帅哥，耽搁了"苏紫冲同学作了鬼脸。

"什么？"陈艳一脸的狐疑。

"来—介绍一下"苏紫拿手指了指陈艳对林越说"我中学同学陈艳这是林越"

两人互相笑笑算是打招呼了，相比之下这个叫陈艳的比苏紫看起来还要更美，林越刚才在路上碰到的不痛快很快的也就散了。他想，今天运气也还不算太差，至少认识了两个美女。

选了几本人物传记和行政管理方面的书，付款的时候林越这才发现钱包不见了，才意识到肯定是被那伙人趁乱顺走了，折扣陈艳给打了，钱最终是推让一番后苏紫坚持垫付的。

苏紫这女人性格挺爽快，两人临分手的时候又主动要借给他钱，毕竟还要在洛城再住上几天，身上没钱也不行，所以林越不由得又欠了她一个人情，但是这也是以后两人能再联系的一个理由吧，一想到这儿，林越接下了她递过来的钱。

后来再来洛城，林越还钱，请吃饭，两人渐渐的就熟络了。

联系频繁使两人开始熟络了起来，不知不觉男人和女人之间慢慢的竟有了些暧昧的感觉。

苏紫开朗阳光，他保守谨慎，林越慢慢的发现互补的性格原来更容易相处。几年后俩人慢慢滋生出了说不清道不明的微妙感觉了，终于有一次还是不免落了俗，越过了男女之间的那道屏障，该发生的一切都发生了，最终还是发展成了所谓的男女朋友的关系。

对于林越来说，自从认识苏紫以后这几年可谓是感情和事业都如浴春风，因为没过多久又被局里升为了副局。

苏紫也没想到自己会坠入一个已婚男人身上，虽然心理上会有一些不安和自责，但是很快的，热恋最容易冲昏女人的头脑，林越身上的内敛沉稳和偶尔的幽默让苏紫越来越迷恋，越来越不能自拔，所有的一切在她眼里都不那么重要了。

林越的集团单位改制，现在干部都要求年轻化，各个部门的领导岗位要求重新竞聘上岗，在苏紫的积极热情感染下，他的心态也越来越积极上进，凭着自己的年轻实力和高涨的工作热情，他报名参加他们这个系统的各种职务竞聘，功夫不负有心人，终于被应聘到了集团公司的一部门经理职务。

洛城终于——林越来了。

十年

　　随着工作能力和经验的增长，几年后由于年轻肯干和踏实的工作态度，林越在岗位上又迈上了一个台阶，被提拔为省集团公司副总，此时的林越自己都没敢想过能有今天，苏紫一知道他的升迁就立刻给他打电话道贺。

　　"林总，恭喜恭喜，开心吧你？"苏紫在电话那边打趣他"好好的对我，我旺人哦"

　　"恩你催润的我"林越在电话这边坏笑着应承她。

　　"真的"苏紫一本正经的瘪瘪嘴"有大师给我看过面相，说我真的旺男人"

　　"哦——那你这辈子就一直在我身边旺我吧，一步也别离开我了"林越继续和她打趣。

　　"我忙了，就这么说吧，"话音突然一本正经起来，此时林越办公室来人了，他该挂电话了。

　　"哦——拜拜"苏紫觉得无趣的也挂了电话。

　　自从和林越之间的感情升温后，苏月能感觉到苏紫的变化，女人情感上的滋润是影响到心情愉悦的基础。

　　有几次苏月想问她，但是苏紫总是笑笑避开这个话题，于是苏月心里想，只要不是个怪物，只要苏紫开心，怎么都行吧。

　　这种男女关系激情缠绵后相处久了一般都会乏味，但是林越不觉得，他觉得自己是中规中矩思想保守的宅男型，而苏紫是个活跃百变型能疯能闹的女人，他的生活因为有了苏紫的出现而变得生动有色彩起来。

　　苏紫曾经说过喜欢男人留板寸平头，林越有一次心血来潮把留了很多年很普通男人的发型也试着剪了个半寸，惹得苏紫大呼小叫，狂喜了好一阵子，不过林越留板寸的确徒添了阳刚和中年男人的精神干练。后来渐渐的着衣装扮上他也跟着越来越信服苏紫的眼光。这个女人已经慢慢的注入了他身心甚至照亮了他的生活。

　　一个面积不大的小套公寓里，地上到处都是乱起八糟的家什，井子还没睁眼呢就被苏紫的电话给吵醒了。

　　井子实名沈小光，人有点木糊，有时候办事说话让苏紫和苏月哭笑不得，故给他起了个很流行的名字——井子，横竖都是二。

　　井子有点属于富二代的那种，都二十五六了还天天在社会上瞎晃悠，家里开一家门诊医院和一家大中药铺，家里的生意也很少过问，爸妈为了这事可没少唠叨他，他妈和他认真的谈过说一年给他三十万让他去医院跟着他爸开始学着接手管理。

井子对苏紫和苏月俩说起过这事，他说他才不干呢，不去医院帮忙那一年三十万他爸妈不也是挣了都是他的？苏紫姐妹俩听他这么说也是狠狠的批判了他一通，但是他还是我行我素。

"恩干嘛——？"井子接了电话眼也不想睁开。

"还没睡醒啊？这都什么时候了？是不是昨晚又上一夜的网？"苏紫在电话那边训他。

"没有啊哪有一夜啊"井子嘴里嘟囔着皱了皱眉还是不想睁眼。

"姐——什么事？你说吧"

"你知不知道现在都几点了？快起来吧给姐姐帮个忙开车跑一趟"苏紫从电话那边听出他有些不耐烦了，开始好声哄他了。

"哦去哪里啊"他终于眨巴眨巴把眼从迷糊中精神点了。

"我们家苏老爷子今天想下乡看个老战友，我今天真的忙，走不开，拜托拜托帮姐姐一个忙啊"因为有求于对方，所以苏紫说着脸色和口气开始都转变的客气些了。

"下乡啊，什么时候能回来？我晚上有事"井子翻了个身，开始从床头上摸索着估计想找什么东西。

"你能有什么事？又见网友啊？我告诉你啊，你小子少沉迷网络上的滥情啊，要找你就正经的找一个女朋友带给我看看"

"没有啊我什么时候见网友了？就那一次给你撞见了，你怎么比我妈还唠叨？没完了你？"井子坐起来声音提高了点为自己辩解，"你再说再说我，我咒你脸上长褶子"

"少废话你啊，快点快点来我公司一趟，我替老爷子买的东西你来拿然后回家接老头去吧，他都催我了"苏紫也懒得和他贫下去。

"知道了——我这就起床好了吧"边说井子走向洗手间去刷牙洗脸去了。

"路上开车稳当点你，别天天急巴巴的"这边苏紫挂了电话嘘了一口气。

突然手机又响了起来，"这小子又干嘛？"苏紫以为井子又磨叽什么呢，刚怪了一句不过一看号码显示林越的，摁下了接听键一个声音慢悠悠

25

的传来。

"在干嘛呢？"

"在公司呢还能干嘛？你干嘛啊？"苏紫反问他。

"我也在单位，刚处理了一个事，休息一会给你打个电话看你干嘛呢"说着林越站起来走向窗前，另一只手抚了抚他那发质粗硬的头顶，在窗边站定后并让视线远眺一会。

"打电话有事啊？"苏紫脸上的笑意由衷的透着美美。

"没事，就是想问问你干嘛呢"

"没事那你打手机干吗？"苏紫开始腻他了。

"没事就不能打你电话啦，好——以后没事再也不打了行了吧"林越笑她的刁钻。

"你没事打我电话，那我——只能理解是——你想我了"苏紫坏坏的笑并且将魔骸继续。

"呵呵我懒得和你这么不讲理的女人计较，你想怎么理解随你"林越和她每次通电话心情似乎都很愉悦，脸上的笑意更浓了。

"哦你放这儿吧"苏紫对站在门口想进来的一个年轻人说并用手指指对方要呈交的一迭资料示意他放桌上。

"你忙了？"林越听出她那边好像来人了。

"没事，等我拍板一个方案"说着苏紫随手翻了翻，继续说："晚上有事吗？想让你陪我看电影，一部刚上映的大片，速度与激情4讲飞车的那个"

26

"晚上还不知道有没有别的事呢，再说吧"林越现在不能给她肯定的答案"我有点纳闷你干嘛非喜欢拉我陪你看电影啊？"

"那有什么好纳闷的，我喜欢俩人一起手拉手看电影，我觉得特有恋爱的感觉"苏紫在朋友群里一直都是个被公认的骨子里小资的女人，什么都喜欢讲究情调和氛围。

"好呗—你不嫌我我这老男人就陪你恋恋啊"林越顺着她，忽然话音又很快的一转"好了，不说了，傍晚再联系吧"林越办公室有人敲门，该挂电话了。

"进——来"没等苏紫在那边咯咯的笑着说拜拜就撂了电话，进来的是企划部的吴燕燕。

"林总——我们企划部接到的这几个竞标方案刘主任让我拿来让你看

看"吴燕燕朝他走过来，林越随之闻着一股香水味也越来越重了。

"哦，都有哪几家？以前和我们都打过交道吗？"林越接过来看看她问道，随后又转身走向自己的办公桌。

"有远大，宏程一启景顺几家老客户，这次还有几个小公司也想参加招标，你看看吧"吴燕燕说完看了看林总的杯子里没水了，转身走到一边拿起水壶给他续上茶。

"哦，你们刘主任都接触过吗？公司的资质和能力都怎么样？"林越坐下来并低头开始翻了起来。

"这个嘛一具体和客户接触一般都是刘主任，所以我就不太清楚了，要不一会我让刘主任来给汇报吧"吴燕燕看着面前这个儒雅的男人据实回答。

"哦那我先看看吧，至于再具体的一些东西如果有需要一会我再直接找刘主任"林越说完开始认真看手头的这些资料了。

"好的，那我先出去了"吴燕燕笑盈盈的看了看他这才转身离开。

林越不知道自己在单位那些女同事中经常被拿来议论，四十出头的男人正是很灿烂的年龄段，再加上相貌英俊身形挺拔竟然被一些小年轻女性拿来做为择偶衡量比较的人物，是啊职务外型女人如果不是眼睛有毛病的话应该都会很垂涎的，吴燕燕也不例外，她得知林总和她一样也出身于农村，刚来公司时曾幼稚在心里沾沾自喜觉得终于找到了一个共同点，以林越为榜样着实的也努力过一段时间，但是现在想想挺荒唐的，就是自己真的努力进取了哪有哪又来好的职务等自己呢，唉别做不实际的梦了，看来就是真的上了大学有个工作也还是得嫁个好男人现实点。吴燕燕想到这里努努嘴拐了个弯走回自己的办公桌。

这会苏月到苏紫的办公室找她，发现人不在，手机在桌子上，估计去洗手间或者别的工作室了吧，苏月在房间里等了一会，桌上苏紫的手机响了，显示一个陌生的号码，苏月拿起来接听，没想到对方只听到苏月喂了一声就把电话挂掉了。

"莫名其妙"苏月对着电话抱怨了一句。

不一会又一个电话打来，苏月接过来与对方聊了一会，等到刚把电话挂掉，才见苏紫走了进来

"米娅刚才打电话给你，"苏月一边站起身来一边提醒苏紫。

"哦她说什么事吗？"说着苏紫在自己的办公桌前坐了下来。

27

十年

　　"没什么事，媛媛纪晨他们想开"座谈会"了，问你什么时候有时间？"

　　"陌—上—流—年"苏月也合着她一起说了出来。

　　陌上流年是青年路的一家茶吧，环境很好，是休闲谈心的好去处，苏紫他们臭味相投的几个女人经常光顾，在音乐流溢场合几个女人或者八卦，或者谈吐心结，那几个女人苏月都认识，几个女人凑到一起，能疯能闹的，物以类聚，人以群分，苏月是习惯了，有时候也很羡慕他们几个的交情，都不是简单的女性。

　　"苏紫——那个何老板这两天问他的那个方案怎么样了"苏月走到了门口忽然想起了这事敲了两下门提醒她。

　　"恩，下午你提醒我给他回个电话"苏紫从电脑屏幕上探了探头看看她又立刻对着显示器接着继续。

　　苏月是早就习惯了苏紫这样了，突然她脑海里想到了一个词，静如止水动如脱兔，看来形容苏紫再恰当不过了。

　　苏月今天穿了一件黑色收身的连衣裙，下摆微蓬，上身配了一件中长款深灰色中袖职业小西服，

　　"苏月姐今天真漂——亮"任磊夸张似的故意把漂亮俩字故意加重拉长。

　　"今天还显得特青春，我和你站在一起谁也看不出你比我大七岁，我说我和你是同学准有人信"任磊边说边并肩挨着苏月站定还特意挺了挺胸板。

　　"少来了啊，别逗我了，好好地去哄你的那些小妹妹吧，"苏月笑着唉他。

　　"姐你再把头发散下来，对对"说着任磊把双手抬起张开手掌在半空中顿了顿"如果你能再把头发打理一下散下来，我保证姐姐你出门后回头率肯定会备升，街上的人眼神都会欹欹的"

　　"少来了你，好好的干你的活去吧。"苏月看他说话时故作夸张的表情笑着推了他一把，然后径直向前走去，任磊这样的奉承谁听了心情都会不错，这个公司的小年轻人居多，所以工作的氛围大都还是很轻松的。

　　其实苏月今天有个约会，说不上为什么，一想到晚上的见面她心里泛起少许的忐忑，高中时候的一个男同学，上学的时候似乎两人也有些

懵懵懂懂微妙的感觉，这么多年了，那时候的白衣青葱少年现在被岁月打磨成什么样了呢？虽然都已成家了，但是听说对方好像前两年离婚了，那么对方也应该知道自己这边的婚姻的状况，所以几次的积极邀约见面会不会对方是有别的想法呢？苏月心里自从答应对方后就一直在揣测着这个问题。

还有就是炎炎晚上怎么办，苏紫事多估计今天别指望她，一来什么灵感就会在办公室忙到很晚，让井子带吧他太贪玩苏月又不太放心，只有吴军合适，但是今天怎么给他说呢，苏月不知道找什么合适的理由，说实话吗？苏月不想，不说吧，又怎么讲呢？

就这么犹豫了大半天，苏月在下午还是拨打了吴军的号码。

"喂——苏月"没响几下那边就传来吴军的声音，此时他面前放了几张大大的图纸，似乎在研究揣摩什么。

"吴军你忙吗现在？"

"还好什么事你说"吴军回答得很干脆。

"你晚上有事吗？我想让你给我个忙？"

"恩晚上应该没什么事你说吧"

"我晚上一有个同学聚会，带孩子去不合适，我想让你带会炎炎行吗？"苏月说完又很快的加了一句"很多同学，都不带孩子，所以我带不好吧？"

"好的，你也很少出去玩，去放松放松好啊，这肯定没问题的了"吴军笑了笑，心想还以为苏月会让她忙多大的忙呢。

"好，那一会你去学校接炎炎带他出去吃吧，我结束后再联系你"听吴军说晚上没事可以带孩子，苏月心里放心了。

"好的，没问题，我带他去吃肯德基吧"

"随你吧，反正他也好久也没吃了，不过让他少吃点"苏月叮嘱他。

"好的，我知道了，恩恩拜拜"吴军听苏月交代完挂了电话又接着埋头面前的那些图纸里去了。

吴军接到炎炎后带小家伙真的来到了肯德基，这家洋快餐店里一如既往的几乎座无虚席。

炎炎对吴军说："军舅舅，你知道我现在为什么喜欢在幼儿园吃饭吗？"

"为什么呢？"吴军故意睁大眼睛表示出很好奇很期待的样子等炎炎

29

回答。

"因为现在我们班的那些小女生们现在都减肥，都把肉肉给我吃""为什么都给你吃呢？不给别的男孩子吗？"

"因为—"说了这俩字后，炎炎的脸猛地仰起来，爬上了几丝骄傲的神情。

"前几天刘嘉抢王若萱的玩具，王若萱不想给，结果他把王若萱都推到地上了，王若萱还不给，刘嘉还抢还抢还抢，全班的小朋友看见了都不敢惹刘嘉，都不敢去帮王若萱"

"为什么呢？刘嘉很厉害吗？是你们班那个最高最壮的男孩子吗？"

"不是，还没我高呢，但是大家都不敢惹他"

"为什么呢？"吴军自己连着说了几个为什么呢？突然想起来小沈阳的表情了。

"因为刘嘉的爸爸是警察，刘嘉总是说他爸爸有枪，所以我们都不和他争玩具都不惹他，但是他太欺负人了，王若萱都哭了他还抢还抢"炎炎似乎又回到了当时的场景里了，小脸憋得微红，"我实在看不下去了，就上去对着刘嘉的头打了一拳"

"哦那后来呢？"吴军有些担心下面的情景是孩子大混战。

"后来刘嘉扭头看是我，想站起身来来抓我，正好刘老师进来了，刘老师没看到我打刘嘉那一拳，只看到刘嘉爬在王若萱身上站起来想打我"，幸灾乐祸的笑容浮现在孩子的小脸上。

哦这样的，吴军心里松了一口气。

"所以现在我们的女生都喜欢和我玩，"说到这里炎炎的小脸红了，"王若萱还说要当我女朋友呢"

吴军听到这里笑了起来，"哦——原来炎炎这么厉害，可以保护女孩子了，那你长大了当警察好不好？"

"好啊，我就想当警察，不仅可以抓坏蛋还可以保护妈妈，"

吴军听完笑了，摸了摸炎炎的小脑袋"好—军舅舅也陪你保护妈妈好不好？"

孩子的理想单纯而又简单，自从轩庭抛下他们母子走后，苏月一个人把全部的精力都扑在孩子身上，一想到苏月的现状，吴军的心里漾起缕缕的柔情，有怜惜，有心疼……

城市被暮色渐渐包围，霓虹里行人如魅，苏月匆匆赶到岸上餐厅的时候刘伟已经等候一会了，他看到苏月后立刻站起身来向她招了招手，苏月笑笑走了过去。

"不好意思我来晚了，路上堵车"苏月抱歉地说。

'没事，没事我也是刚到"

两人坐定后，一时间不知道接下来该从何开始。

刘伟不想冷场"恩先点菜吧，边吃边聊好不好？"说着他拿起桌上的菜单递给苏月。

"你点吧我没来过这里"苏月推却着。

"我们可是老同学了啊，不是客气吧？"

"不是不是"苏月摆摆手，"我真的是第一次来这里吃饭，真的不知道什么好吃"

"哦那我就恭敬不如从命先看看吧"刘伟拿回菜单开始翻阅了起来。

苏月这才开始打量起对面的男同学，才三十多岁的他竟然有略微绝顶的迹象，发福程度很明显，一身咖啡色的休闲外套，里面搭了一件黑白格子的衬衫，说不出什么感觉，面相有些显老，不过气色还好，突然苏月想到了养猪手册里的形容词：肤色红润，毛发光亮，苏月忍不住笑了笑，觉得可能他现在日子过的不错。

"好了，我点了三个，你看着再加一个吧"刘伟又一次把菜谱递给她，这次不太好再推让了，苏月只好接过来随便的点了一个。

吃饭的时候两人先从上学的时候开始聊起，苏月听他说起几个老同学的近况，感觉慢慢的气氛开始轻松了些。

苏月是个细心的女人，从对方献媚的殷勤程度上看来对方应该是像自己揣测的那样，对自己可能也许真有些别的目的，现在的他似乎世俗油滑了很多，而那个记忆中少年时候略微羞涩和腼腆的大男孩印象被这次的相见冲的很淡，人若之初见多好啊，苏月感叹。

"一会吃了饭我开车带你去兜兜风，上个月我刚换的奥迪A6，"刘伟没注意苏月的心绪，好像有点显摆的意思。

"哦你现在做什么？"刘伟又问了一次。

"在姐姐的广告创意公司帮忙，"苏月第二次回答他了。

"哦，也是自己家的生意，不错不错"刘伟给苏月动手夹了一块鱼放她碗里"吃吃这么多菜呢，你吃啊"

"我吃好了，真的，你吃吧"苏月说完拿起纸巾抹了抹嘴巴；身子很自然的往椅背里靠了靠。

"唉现在的生意现在都不太好做了，我刚招聘来的一个主管一年给他10万他还嫌少？你们公司的生意现在怎么样？"刘伟好像也吃好了，一边伸手去拿纸巾一边看了看苏月问道。

"恩还行吧和你肯定是没法比的了"苏月半恭维半敷衍他，说完并抬手看看腕上手表的时间，不早了，苏月想结束今晚的饭局了。

"呵呵我现在也不行，和以前也没法比不过应该是比上不足比下有余吧"刘伟说着也往后靠了靠身子。

"不早了，我们——走吧，"苏月觉得真的该回去了，虽然吴军没电话催，但是还是有些放不下炎炎。

"好走要不—我们再去找个地方喝茶吧"刘伟不想和苏月这么早分开，今天的苏月很美，和学生时期清纯的她相比现在十分的有女人韵味。

"不了，今天有些晚了，改天吧"苏月拿起身边的包并且站起身子了。

"哦那好吧那下次我再约你喝茶"刘伟也不好勉强，也跟着站了起来，并冲服务生招手"来——服务员—买单了"

出了饭店，刘伟坚持要开车送她，实在不好推让了，苏月才客气的坐上了他的车。

"那我过几天给你打电话好吗？"刘伟边开车边开始邀请下次的相见了。

"呵呵再说吧如果我有时间的话"苏月不太想给他什么机会了，觉得他给自己的感觉不太好，也说不出哪里不好，为什么不好。

到小区门口了，苏月坚持不让他开车再朝里送了，刘伟这才道别掉转车头，苏月礼貌的看着他的车子离去才转身走进小区。

炎炎睡着了，吴军在客厅沙发上看电视，听到钥匙开门的声音，吴军知道是她回来了，站起身来问她"玩得开心吗？"

"哦，一般吧还行"苏月懒懒地回答。

"天快热了，我把两个房间的空调过滤网都给你清洗了下，过几天你想开空调就可以用了，还顺便把抽油烟机洗洗，这才多久够脏的"吴军看着苏月换鞋给她交代着。

听吴军这么说，苏月挺欣慰的。家里有一个男人有一个孩子等自己，

忽然有一种很踏实安定的感觉

　　"太晚了，要不你就——别回去了，今晚在这里凑合睡一晚吧"苏月由衷的挽留他，身心都涌动着一股说不出的滋味。

　　空气里似乎沉默了一会，"不用了，我还是回去吧，明天我还要起早赶去公司呢"吴军声音不大，似乎怕自己的谢绝会惹得苏月不高兴。

　　"哦那你回去吧，我也该洗澡休息了"苏月突然觉得有一种很委屈的情绪，闷闷的什么也不想说了。

　　吴军愣了愣，轻轻的的走向门口，苏月听到了门啪嗒上锁的声音后，她仿佛跟自己突然赌气一样的快步进入了卫生间。

第三章

　　苏紫最近给吴军的工程公司推介一个女大学生——蚌埠财贸学院统计专业毕业的，女孩子乖巧，吴军挺满意的，既然是苏紫给介绍的，他也放心。

　　林文清人漂亮，办事能力也不错，既然统计核算那些烦琐的工作都有专业的人做了。吴军现在把持好工程质量抓好安全，较和以前相比轻松多了。

　　自从前段时间有了那些不顺，现在老天似乎越来越眷顾他，工程方面也越做越顺，那个整天乐呵呵的吴军又回来了，周末时间，他尽量抽时间去苏月哪里看有她们娘俩有没有什么要帮忙的。

　　对于苏月，吴军心里一直都有一种说不清楚的感觉，她和苏紫不一样，如果说苏紫是野火，能把人灼热，那苏月就是温水，靠近她能让吴军安心能让他心境平和。

　　"喂——苏紫在哪呢？"不用看来电显示苏紫也能听出方媛的声音。

　　"在公司啊，嘛事美女？"苏紫一手拿着手机一手里拿着鼠标的手也没停下来。

　　"给你讲个好事，你请客吧你，"媛媛那边口气似乎有些小小的兴奋。

　　"怎么了？"苏紫停下了右手的鼠标，等着她说下去。

"我昨天去我大哥家，碰见大哥的一大学同学，涡阳老窖你知道吧？邹大峰老总"

"听说过涡阳老窖，名气不小"苏紫不知道媛媛想说什么难不成想给自己介绍男人？

"昨天一起吃饭的时候，我听邹大峰和我哥闲聊说他们公司想做广告的事"

"哦——"苏紫此时好像听出了方媛想说什么了，不禁觉得自己刚才的揣测有些荒唐。

只听到媛媛继续说下去"几个广告公司的创意他都不满意，现在还在找这方面的公司，怎么样？你有兴趣吧？"

"当然有了，只是能轮到我吗？人家可是大品牌大公司啊"苏紫笑着说。

"那你可更得进取了，我可是已经给邹大峰介绍你们公司和你了，说你创意和思路是很与众不同，强力推介的，我大哥昨天也跟着我附和来着呢"

听他这么说，苏紫心里有些小感动，多年的好友了，有什么好事果然是替自己留意着，"那我试试吧，尽量出彩！"

"我看好你呦，加油"媛媛在电话那头扮小可爱状"哦对了，约个时间见见对方吧，我和我哥鼎立齐荐的人物，人家对你也蛮有兴趣的，"

"好啊，我是超女我怕谁啊？"苏紫在这边咧着嘴笑。

苏紫一向开朗自信，他们几个说她不仅自信简直是超自信，所以就有时候也唤她叫超女。

赚钱的生意谁会没兴趣，只是这个公司规模很大，肯定也很大牌，这笔生意不见得就能吃定，苏紫挂了电话，在心里盘算着，慢慢来吧什么都不好说。

方媛是爱憎分明的一个女人，热心人仗义，父亲原是洛城的省委书记，虽然老人家虽已退休，都说虎父无犬子，两个儿子的确都凭自己的实力混的都不错，方媛上有这两个哥哥，在家老小，方家又就只有这么一个女儿，在家受宠状态可想而知。

但是方媛的婚姻最近解体了，男人是上大学的校友，当年俩人爱的要死要活和家里对抗了八年才终于调到了同一个城市，然后才步入了婚姻，苏紫他们常常笑她八年抗战啊，，，抗战精神和勇气耐力都很可嘉，

十年

佩服佩服！

公主和王子终于历经艰难步入了婚姻，从此过上了幸福的生活，但是婚姻后的生活没有人再继续写下去了，婚姻里的饮食男女都是凡人，相爱容易相处总是没那么简单，渐渐的人的本质不觉然的就会流露出来，分歧争执再后来的吵闹，继而时常冷战，婚姻中存在的那些该有的或者不该有的都渐渐的越演越繁，人生若只是初见，那又哪来那么多分分合合呢……

几个女人是陌上流年的常客，需要什么或者无论多晚才散，老板都额外纵容着，音乐，红酒，舒适的田园风格布艺沙发，没有比这更适合聊天聚会的了。

米娅——贤淑温顺魔鬼身材居家女人。

纪晨——性格泼辣，直言快语搞怪八卦姐。

方媛——个性十足爽朗仗义时尚前卫。

夏菲——极致型美女，神经质。

陌上流年的老板于雅然，四十多岁是一个韵味十足的女人，在苏紫眼里，女人的五官形体极不极致不是很重要，重要的是有没有女人味，韵味是一种无形的东西，是一种发自内心油然而生的一种美，漂亮的女人大街上很多，但是有味道有品味的女人就凤毛麟角了，这个于雅然，她的浅笑她的眼神曾让苏紫她们几个猜测一定是个有故事的女人。

36

"男人都他妈的什么东西啊"方媛好像有点喝高了"为了他自己的事业前途和名誉，可以无条件的牺牲女人，可以将女人一下子从天堂打落到地狱"

"男人都他妈的自私，都不是东西"纪晨接话"他自己可以在外面任意的桃花朵朵开，但是女人交际略微开朗就会有淫娃荡妇之嫌，"

"男女平等？屁吧！永远都不平等"夏菲也跟着愤愤不平"你再怎么给他当老妈子，给他操持家操守孩子，男人都觉得是天经地义的"

"是啊，凭什么呀？"方媛仰头又喝了一口"我现在离了婚，坚决不再婚，我打算碰到好的男人只恋爱，谈腻了下一个，再下一个……"

这时候纪晨夸张状的鼓掌"好姐姐支持你，你应该是踹一个，再踹一个"

"恋爱是女人最好的补品，大补的东西，媛媛——美死你了，哈哈哈恋爱使人年轻，那你干脆长生不老得了"夏菲说完笑倒在沙发上了。

米娅估计喝的也不少，脸红红的在一旁傻笑"老妖婆——"

苏紫也跟着笑"我觉得大多男人都是很自我的，他想从你身上得到他想要的东西，但是一旦得到了，或者一旦抓住了女人的心，就会恃宠而骄，想让你俯首成臣，"

"是啊，难怪都说调教男人最好的办法就是对男人若即若离，得不到的在男人心里永远都是最美最好的，这样男人才会巴巴的像狗一样围着你转"

"男人有这么恶劣吗？'米娅还是傻傻的笑。

"你闭嘴"夏菲用手指着她，"你家栾飚模范，批判男人你今天说不出什么好来，"

"那我也闭嘴，"苏紫自觉地给自己的杯子里斟上酒"我没在围城，围城里的生活体味不详，所以小三保持沉默"几个女人中论年龄排的话，纪晨最大，第二是夏菲，苏紫是老三，所以被笑称为小三。

媛媛看了看苏紫，一把搂住了她的肩膀"苏紫——以后我就陪你——孤家寡人了，我们俩一起唱单身情歌吧"

俩人神经质的一起开口吼了起来"伤心的人那么多，我应该勇敢的过，不要爱过了错过了留下了单身的我唱单身情歌——"

纪晨也跟着瞎闹起来，右手握起来假装话筒，唱起了那首歌的另一段"孤单的人那么多，快乐的没有几个，不要爱过了错过了留下了单身的我独自唱情歌——"

歌声使聚会的几个女人都有些兴奋了，一向矜持的米娅也跟着夏菲站起身来扭动着身躯嘴里也小声的哼唱着跟着他们几个的韵律和节拍……

37

终于闹累了，不一会几个女人渐渐的都安静了下来。

"唉说来说去，我们怨男人怪男人骂男人甚至咒男人恨男人，但是这世界上不还到处都是男人"纪晨开始感叹起来"男人再不是东西，但是女人最终不还是离不开男人？"

"下辈子睁大眼睛找，如果碰到好男人抢也要抢一个过来"媛媛边说边假装捋袖子的动作。

"卑劣的男人，宁可不要！"纪晨端起酒杯"来来来共同喝一个"

"不像男人的男人，不疼不在乎女人的男人也都不要，"媛媛又补充了一句。

端起酒杯都一口喝了，苏紫听她们这么说心里不太舒服，前几日和林越一起上街，因为一个戒指苏紫已经低落几天了。

本来林越想让苏紫陪他一起上街选条裤子，自从认识苏紫后，林越的衣着搭配和品味也注重了，女人嘛也都想让自己的男人穿的年轻时尚些，两人一起逛了许久才买到了满意的，没想到回去的路上经过了一家金店，苏紫突发奇想想让林越给自己买一个戒指，林越没说话，陪苏紫随便看了看，最后苏紫选了一个小小的白金戒指，她喜欢指背上镶的那几个小小的心型图案。

"好看吗？"苏紫试戴在手指上给林越看。

"恩你喜欢就买下来吧"林越回答她。

让营业员开票，到了付款的时候，苏紫以为林越会去，但是看他没有去付款的意思，苏紫心里很不高兴，于是闷闷的一个人去结账付款。

回去的路上两人都没怎么说话，苏紫有点窝火，她知道林越花钱拮据，所以自己也没看价格过高的，一个戒指而已，只是一千多罢了，我们在一起这么多年了，难道不值这点钱吗？

路上苏紫以为他看到自己的不高兴也许会给个解释，但是他什么也没说，苏紫越发的心里不痛快了，找个公司有事的借口就和他分开了。

接下来的几天，苏紫一想起这个戒指心里还是耿耿于怀，林越打电话她要么就不接，接了也是语气懒懒的。

"怎么了？"林越终于开口问她了。

"没怎么，这两天事多，"苏紫不信他看不出为什么。

"怎么了？什么事又惹你烦了？"

终于苏紫忍不住了，心想你装什么装呀？

"好啊，那我今天就告诉你，那个戒指你心里应该很清楚我想让你买给我吧，但是你并不想买了送我，我怎么了？难道我在你心里很不值钱吗？"

但是对方的回答苏紫更加来气，没想到林越会说"不就一个戒指吗？至于嘛？"

"不——就———一个戒指吗？"苏紫音调不自觉的提升了，"一个戒指？不管它值多少钱？但是你知道戒指在女人心里意味着什么吗？"

林越在那边没说话，苏紫继续"我知道你生活节俭，但是我真的希望你能给我买个戒指，也许我会死心塌地的跟你下去，也许是一辈子"

当苏紫说出一辈子这三个字时，更加的觉得自己委屈。

顿了顿，苏紫也发现自己有点激动，于是口气缓了下来"林越，戒指本身并不值什么？但是你却让我觉得在你心里很不值钱，你是不是真的——很不在乎我？

"这都哪跟哪呀，你们女人怎么这么喜欢找茬？林越在办公室拿着手机解释"不给你买我也有原因的，你知道吗？

苏紫就想听他怎么解释呢，于是仔细认真的等他接着说下去。

"结婚这么多年了，我都没给徐丽买过戒指，所以给你买我觉得不太合适"

苏紫不是不讲道理的人，自己和林越在一起总觉得在心里隐隐的觉得对不起徐丽，总觉得自己是趁着她不在偷偷的吃了她碗里的饭，这种心理感觉对林越说过，但是没想到林越会在这里拿徐丽当挡箭牌。

信吗？和徐丽结婚这么多年了竟然没给她买过戒指？苏紫觉得可能吗？骗小女孩还差不多，这借口太烂了吧，不想买不想花钱还不如直说呢。

苏紫突然觉得好没意思,难怪人家说婚外情像浮萍，说散就有可能散了，这么多年了，这样对他值吗？

"随你吧——你想怎么就怎么样吧！不等对方说话，也不想再听他说什么了，苏紫就把电话挂断了。

接下来两人之间的又一轮冷战开始了，每次的吵架和冷战在林越眼里都是苏紫的无理取闹，一想到林越每每把这种帽子扣到自己的头上，心里不免又加重了怒气。

可能他真的不爱我，苏紫又一次浮出了这样的想法。

好多次和林越在一起欢愉的时候，两人激情的时刻苏紫总是忍不住紧紧地搂住他的身子，喃喃的说给自己也说给他听"林——我爱你爱你——"

但是林越不回应，也从来没说过：苏紫我爱你—

林越一次也没有说过，苏紫记得很清楚。

有一次苏紫趁着两人情欲后的热潮未消，在林越翻身从自己的身上下来的时候，突然冒出了一句"你爱我吗？

林越愣了一下"为什么要这么问？

"这么多年了，你从来没说过你爱我，是不是不爱？

39

"我们都什么年龄了，这种问题我觉得很无聊"林越这么回答她。

苏紫忽然坐了起来，转头面向他"但是我今天就是想知道，你到底对我——爱——还是不爱？"苏紫这时候的倔脾气上来了，非要林越给自己一个答案。

"又不是小青年，为什么要把那个字挂在嘴上？"说完林越起身去冲澡，回头又加上了一句"心里有不就好了吗？"

还是没有得到林越的答案，那到底是爱还是不爱呢？

苏紫闭上了眼睛，重重地倒回到了床上……

可能是不爱的吧？模棱两可的答案让自己揣测了这么多年。

唉——算了吧一辈子这样随他下去真的很需要勇气，如果没有爱的一段感情荼蘼了自己的一生，还不如快刀斩断，让自己早点解脱算了。

十年也许真的是一个劫

林越——这一次我们分手吧苏紫这样对自己说。

媛媛很热情的替苏紫约到了邹大峰。

苏紫今天穿了一条亮眼的蓝色碎花宽松长裤，上身搭了件黑色的低领短袖棉衫，苏紫故意把微卷的头发散下来，客户既然是个男人，所以就把自己打扮的尽量很女性化，谈判的时候面对女性，苏紫明白男人的态度和语气不会太公事化，如果谈话氛围轻松的话搞定这个项目也许成功的几率就会更大些。

务实的男人总是很忙，邹大峰迟到了，急匆匆地赶到约定的餐厅才发现不记得哪个包厢了，正在努力搜索着记忆，忽然听到一个女人说到了自己的名字，于是扭头看了过去。

"恩苏月那个方案我明天再严审一遍给对方答复，你别管了，明天我亲自给他解释，恩我到了，媛媛没到，邹大峰也没到呢"苏紫从洗手间出来拿着手机边走边说。

"你——等我"邹大峰走向前去指着苏紫说。

苏紫一怔但是很快地就不示弱的回应他"想和美女搭讪，语气我第一次见这么霸气的"

"我——我不是"听对方这么一说，邹大峰知道这女人肯定是误会自己了。

"邹大峰，不好意思我是邹大峰！"

"哦——"弄明白对方的意思，苏紫捂着嘴巴脸突然有点微红"不好意思我才不好意思呢"

面前脸红的女人忽然让邹大峰萌发出莫名的好感。

"你好邹总——我叫苏紫——"苏紫脸上的红晕还没来得及褪去，就立刻显出了正色的微笑把手伸向他。

"你好久仰了听方正兄妹夸过你"邹大峰也伸过手去两人礼貌的握了握。

席间苏紫自我介绍公司，介绍公司历年来市场上的哪些成功的广告创意，再加上媛媛在旁大峰哥大峰哥的喊着，脱离了商业性质的洽谈方式，的确让邹大峰觉得今晚谈话的氛围很随性轻松。

这个小女人苏紫的确不太一般，就像她说得太大众化的东西人们早就乏味了，出新出奇的广告路子现在才能有新的市场。

苏紫——邹大峰在心里默念这个名字，一个很美的名字，一个漂亮有头脑的女人。

而此时的苏紫对着面前的这个男人侃侃而谈，她却没料到这个男人会成为她生命中很重要的一个人。

途远创意公司

这几日人心都很高涨，现在开始策划涡阳老窖的创意方案，苏紫为了鼓舞士气，加大了入选奖酬，所以手下的小青年们摩拳擦掌都暗暗的开始较上劲了，苏紫喜欢员工的这种工作热情，作为老板看着公司这么有活力有朝气，谁能不欣慰呢。

"恩还在路上啊真辛苦"苏月又在和小娇通电话了，苏月的朋友不多，小娇是苏月的密友。

"啊你又瘦了？我没瘦好像又胖了几斤，我把我这几斤给你就好了"苏月在电话里和小娇开玩笑，小娇太瘦了，怎么吃也吃不胖。

苏紫赶紧接话"我——我——我也给她几斤"

苏月笑着给小娇转达"苏紫也要给你几斤那么我们三个身材就都标准了，"

"问小娇什么时候回来？姐姐我请她吃饭，"苏紫在苏月的办公室里翻找到了她要找的东西就出去了，任凭这俩丫头继续闲扯。

"哦，对了我晚上有饭局你别做我的饭了"身子出了门了苏紫又探头冲苏月交代了一句。

和林越已经快有两个多月没联系了，苏紫不接电话，林越觉得无趣也

41

就不再打了，就这样两人继续僵持着。

苏紫中学同学今晚聚会，接到同学的邀约电话她很爽快的答应了，摇摇头暂时放下这些不悦，干嘛不去玩？没有他林越我苏紫难道就不活了？

"美女苏紫苏老板驾到——"上学的时候徐伟就是调皮鬼，现在还是那副吊儿郎当的样子，这次参加聚会的同学大约有七八个，都是能侃能闹的主，何翔几乎一喝就多，一多就带头起哄。

"上学的时候王永强最捣蛋，王老师朝他脸上贴女同学流行的那种明星贴纸，一个脸上都是"何翔开始说起上学的时候老师怎么罚男生。

"是啊是啊"大家都想起来了这事了，都跟着附和"那时候他最能和老师对着干了，不过也只有王老师能制住他"

"哎哎那时候给王老师起的外号黑猫警长到底是谁给起的？"苏紫突然想起来问这个问题。

"孟春吧？"陈迎妹不太确定的回答。

"不是我不是我，徐伟这小子"孟春用手指了指徐伟，大家把目光转向徐伟，他正咧着嘴坏笑呢。

"我就奇怪了，上学时候我们几个男生周末骑自行车带女生去龙山玩，到底是谁告诉王老师的？王老师专门找我谈话，很怀疑我早恋，把我狠狠的批了一顿"孟春想起那事似乎还在愤愤中。

"那时候你不亏，"何翔糗他，"你那时候早熟，天天送三班的刘燕回家，我们几个谁不知道啊，"何翔这么一说大家都跟着笑孟春。

"哦——原来你的初恋情人是刘燕啊"武丽捂着嘴笑，"我还以为你那时候喜欢的是李丽呢？"

"去你的，管我什么事啊，"李丽推了武丽一把。

"哈哈哈孟春后悔了吧，刘燕现在哪有我们班李丽漂亮啊？"苏紫也跟着打趣。

"你们别拿我说事啊，刘燕我不也没追上吗？我这么帅，唉—总是和美女没缘分"孟春端起酒敬了身旁的大班长一杯。

"你老婆怎么不美了？哪点对不起你？"迎妹替他老婆鸣不平"你看你现在这样，一身的邋遢肥肚"迎妹嘴里寒蝉着同时还甩他一个白眼。

看着这帮同学笑闹着，苏紫也咧着嘴一直陪着乐，端起酒也冲旁边不大言语的大班长仰仰，大班长看看自己杯中酒也不多了，索性也就一口而尽了。

大班长丁继胜是在座同学中最年长的一个了,现在承包土建各种工程,苏紫在上学的时候和这个丁继胜交情算是比较深的了。

上中学的时候苏紫瘦小,戴一副小眼睛,每天上学放学回家的路上和大班长顺路,大班长本来话也不多,苏紫觉得也没什么好说的,那时候骑自行车上学的人不多,苏紫每天都是步行,所以经常大班长路上看到苏紫一般都是停下车子,长长的腿一支,冲苏紫几乎都是一句"上来吧,我带着你!"苏紫面对这个大哥哥的人物很乖的就上了他的车子,就这样,慢慢的苏紫在心里几乎真的把他当成哥哥一样的人了。

聚会很晚才散,大家即使分离也是哄扯了一番才散了去,苏紫觉得今天好像有点晕,所以谁的车也没蹭,也不没让人送,索性走走步行吧。

喝点小酒后人和心情都感觉飘飘的,脚下也仿佛软软的,不知从哪里传来一段音乐,那是这段时间一首挺红的歌曲,苏紫听到后不由得怔了怔。

此时那个歌手很动情的唱着:

微妙的反应忽然想起你

这默契—感觉像是一个谜

心里有点急也有点生气

你不要放弃行不行

我在过马路你人在哪里?

43

听到这里,苏紫突然想骂人,林越——你个王八蛋你现在在哪里?真的是不在乎我不把我当回事吗?

"苏紫你没事吗?"一辆黑色的别克不知什么时候已经在她身边了,一个男人的头从车里探出头问她。

苏紫站住,看清了来人,"啊——大班长原来—你一直在我回家的路上啊"

"怕你喝多了,不大放心,你真没事吧?"丁继胜问。

"我没事就是想吹吹风"她心里有点欣慰,总算还是有男人关心自己的。

"走吧我送你回去"老同学还是不放心,让苏紫上车。

"我不坐,你要真的不放心就下来陪我走走"苏紫此时的口气有些蛮横,有些无赖。

男人面对女人的要求大多都是应承下来的几率比较大，大班长摇摇头笑笑只好把车停在路边，下车陪苏紫散散步。

"谢谢你——"苏紫见他真的留下陪自己，由衷的有些不太过意了。

"不开心吗？"老同学并肩与她同行的时候开口问。

"恩——算是有一点点吧"苏紫闷闷地答，此时的她不想说谎。

"苏紫我突然想起以前上学的时候你给我讲的一个故事了"丁继胜找了个话题想缓解一下此时苏紫的不悦。

苏紫扭过去头看过去"我上学那时候最喜欢给大家讲故事了，喜欢瞎忽悠你们"

"恩你那时候特逗，那么多同学中我记得你最爱看书了，所以你的故事最多，大家天天都被你逗的笑的肚子疼"大班长也跟着回忆，"不过那时候你讲过的一个故事我觉得主角特像你"

"啊哪个呀哪个？"苏紫再一次扭着头朝向他有点急切地问。

老同学娓娓的张开了口：

"有一只兔子，到杂货店问老板：老板有胡萝卜卖吗？老板说没有，兔子听说没有就走了，第二天兔子又来了，问老板：老板有胡萝卜卖吗？老板还是回答没有，第三天兔子又问：老板有胡萝卜卖吗？老板说没有没有第四天兔子还来问：老板有胡萝卜卖吗？老板生气了说：说了没有没有你没听见吗？你要是下次再来小心我把你牙给拔了，但是第五天兔子又来了，老板不等兔子张口抓过兔子的耳朵真的把它的牙给拔了，兔子捂着流血的嘴巴终于走了……第六天，小兔子还是来了，扁着没牙的嘴问：老板——有胡萝卜汁卖吗？"

苏紫想起自己讲这个故事时搞怪的表情和音调，现在还是忍不住想笑"你的意思是说那只兔子和我像吗？我有那么傻吗？"苏紫拿手指了指自己同时并咧了咧嘴。

"不是傻是死心眼，我觉得你蛮像它的"丁继胜回答。

"呵呵我在你眼里好像很傻啊？"苏紫直愣愣的睁着眼质问他。

"苏紫你在我眼里聪明而且很能干，但是有时候也很固执，太固执了就像那只兔子难免会让自己受伤，你明白吗？"丁继胜的眼睛很认真的看着她说。

是啊不得不承认，自己的确很固执，但是这么多年了，和林越每次吵架几乎都是自己先妥协，自己先让步，这么多年了，分分合合枝枝慢慢自己不还是在心里放不下他吗？百转千回难道要这样一直下去吗？

故事里的兔子会不会爱上的是那个老板？，所以每天找理由找借口接近他，也许有情总被无情伤，所以兔子最终受伤是难免的，苏紫在心里有点荒诞的思忖着。

"谢谢你大班长"面对着这个眼前的男人苏紫认真的感谢他。

"我以后要慢慢学会改变，学着看开"

"恩你是个聪明的女人，苏紫不管你遇到什么或者碰到什么不愉快的，心里放开些一切都会没事的"这个大男人宽慰她，并且笑笑摸摸她被风吹乱的头发，苏紫回了他一个调皮的鬼脸，心里同时涌起了几许被关爱的暖意。

而此时一辆疾驰而过的车从他们的身边滑过，车里的一个男人看到了这对男女，脸色突然变得不悦

炎炎这几天学校放假，苏月带他去北京小娇那里去玩玩，于是这几天苏紫在公司的确是忙了一些。

涡阳老窖的那个创意也在她脑子不停的盘旋，苏紫真的想在这个广告创意上出彩，这就是她的做事风格，不做也就罢了，如果做就一定要做好——做出色。

"邹总你好我是苏紫"苏紫握着电话笑吟吟地说。

"什么时候有时间，我想请你出来坐坐，恩恩想和你谈谈产品方案上的一些思路，恩不知道你喜欢哪种风格的？呵呵大众市场上需要接受喜爱并且认可，但是你可是我的客户最起码也要你先能接受审核，恩要不然怎么可能面世？"苏紫的语气有客套同时也带有少许的献媚。

邹大峰的办公室里正在开小型高层研讨会，这个时候如果不是很重要的电话是可以不接的，这个广告方案也是可以交给市场营销部来具体负责的，但是说不上为什么，邹大峰在心里还是希望能和苏紫再有些联系互动。

"恩好的我在开会一会我看什么时候有空约个时间谈"他看看几个下属手里都在翻阅着手里的资料。

"小黄——今年的广告费用策划和预算我看看以前都是怎么弄的，一会你整理一下送我办公室去，"挂了电话邹大峰对他对面的一个人吩咐。

45

"恩好的，邹总！"那个叫小黄的回答，于是会议继续。

苏紫听说对方在开会，自己打这个电话有点可能是不太合适，挂了电话后不好意思地吐了吐舌头。

气宇轩昂张弛有度

这是邹大峰给苏紫留下的印象。

第二次见面苏紫还是将地点安排在他们初次认识的一舟鱼坊，这次少了方媛，苏紫心里稍微有些忐忑，不过一切都还好，她将几个原始的创作方案给对方展现一下，然后想让对方谈谈，想听听他的要求和想法。

邹大峰欠了欠身"对于你们这快我肯定是隔行如隔山了，但是——我主要是就冲着一点才对你有兴趣的，慕名你与众不同的风格和新奇的创意"

"邹总你太过奖了，我的性格本身就不喜欢附儒追风，做什么事一般都会做出自己的特色风格来"说着苏紫举红酒敬对方。

两人相视一笑，继而各自浅呡。

放下酒杯，苏紫继续：你们厂家大多现在为了销售自己的产品都费劲心思的在销售业绩上动脑子，但是作为你的这个老字号的商品了，我个人以为，品牌宣传上估计你们可以暂缓了，现在还有谁不知道你们涡阳老窖的名号啊，是吧？"说到这儿苏紫将恭维故意顿了顿，看了看对方，两人相视一笑。

"邹总想没想过从消费者的心理上做文章？现在人与人之间的感情都被现实中的浮华冲的很浅淡了，那我们可以考虑走走公益广告的风格路线，主推亲情这一块，你觉得怎么样？"

"公益风格？第一次听人给我这么建议"邹大峰抬了抬手，示意她继续说下去，一副愿闻其详的态度。

"邹总我只是个人这么觉得啊，第一我要保持我公司的创意不落俗，第二你的产品也需要新的风格形式来让消费者认可，所以我个人于公于私才有这样的想法，其实你们的产品真的可以尝试一下新的风格"

"恩，你的建议我一定好好考虑考虑"邹大峰端起杯子敬她，心里开始以欣赏的眼光来看她了，果然不是一般的女人。

工作方面的事谈的差不多了，接下来两人的交谈就轻松多了，渐渐的两人随便聊着喝着，苏紫的脸开始有些红了，于是话也就显得多了，苏紫说了很多她公司以前做的那些策划方案和闹的笑话，，邹大峰一直在听，偶尔也幽默的插几句。

　　"苏紫你不仅漂亮人还很聪明啊邹大峰听她说了很多被她都逗的心情很好由衷的夸奖她一句。

　　"漂亮嘛？我不敢当，一般一般也就全国第三吧苏紫扬扬下巴边佯作一时的高上状。

　　"至于聪明呢？我朋友优优你猜怎么说我的？苏紫狡黠的冲他笑。

　　"不知道邹大峰笑着摇摇头，期待着苏紫继续说下去。

　　"优优说我蛋白质，苏紫皱着眉头立刻又作无奈状。

　　"蛋白质？邹大峰一时有些迷惑不解。

　　苏紫看到对方的很期待的样子，故意顿了顿然后一字一句的给他解释："蛋白质就是——笨蛋白痴再加上神经质，说着苏紫伸手指指自己然后笑笑，邹大峰听她说完后也哈哈大笑了起来。

　　苏紫的率真和爽朗给邹大峰这次留下了很不错的印象，和苏紫在一起他觉得很轻松随意。

　　邹大峰今年四十四了，老婆几年前乳腺癌去世，一个儿子现在在英国读书，孤家寡人的他身边这几年虽然也是美女如云，但是拜金虚荣的女人居多，要不就很有心机，还有些就是漂亮没大脑的。

　　而这个苏紫——漂亮有主见有思想，独立积极爽朗，和这样的女人做朋友邹大峰觉得是一件很愉快的事。

　　这次两人聊了很多，饭局结束时仿佛像认识很多年的老友了。

　　林越今天陪客户吃饭，席间出来接了一个电话，挂了电话后他朝大厅里随意的瞟了一眼，却看到一个熟悉的身影，于是站住了。

　　一对男女说笑着走向旋转出口，苏紫今天着装很清爽，一条浅金色的吊带长裙，配一件米白色的毛衣开衫，腰间简单的搭了一条棕色的皮链。

　　不知怎么了突然白色的高跟鞋崴了一下，旁边的男人很自然的用手搀了她一把。

　　"没事吧？那男人关切的问。

　　"没事嘴里说着苏紫的嘴疼的咧了咧。

　　"我扶你出去,估计脚崴了吧？邹大峰笑她"你们女人都喜欢穿高跟鞋，我们男人一般就受不着这种折磨"

47

听他这么一说苏紫冲着他又乐上了，给了扶她的这个男人一个很灿烂的笑容，于是两人搀扶着走出了门。

因为离的有一段距离，所以林越没听到他们说的什么，但是看到他们几乎半拥半抱的走出门，他突然转身走回房间，头也没有回。

今晚的苏紫有些过意不去，是自己不小心崴到了脚，但是邹大峰非说是出来请他吃饭才害她这样的，非坚持带她去医院拍拍片子看有没有伤到骨头，折腾了一番，也没什么大事，最后才放心的开车送她回家。

回到家后，苏紫发现脚也没什么大碍，慢慢的可以走的。

累了一天了，冲个澡刚要休息，手机响了，来电显示是林越的，铃声响了几声，她稍微顿了顿但还是接了。

"喂——你在哪？"林越好像喝多了"在哪？在哪？"

"我在家，"苏紫回他"你喝多了？今天喝多少？"

"你管我喝多少？反正不会死"他口气很冲。

这么多天没联系，苏紫本以为是求和服软的电话，没想到是这副口气。

"怎么了？我最近没惹你吧？现在是你打电话给我的"

"对！是我打电话的，我想问你个问题，"对方很快把话又抢了过去"苏紫——你到底有多少个男人？我排名能算上老几啊？"

苏紫愣了"怎么了？你到底什么意思？"

"什么意思？你多少的男人你数得过来吗你？"林越的语气还是不放过她。

"林越——你个王八蛋——！"苏紫开骂了，现在有撕人的冲动。

"姓林的你在哪？你今天必须给我说清楚！"苏紫突然想起怒发冲冠这个词，觉得自己现在身上的每个毛发几乎都是硬的。

"我能在哪？我在你的花园，我以为今天你会带男人来这呢？结果我没撞见……"

林越后来说的什么苏紫不想再听下去了，猛的挂断电话，几乎是冲下楼去跑到大街上伸手拦了一辆车急巴巴的说西聊花园，司机接到指令开车疾驰而去。

钥匙转了半圈门就打开了，不等苏紫开口林越就上前抱住了她。

"苏紫——别闹了我们和好吧"林越喃喃地说着又把她仿佛抱的更紧了起来"不管怎么样，我忘不掉你，苏紫忘不掉……"

林越几乎从来没哄过自己，无论心里再想嘴上也不会说出来，听他此刻这么说，苏紫心里忽然洋溢起满满的柔软，丢盔卸甲，终于又塌陷了，伸出手慢慢的抱住了这个男人。

说好了要离开这个男人，可每次最终都以自己不舍得而失败告吹。

记不清下过多少次分手的决心了，感情的撕扯和拉锯总是自己先败下阵来。

爱情是一种使人犯贱的毒瘾，爱的越深犯贱的指数就越高，苏紫鄙视透顶自己了，可是这次苏紫觉得自己又一次的犯贱了，忍不住搂紧了怀里的这个男人。

"林越——我想你了"苏紫也轻声地说。

49

第四章

今天一大清早起来炎炎就处于兴奋状态，因为军舅舅答应带他去科技馆玩上一天，本来公司这几天忙，苏月不想跟他俩去的，反正吴军一个人带他去她也没什么不放心的，但是扭不过炎炎的磨缠，最终还是三个人一起去了。

到了那里吴军才知道难怪小孩子都喜欢来这里，里面所有的项目设置都是结合了一些物理原理方面的程序设计，利用引力动力等等开发出和游戏相结合的这些东西，难怪小孩子都喜欢。

苏月和吴军两个大人陪炎炎玩了一个又一个，渐渐的也不亦乐乎起来，在苏月眼里，炎炎开心就是她最大的欣慰，而此时在吴军的心底，苏月母子开心地就会跟着愉悦起来。

"吴军——"旁边一个胖胖的男人喊他，说完走向前去给了他不轻不重的一拳算是招呼，吴军身上挨上了一拳才注意看这个男人，很快地在对方肩膀也回了他一掌"段文浩，原来是你小子"接着爽朗的都笑了起来。

"我带我女儿来玩，今天没想到碰到你也带老婆孩子一起来玩呐"段文浩边说边望向苏月母子，苏月被他这么一说，脸不自觉的红了起来，低下头去接着陪炎炎装作什么都没听见。

"你小子艳福不浅啊，嫂子真漂亮"那男人继续说边打趣吴军，吴军听老同学这么夸他，心里竟然暗暗觉得有些小得意，嘴上却也懒得做辩解，是啊难怪老同学会误会，让任何人看来他们都像是一家三口。

"毕业这么多年了，好像就没怎么见你几次，你小子在哪发财呢？"吴军说着揽过比他矮半头的老同学带他找个安静点的地方叙旧去了，走时冲苏月摆摆手算是打个招呼了。

而此时的苏月心里泛起了涟漪，自从吴军的老婆几年前搭上了一个有钱的男人走了，而轩庭也因病撇下了自己和炎炎离世以后。看得出两家的老人就有撮合他俩在一起的用意，两个人也不傻，心里也都清楚双方父母的心愿，苏月对他，有尊重有依赖有信任，但是男人和女人之间的感觉自己又搞不清楚了，唉自己带了个孩子是个拖累，吴军会计较这点吗？苏月甩甩头不去想这些了，炎炎已经又被下一个游戏迷住了招手喊她赶紧过去。

炎炎玩到科技馆下班才愿意离开，并且缠着让妈妈和军舅舅答应下次还带他来，看来孩子真的是特别迷恋这种地方。

"好啊我们炎炎如果听话，如果妈妈不带你那军舅舅义不容辞的接受这个任务好不好"吴军弯下腰捏了捏炎炎的小鼻子。

"恩军舅舅是好人，如果妈妈不带我来，那妈妈就是个坏人"孩子被吴军这么宠着说话也开始放肆起来，说完狡黠看了看苏月后立刻拉着吴军向前小跑起来，边跑两人边哈哈大笑。

苏月看着他俩跑走，也跟着假装生气佯作追去"跑的才是坏蛋呢，坏蛋才被好人赶呢"

51

而此时的苏紫可没像他们那么悠闲，那个涡阳老窖的文案苏紫傍晚突然想到一个创意，于是加班加点的在办公室把这个创意用电脑把它润作更完美些。

苏月和吴军带炎炎打算在外面吃饭打电话喊他一起，苏紫接了电话嘴里喃喃的回答"不去—不吃—不饿……"手里的鼠标还一刻不停的继续操作着。

"嘘——你大姨魔怔了"苏月挂了电话后吓唬正在和吴军闹的炎炎，炎炎一愣不明白什么意思，吴军和苏月看着他那神情一起大笑了起来……

林越被徐局长通知派他明天去北京出差，估计这次要去半个多月，想想要出去这么多天，林越突然有点不踏实的感觉，给苏紫发了条信息：明

十年

天去北京出差

此时他不知道苏紫还在专注的在弄那个创意方案，以至于对手机信息没有在意，信息发出去后等了一会林越见没有回应，心里有些不悦，但是也不好说什么，晚饭随便吃了点想溜达溜达。

城市的夜与白日不同，仿佛透着一股诡异的美，但是一个人独自在街上瞎晃悠也不免孤独了些，于是掏出手机还是拨了苏紫的号码。

苏紫接电话倒是也不算慢"喂——你好"

"你干嘛呢？信息也不回？"林越埋怨她。

"呵呵我没注意看信息，怎么了宝？"苏紫哄孩子的口气。

每每苏紫这样称呼他一个大男人，林越总是觉得受不住。

"你能不能别这样叫我？真受不了"

林越刚说完就听到电话那边苏紫在略略的笑。

"我高兴——我喜欢！"苏紫腻他。

"太肉麻了，我真抗不住"

"切——哪有什么呀，如果我们以后结束了，我不打算结婚，再下一个我会喊他贝，"

"再然后呢？"林越追问。

"再下一个我就喊心再下来就肝"苏紫继续想象。

"再后来呢？"林越看她还怎么说。

"再再然后嘛让我想想，恩如果都每个和你一样十年的话，到肝的时候我就七八十了，差不多该歇菜了"

"少花痴了啊你说正经的啊明天我要去北京出差了，告诉你一声"林越说。

"哦去几天啊？"苏紫问。

"恩这次估计时间要长点，大概半个多月吧。

"啊这次这么久？"苏紫停下手头的工作朝椅背上一仰。

"是啊所以才给你打个招呼啊"林越说着边走进一家超市，想买包烟。

"那——小别之前你打电话是不是有什么动机啊？"苏紫在电话那头坏坏的笑起来。

林越看看超市里没几个人，离自己而且有一段距离，于是胆子也大了起来"如果有人愿意给我临行前冲冲电我不拒绝"

"思想够淫的你，"苏紫在那边笑骂他。

"我还在公司，手头还差一点点就好了，那要不——你先去御花园候驾吧"

"哦对了我还没吃饭呢，你顺便给我买点吃的带过去吧"说完苏紫就把电话挂断了，加快些速度做完后来的这一点，就能早点见到林越了，于是苏紫对着电脑又继续忙了起来……

"苏紫——你快来吧"苏紫刚按下手机的接听键就听到对方那边很吵，听到苏月带着哭腔的声音，苏紫的心猛地被揪了起来。

"苏月——怎么了？"

"吴军被车撞了"苏月六神无主的继续"120已经来了，我们现在路上去医院"

"什么医院？严重吗？"苏紫急切地问。

"不知道"苏紫的声音看来吓得不轻"我不知道，炎炎也受伤了"

听到炎炎也受伤了，苏紫心里更加急了"什么医院？问你呢？"苏紫对着话筒吼她。

"省立医院"苏月刚说完，苏紫这边就挂了电话，拿起包冲了出去。

医院急诊这会很乱，苏紫在心里骂：都他妈的什么乱七八糟的，晚上怎么还这么多人？

急巴巴的找了一会没看到人，问了就诊台后立刻又朝手术室跑去，手术室门外苏月也不在，苏紫心里又急又火，到医护台确定了手术室的病人叫吴军，苏紫才转身重新走回手术室门前慢慢的才找了个椅子坐了下来，闭上了眼睛把头轻轻的靠着墙仰着叹了一口气。

过了一会苏月抱着孩子才出现，娘俩站到了苏紫的身旁。

"苏紫——"苏月喊她。

苏紫总算看到她了，劈头就冲她嚷起来"怎么回事？吴军手术呢，你这个时候乱跑什么？"

"我抱炎炎去包扎去了"苏月小声的回答，炎炎这时候也怯怯地看着大姨搂紧了妈妈的脖子。

听她这么一说，苏紫才注意到炎炎的腿上缠了纱布，额头上也涂了一些红药水，苏紫立刻气焰消了大半，把声音放柔了下来问"到底怎么回事？"

"我们三个回来的路上，炎炎和吴军总也疯不够，突然一辆货车冲过

53

来了，吴军一把推开炎炎，所以自己的腿被车子压住了……"说完苏月闷闷的低下了头。

"那撞人的司机呢？'苏紫接着问她。

苏月没说话，用手指了指旁边蹲在墙角一脸血色的年轻人，苏紫这才注意到离手术室门口原来还有一个人。

那年轻人听到说他，转向这里露出了一个很难看的哭脸站起身走了过来。

"你是怎么开车的？"苏紫终于觉得有火可以敞开的发了。

"大姐，我……我……我也不想啊？"那人小心的回答。

"你不想就能把人撞成这样，你要是想呢还能怎么样啊？"苏紫不依不饶的架势引得有人探头朝这里观望。

"大姐，我真不想的"那年轻的司机仿佛要哭的样子。

"我只是个给老板送货的，学会开车也没多长时间，我哪知道这车有点问题啊……"

突然手术室的门打开了，有个医生模样的人喊了起来"吴军的家属在吗？"

苏紫和苏月都急忙迎了上去"我们在——怎么样？医生？"

"病人没什么生命危险，但是左腿承受的压力太大，关节处腿骨断了，现在需要打钢板，你们家属选择哪种材料的，进口的还是国产的？"

医生很职业话的说出这些似乎像背了很久的台词"进口的八千，国产的三千八"介绍完价格就开始等病人家属的决定，好像做好了随时关门退后的准备了。

"我不管进口的还是国产的，给他一用最好的！"苏紫很郑重的回答医生。

医生看看她"那就进口的了"说完立刻就把门关上了。

苏紫慢慢的找个椅子坐下来，缓缓的她叹了一口气然后对着那司机说一句"让你们老板明天和我谈吧！"

苏紫想来这一夜自己不用睡了，手术结束后很晚了，由于麻醉的作用还没过去，手术后的吴军看起来很安详，苏紫觉得既然手术没什么问题就明天再通知吴叔他们，否则老人家肯定会立刻要赶来医院，但是他们来了这么大年龄又能怎么样呢？于是她让苏月带孩子先回家去，肯定是自己留下守今天这一夜了，而且明天估计还会有很多的事等着她呢，想到这里，苏紫皱了皱眉头又叹了一口长气。

"吴军现在这样是为了炎炎……我……"今天发生这样的事，苏月不知道该怎么对她形容现在的心情。

"没事的"苏紫劝慰她"这家伙壮的像头牛，不会有什么事的，别担心！"

苏紫的话给了妹妹少许的安抚

"姐——"苏月的眼前有些湿润。

"放心吧，不会有事的，就是真有事，也是我们一起担"一脸倦意的苏紫用眼神再一次给她宽慰。

苏紫总是这样，虽然比她大三岁，但是从小到大好像始终都陪在自己身边，每次在自己需要或者不需要的时候，都给自己踏实和安心，而自己在她身旁仿佛永远都像个孩子，附属着她，依赖着她，苏月抱着炎炎在回去的路上一直被浓浓的亲情紧紧的包裹着，只要有苏紫，都不会有事的，吴军你会没事的，你会好好的，苏月在心里祈祷着。

医院里的夜大多都是无眠的，病房里的苏月一夜也都是在忧虑中过的，虽然嘴上这么宽慰苏月，但是看着病床上的这个男人，她和苏月一样也是不停地在祈祷着，想像着吴军生龙活虎的样子，和她打趣取闹的场景，苏紫现在多希望吴军忽然能从床上坐起来，然后冲她大笑"哈哈吓到你了吧？"

吴军你不能有事，你会好起来的，你的家人需要你，我们也需要你，苏紫在心里默默地说。

也不知道过了多久，吴军的手忽然动了动，看来麻醉的药性快要过去了。

"吴军吴军——"苏紫小声的唤他。

听到有人在叫自己，吴军很费力抬了抬眼皮，"苏月——"

"我是苏紫你现在感觉怎么样？"苏紫靠近他小声地问。

"我困我想睡觉，"吴军的声音还是弱弱的。

苏紫心里忽然的心疼起他来，那么强悍的一个男人，现在看起来这样的无力和柔弱"你睡吧我在这里我看着你呢，睡吧"

看到吴军没什么大事了，苏紫的心里踏实了很多，才发现自己也是又累又乏好像还有点饿，忽然想起来林越，好像让他给自己买吃的了，现在才想起来，拿起手机才发现两个未接电话，几条短信。

十年

"你最爱吃的那家牛肉汤一碗陪我一起在等你，还要多久？"

"电话也不接，你又玩什么？"

最后一条"汤凉心枯人困怠——"

苏紫看看现在的时间，凌晨两点了，他肯定睡着了，电话肯定是不能回了，于是手指动起来复了一条信息给他"医院陪护吴军歉——"

一个大男人，关系再好，怎么会让苏紫去陪护？早上睡醒后的林越想。

于是林越拨了电话过去，没响几下，苏紫那边就接通了。

"陪护吴军怎么回事？"林越一开口就问她。

"昨天晚上吴军出车祸了，左腿伤得很重"没等苏紫继续说下去，林越就打断了她的话。

"他家里人呢？怎么你会陪一夜"林越的口气似乎有些不悦。

"太晚了，而且发生的又突然，所以我就先应付着了"

"呵呵——挺在乎他的嘛？"

听林越这么说，苏紫在这边笑了"怎么了？吃吴军的醋了？"

"去吧——你身边男人又不是一个两个的，我吃得过来吗？"

听林越这么说，苏紫心里有些不高兴起来"林越——你还在生上次的气吗？"

一想到上次苏紫在别的男人面前的样子，林越真的有些不高兴了"我没那么无聊，你男人多那是你的本事？"

被林越这一顿冷嘲，此时的苏紫也彻底的生气了"你有意思吗你？大清早的想和我吵架是吗？"

"谁想和你吵架了，你单身贵族，我有妇之夫，我有资格吗我？"

"林越——你到底讲不讲道理？"

"我不讲理？"林越觉得苏紫这时候才是不讲理的那个人"我不想吵架，我也懒得管你——"说完啪的一声林越就把电话给挂断了。

每次都是这样，苏紫有气的时候林越不仅不会让着自己点，而且总是对自己呼来喝去的。

听着手机里嘟嘟挂断的声音，苏紫真是又急又气，把电话拨过去，对方挂断了，她又拨，林越又挂，再拨，还是挂。

就这样苏紫拨了十几个电话，林越只是不停的挂，就是不接，后来回了几个字的信息给苏紫：神经病！

混蛋——王八蛋——苏紫在心里忍不住又骂了林越起来。

就这样，苏紫度过了一个郁闷而又忙乱的早上。

没过多久，肇事方的老板就来了，陪笑脸，又带了家属来医院跑前跑后一副歉意十足的样子，苏紫看到对方表现的这样，又看到吴军的精神也还算不错，于是气也消了大半，是啊谁想这样呢，我们不想他们肯定更不想了，唉只能是我们最近倒霉罢了。

和吴军商量一下，吴军暂时不想让通知他爸妈，他的右脸还有些肿，手术后右腿缝线很长，打了那么多面积的石膏，怕老人家看到了肯定会大惊小怪的不得安宁。

"恩那就听你的，这几天我和苏月多辛苦些，那就过几天等你看起来精神些再说吧，"苏紫说完拿起毛巾要给他擦擦脸。

"我自己来，胳膊又不残，别真拿我当残疾人看"吴军接过去毛巾。

"哼哼你现在是大爷，难得我伺候你几天，你倒是还不乐意？什么人啊你？"苏紫像平时一样习惯了和他绕嘴。

"哦对了我想过了，这几天公司那边不让苏月过去了，让他主要来医院照顾你，你公司那边你得想想怎么安排？"苏紫问。

"一会我给文清打个电话，公司那边应该没大事，不过工地上我不太放心"吴军估计用力有些大擦疼了他那个肿胀的脸了，表情稍微有点怪异。

"工地上我有时间去转转，哦对了反正井子也闲我让他也去给你盯着，这小子也得让他干点正经事"苏紫这个时候想起来那个游手好闲的家伙了。

"那看来你就得多辛苦了"说着吴军把毛巾递回给她。

"和我还客气啊？别忘了啊你的公司我可是有股权的，我脱不掉的"苏紫提醒他。

"恩恩你是应该的可以了吧？"吴军冲他仰仰下巴。

"说什么呢？"苏月进来接了一句。

看到苏月来了，俩人停止了斗嘴。

"你来得正好"苏紫冲她说"吴军架子大着呢，他也就能和我贫，在你面前老实，还是你招呼他吧，我得撤了！"

走出外科楼的门楼苏紫才感觉到又累又困，一夜几乎没合眼的她看起来精神不太好。

"哎苏紫？！"苏紫忽然听到有人喊她，她本能的朝声音方向看过去。

邹大峰一身深灰色的休闲运动服向她走了过来，一贯沉稳内敛的气势中今天显得朝气了很多

"你怎么在这？"两人几乎都是都问出了这一句，话音二重奏似的刚结束，俩人都笑了起来。

"这么早你怎么会在这里？"邹大峰又问。

"我家里人昨晚被车撞了，我守了一夜，"苏紫疲倦的挤出点笑容。

"哦——需要帮忙吗？这医院的院长是我一个关系不错的朋友"

"估计不用了吧，手术做过了，接下来就是让病人好好的养着了"

"哎——你怎么在这儿？看你的院长朋友？"

"哦我妈在这里住几天院了，我今天早上跑步过来看看"

苏紫捋头发的手在半空中停了停问"伯母怎么了？"

"唉也没什么大事，就是年龄大了，小毛病，过段时间来医院打打点滴，"

"哦那我有时间过去看看，伯母住哪个房间？"苏紫客气地问。

"不用了，别那么客气，我俩妹妹轮流看护着呢，给她又请了特护，所以我也只是有时间才过来看看"

邹大峰说完反问她"你家人住哪儿？要不我一会过去看看"

"没必要，我这边是个小兄弟，你那边是老人我应该过去看的"两人的客气没完了。

58

"呵呵好我让你去看我妈我礼尚往来也一定要去看看你兄弟行了吧"邹大峰和苏紫打趣，其实在心里倒是很希望和她多有些互动的机会。

"那好吧"苏紫说"不过今天不行昨晚一夜没睡，也没刷牙洗脸呢，看伯母没礼貌，我得明天了"

"那行我们再约吧"邹大峰看起来今天心情不错。

"邹总我对你有点点好奇"苏紫歪歪头说，笑容却很正色。

"怎么了？你说？哪方面？"

"你这么大公司的老总，应该是很忙的呀，但是我见你几次了，感觉你好像蛮轻松自由的啊，所以我想讨教一下你的管理心得"

"这个啊，其实很简单，公司越大职务越高的领导其实越清闲，为什么呢？因为公司越大，部门的分工就越细，只要分工明确了，他们各负其责，任务分配下去，我就只管问他们各个部门的主管要结果业绩就行了"邹大

峰很有耐心地给她解释。

"哦那些大公司总裁，上半年开开会，下半年满世界度假"苏紫突然联想起这些"现在我才真正明白了啊，邹总—我可真没白认识你，可真长见识了我"

"过奖了，你的公司有整改管理制度的意向？"邹大峰问她。

"暂时还没有，不过以后真的可以借鉴你的管理模式，我的可是小公司，不具规模，什么事都还要我亲历亲为呢"苏紫朝他摆摆手"时间差不多了，我该去公司看看了，有时间再聊吧"

"好的，那再联系"邹大峰也该去看看母亲了。

和邹大峰道别后，苏紫才想起了昨晚急着赶到医院，公司的电脑好像还没关呢，给他做的那个方案好像就差一点点了，干脆现在回公司做完吧，再去公司交代交代，今天一天估计会很忙看来白天补睡觉是不可能了。

井子被苏紫又拉来当临时替工，嘴里虽然嘟囔着，但是还是和她一起来吴军的公司了。

见到了林文清后井子的态度可就有了很大的转变，今天的林文清穿了一件宽松式米色的长袖T恤，胸前的图案很抽象，下身穿蓝色的水洗牛仔裤，脚上配了一双浅棕色的低帮小皮靴，一双眼睛好像很柔和平静，皮肤白白的，身材高挑，自打进了公司的门井子的笑意一都堆着灿烂，积极的帮苏紫和文清跑前跑后，殷勤十足。

公司总部这块苏紫大致的看了看，文清的工作的确做的明细而周全，所以苏紫也就放心了，至于施工工地上的确得有人去看着，但是自己哪有这么多时间啊，苏紫想了想，突然大胆的冒出了一个想法，让文清通知各个施工部门的队长晚上收工后回公司开个会。

"文清在这里做的还习惯吧？"苏紫等文清打电话——通知那些人员后于是随便和她聊聊。

"恩还行，苏姐谢谢你给我介绍这个工作"

文清给苏紫倒了杯水递给她"吴老板蛮好的，我做起来工作也都不累"

"客气什么啊，我一朋友和你哥哥的关系不错，朋友嘛互相帮个忙，应该的"苏紫对她笑笑，自己很喜欢这个文清，心理上早就把这女孩当自己的亲人来看了。

"我跟我大哥都说过好几次了，想让他请请你，谢谢你帮我找的这个工作，他总是说他忙"文清说起他哥哥咬了咬唇，一副怪嗔的模样。

"那倒无所谓，主要是你也喜欢这个工作就好了，我对我朋友和你哥哥也算是有个好的交代了"说着苏紫站起身来。

"那我现在去工地转转吧，这些天你们吴老板不在，公司这边你要多操操心，估计你要辛苦一段时间了"

"别这么说苏紫姐，平时吴老板对我很照顾的，现在他出了这事，我多出点力是应该的"文清也起身送她，尾随间提醒苏紫："要不我带你跑跑这几个工地吧，也给你介绍介绍那几个施工队长"

"太好了，姐让她带我们去吧，这样我们省的去一个个的去找了"井子听文清这么说在一旁是很积极的赞同附和。

"那也行我们就都一起吧"苏紫第一个走出了门，文清随后，井子咧嘴笑着跑去发动车了。

傍晚时分，工程公司的办公室里少有的灯火通明。

几个施工队长都很随意，坐着的，靠着的都有，但是却几乎都把目光萦绕在召集他们开会的这个女人身上，一件中长款修身的黑色小皮西服内搭了黑白条纹的衬衫，头发被很随意的挽起来，苏紫这会给人的印象是看起来即干练又利落。

"各位师傅我叫苏紫,我今天想和大家认识认识"苏紫说到这里顿了顿，环顾了一下众人，莞笑着继续发言。

"估计你们都该听说了吧，你们的吴老板昨晚出了点车祸，腿受伤了，所以估计你们会有段日子见不到他，其实这个公司我也算是一个老板，从今天开始我会来负责这个公司的各项业务，我把大家聚集在一起是想和大家讨论讨论以后我们的工作规划"

"既然你也是老板，你说什么我们就怎么干不就就行了，还用的着讨论吗？"负责水电的老张师傅接话过来说了一句。

"我个人觉得有这个必要，因为我想对我们这个公司的施工模式做一个整改"

说到这里苏紫笑笑，看到大家有些略微吃惊的表情，苏紫又继续"其实不瞒各位，我还有别的公司，所以我打算把一切都放开给你们各个部门，你们平时带好你们身边的小工，我尽量暂时不参与你们的进度，质量监管那块不瞒你们说我也天天没时间盯，我不管你们一天干多少？干的怎么样？但是在我预算的工程时间和质量上我会严格执行绝不打一点马虎"

苏紫看看他们几个，担心自己的方案他们不能理解，于是下面讲的又仔细了些"我给大家打个比方吧，也就是说，我每揽下来一个工程首先我会做施工流程计划，每个部门的工作我们来按时间计算规划，如果预算用一个月可以完成的，但是如果哪个部门20天就完成了，你们工人的工资都按天计算的我知道，所以我仍然会给你们按30天算钱，并且象征性的给以奖励，那十天你们就可以自由放假了"

"真的假的啊？"有人开始嘀咕了"这么好啊？"

"做生意信用最重要，老板如果瞎给你们许愿而不去执行，那恐怕我的生意就没法做了"

"所以你们放心吧，你们挣的也都是辛苦钱，大家也都不容易是吧，如果你们真的按时间都能提前完成，那么你们挤出来的时间你们休闲娱乐也好，自己再接点零活再挣一份外快也好，我觉得对你们都不错不是吗？"

"真这样啊？"

"这样算蛮划算的，不少挣钱还可以有时间陪老婆孩子，不错"

"恩还有奖金多挣钱比什么都好"

看到他们几个交头接耳好像大家都能接受，苏紫清了清嗓子又开口了。

"如果大家都能接受我也很高兴，但是我丑话也要先说在这里，刚才说的进度和质量我会严格执行绝不马虎，如果为了赶进度你们在工程要求的质量上疏忽而导致出现了问题，对不起，我这人对客户的保证都是很严谨的，如果你们谁负责的那块出了问题，那么所有的一切费用以及你们影响到了别的部门的一切损失我都会让你们全部承担，因为我会请一个专业的监管人员来做质量验收，当然了，只要以后你们做到每一道工序都严格操作，争取不出瑕疵，你们也都省时省力了，对公司你们也是有益无害不是吗？"

听她这么说，几个人小声嘀咕了一会"主要就是质量的问题，我们几个以后仔细认真再严谨些，争取一次按质来过，算起来那我们其实真的是省时省力"

"而且每个月和以前一样不少挣钱并且有可能多挣"

61

十年

"而且还可以空下来时间，不用一个月天天都在不停地在工地上泡着了"

"这个好，恩不错我看行"

"还能挤出时间打些散工呢"

看来这个方案大家都很满意，苏紫在心里也轻轻的松了一口气。

"如果大家都同意，那今天的会议就到这儿吧，今天是第一次见面我给你们预定了一桌酒菜，每人临走的时候再给孩子带两箱饮料回去，至于以后我也全靠大家给我帮忙了啊"苏紫笑着做了个抱拳的动作，谦虚而又低调。

文清和井子也在一旁始终听着呢，俩人在心里也是暗暗的佩服。

文清心想：今晚的这个会议虽然说的是放开监管了，但是实际上是让工人们自己给自己心甘情愿的严督严管，而且公司却并没多拿多少资金出来，这个苏紫姐姐果然很厉害，不简单。

苏紫只陪他们吃了一会饭就困的再也坚持不住了，吩咐文清和井子好好招呼他们几个队长，于是自己提前离开了。

出了门，发现下着小雨空气很是清爽，脑子里恍出一句，想了想终于还是给林越发了过去"半度微凉雨今夜可思君？"

然后打车回家睡觉一定要睡觉，苏紫想。

第二天醒来苏紫才发现林越是早上才回复一条"分分合合难难舍舍暮暮思思朝朝念念"

既然林越回信息了，估计就是不生自己的气了，再想到信息的内容，苏紫将头埋进被子里让心里漾起的蜜意多温一会，然后不得不起床，去医院，看吴军，看望邹总的母亲，然后上午去自己的公司，公司哪几件事要紧的要先处理，下午尽量去工程公司……今天还要什么必须要做呢？

苏紫边洗漱脑子里也没闲着，她又忽然拿起电话。

"喂——井子——今天别睡懒觉了，我昨天让你去吴军的公司帮忙，你……"

"别啰嗦了你，我都在公司了"井子打断她的话回答她"还有什么要交代的，你快说"井子反过来问她。

"暂时还没想到，一会我想到了给你电话，你问文清有什么要帮忙的你先帮她弄着"

苏紫挂了电话后心里想，这小子突然变得正经起来了，看来真懂事了，真遇到事他心里还是知道轻重的。

医院里，吴军不让苏月看护他，非坚持要找个特护。

"要找也要等苏紫来我们商量一下吧，要不明天再找我再照顾你一天吧"苏月劝他。

"这事干嘛要和她商量？我的事我自己还做不了主啊？"吴军说话直"去吧你去给医护台帮我问问去"吴军催他。

听吴军这么说，苏月脸上不太高兴。

"你就这么不能看见我？我笨手笨脚的伺候的你不满意？"

"你知道我不是这意思，苏月你弄不动我，而且你整天在医院围着我一个人转，炎炎怎么办？总不能不管他吧？"

吴军其实是好心，不想累他。

但是苏月心甘情愿现在在医院受累，一是心疼他，二是的确是该照顾他的，所以她不想请特护，心里隐隐的觉得欠他的自己应该用一些方式来填补，现在自己能做的也只有这些了。

"炎炎你不用担心，我已经让我们一个邻居吴妈帮我这段时间接送一下，因为她孙女果果和炎炎一个幼儿园''苏月抬头看看瓶子里的水快完了，一会该去喊护士来换了。

"苏月你看在我是个病人的份上，尊重我的意愿好不好？我还是想找个特护"吴军在这个事上态度很坚持。

"如果你真的嫌我伺候的不好，那我就去给你找"苏月的口气听起来有点赌气的意思了。

"我就是嫌你了，给你说话怎么这么费劲呢？"吴军在医院本来心情好不到哪里去，现在被她惹的有些烦了"你快去吧我就要特护！"

苏月听他这么说自己，闷声不再搭理他，转身出去了。

真的到了医护台，对一个年轻的护士说"麻烦你给 26 号床的点滴换一下恩他的输液就要滴完了"

苏紫去医院先去看的邹大峰的母亲，与普通的病房不同，高干病房区在这家医院的最南边。

这里相比之下很安静，房间宽敞明亮，每个房间都会有简单的几样家具。

见惯了来看她的一般都是康乃馨，老人家看到苏紫买的是几枝百合配

63

了几枝富贵竹，而且寓意也好，所以第一眼她就很喜欢，赶紧让女儿找个花瓶放起来。

老人六十多了看起来气色蛮好的，一听苏紫介绍是自己儿子的朋友，更越发的热情了，拉着苏紫问"没听大峰说起过你，你和她认识多久了？"

"你别介意啊，我哥的女性朋友来看我妈的没几个，所以……"说话的是邹大峰的大妹妹，看起来和苏紫的年龄差不多。

听她这么一说，苏紫会意，微笑着对老人说："伯母，其实我和邹总也算不上是好朋友，他只是我公司的一个客户"苏紫这么说希望老人家能明白她的意思。

"哦——好好能来看我的都好"老人笑吟吟的拉着苏紫的手说。

"姑娘没事来看我，我就喜欢有人来陪我说说话，如果需要他做什么我说说他"不难看出老人家对苏紫仿佛挺有好感的。

"你是什么单位的？你和我哥有生意往来啊"邹丽洗了一个苹果递给他。

"自己开的小创意公司，最近邹总的产品创意方案在我这里做的"苏紫接过来对她笑笑并且点点头表示感谢。

"创意？我老太婆还真不懂这个，到底是干嘛的？"老人问苏紫。

"妈—就是广告内容的构思和策划"女儿给她解释。

"哦那些小青年又跳又唱的，闹腾都是些介绍产品怎么怎么好的，花里胡哨的"老人家明白了。

"伯母我给邹总设计的这个创意不闹腾，我保证你们这些老年人肯定都喜欢"苏紫有点吹捧自己的意思。

"你的什么意思呢？能给我老太婆说说吗？"老人家听她这么说，有点好奇了

"不好意思伯母，你儿子还没认可呢，我是不能对任何人说的，这也是我们的行规，伯母你可别怪我啊，放心，保证和你平时看的那些不一样"苏紫对她歉意的说。

"好好我不怪你，我哪能那么不懂事呢，是吧姑娘"老人家说话也挺幽默的。

"方案的整体就快出来了，如果你儿子认可了，我就再来看你立马就来给你透露好吗？'苏紫也和她开玩笑，并且站起来，时间差不多了，她

该走了。

"说话可要算话，别哄我这老太婆啊"老人家好像真的挺喜欢她的。

"好—我答应你，不过现在我该走了，我还有事呢，伯母我下次再来看你啊"苏紫客气地往门口走去。

和这对客气的母女道别后苏紫往吴军的病房走去，手机里有条林越的短信：我在开会，你在干嘛？

苏紫笑着回他：在医院，什么时候回混蛋？"

"过几天，想我了？"

"恩回来给我买礼物？"

"想要什么？贪心的女人？"

"衣服包包鞋子钻石珠宝都想要—"

"那得多少钱啊？败家的娘们"林越笑着回信息骂她，觉得旁边同事好像有些注意到他了，于是他正了正身子，恢复一本正经的样子。

"不管就要嘛"苏紫发了这一条差不多就走了吴军的病房门口了。

看到苏月在门口站着发呆，有些不高兴的样子。

"怎么了？吴军还好吧？"苏紫问她。

"恩他很好，精神也好，都会冲人了"苏月看到苏紫来了，感觉后援自己的人来了"他坚持要找个特护照顾他，不愿意让我在这儿"

听她这么说，苏紫看了她一眼没有说话，径直朝房间里走去，俩人也不知道怎么说的，一会苏紫出来了。

65

"去去给吴军找个特护去，还磨蹭什么？"

苏月愣愣没动"我……"

"我什么我？吴军是心疼你，你个傻子！"说完苏紫给了她一个白眼，转身又进了病房。

苏月听她这么说，觉得他俩一个鼻孔出气，他们倒像是亲姐弟，一时间心里不免泛起了少许的酸味，但是又不能再坚持下去了，于是只好又走向医护台去联系特护的事。

病房里苏紫给吴军正在讲自己给他公司新规定的管理制度，让吴军听的一愣一愣的。

"我怎么没想到呢，这样的话，工程进度没人会磨洋工了，工序和质量方面我们也是可以不用那么严看了，公司而且还没费什么大钱，最让我头疼的这两样都解决了，你真行，苏紫从今后我天天喊你姐了……"

第五章

　　邹大峰已经好几年没去过书店了，今天难得有心情来书店一趟，没想到书店的门口就让他遇到了让他想见到的一个人。

　　"这么巧啊——邹总"苏紫看到他一脸的灿烂。

　　"苏紫？你也来买书啊？"见到苏紫的确让邹大峰觉得是一个惊喜。"我是这里的常客，书店我熟"

　　这次两人一起到书店的时候没想到竟会碰到了一场闹剧，后来听陈艳说她参加工作这么多年也没遇见过那种奇葩。

　　一进入书店的大厅，就看到有好些人围在了一起，苏紫好奇地问"怎么了？"

　　站在收款台附近的周慧这时候嘴巴咧的挺大，冲她乐呵"一神经病，百年不遇型的"

　　反正也没什么事，于是苏紫和邹大峰一起也走了过去，只见几个书店的职工还有看热闹的顾客将一个人围在了其中，那人看起来三十岁左右，一件皱巴单薄的 T 桖里鼓囊囊的，任谁都能一眼看出那里面是书，衣服里的书籍很明显的棱角分明。

　　看情形局势似乎还在僵持着，大家似乎看这场闹剧应该有一会了。

　　"我什么都没拿，我肚子本来就这么大"那人嘴里嘟囔着，一边用两只手托着他所谓的那个大肚子。

"不是书那是什么？你把手拿开，我们看看"书店的员工在一旁边笑边丛恿着。

"我的肚子，我的肚子我一生下来肚子就这么大—"那人边说边朝前走了两步，很快地就有两个男员工挡住了他的去路。

"我真的什么都没拿，你们干嘛这么不讲理拦我不让我走，我有自由的，我有人权的，小心我告你们——"那人继续不停的嘟囔着，眼神却在慌乱的躲闪着众人。

书店的员工还在不停地哄劝着"你把衣服掀起来，我们看看那里面是什么，我们就让你走，要不然你哪里也去不了"

"我肚子我肚子，你们听不懂中国话吗？"那人情绪狂躁了起来，"你们是外国人吗？非要我讲外语吗？"说完他竟然真的叽里呱啦的说了一段谁也不懂的语音。

苏紫和邹大峰跟着旁边人忍不住也笑了起来。

"你也别废话了，要不你自己把东西拿出来，要不你就让你家里人来把你领走，否则你今天就别想走，你看吧——要不然就让你家里人来吧"员工们估计没有耐心再哄下去了。

这神经病反应的倒是挺快，他看了看周围看热闹的人，竟然会指着邹大峰来了一句"他是我爸——你们找他说吧？"

大家顺着那人将视线一齐都投向了邹大峰，一时间邹大峰有些哭笑不得，苏紫跟着众人乐的咯咯不停。

没人会信神经病的话，于是大家又将注意力转回到那个人身上，"你看人家像有钱人就喊人家叫爸，你撒谎也忒不会撒了吧"

苏紫看了看有些尴尬的邹大峰，上前往他的身旁站了站，冲着那人也来了一句"你爸让你把衣服掀起来，快掀吧你"

"我的肚子我就不掀——"那人又绕回到了原来的坚持，"我肚子一直就是这么大……"

终十有员工不愿意再忍下去了，上去一把撩起了他的衣服，那人躲闪着，但是很快的又有另一个员工也上去帮忙去拉他的衣服，终于衣服被掀起来了，那些书也都落了一地。

没想到书还真不少，大约有十几本吧，任意的散落在地上，没想到这人虽然

脑子有问题，但是文化水平却还不算肤浅世俗，书面上的名字大家都

67

看得很清楚,《古诗文里的廉政大智慧》《论中国》《激荡三十年》《大国的兴衰》等等……

当时那一幕陈艳也是后来听说的,也着实笑了好大一会。

这次来书店邹大峰见识到了所谓的文偷类人,"他们书店经常有偷书的吗?"回去的路上邹大峰问苏紫。

"听说有但是也不是经常,他们书店有磁条和防盗仪,可是还是有些人抱着侥幸心理下手,到门口躲不过防盗仪有的人干脆撒腿就跑,员工们要追出门很远有时候才能逮住,不过一般孩子多些,成年人就很少了,估计知道品德和廉耻"

"恩——中国孩子的素质教育问题上还有待重视和提高,否则国民的素质水平难怪会让世界上很多的国家鄙夷"邹大峰说着扬了扬眉毛。

说道这个话题,苏紫也是有感而发。"是啊——埃及神庙上雕刻到此一游,法国薰衣草田中国游客大打出手,还有国外随地大小便事件等等真的让我们国人在世界上大丢颜面"

听着苏紫的一番关于国人素质的个人见解,邹大峰觉得心里不免也有些附和。"唉——中国几千年来一直是礼仪之邦,没想到到了现代我们中国现在在世界上竟然变成了没有素质的代名词了?"就这个问题邹大峰也是深感而忧。

"所以我希望大家都能多看些书,书里的知识会让我们更知性,在很大程度上,人类精神文明的成果都是以书籍的形式保存的,而读书就是享用这些成果并把它们据为已有的过程。做一个读者,就是加入到人类精神文明的传统中去,融入了精神文明,无形中就提高了个人素质,才能更好地去做一个文明人。相反,对于不是读者的人来说,凝聚在书籍中的人类精神财富等于不存在,他们不去享用和占有这笔宝贵的财富。一个人唯有在成了读者以后才会知道,这是多么巨大的损失。历史上有许多伟大的人物,在他们众所周知的声誉背后,往往有一个人所不知的身份,便是终身读者,即一辈子爱读书的人。在某种意义上来说,一个国家的国人精神和文明素质也取决于人口中高趣味读者的比例……"对于读书苏紫真的是可以滔滔不绝。

邹大峰听她这么说只有频频点头回应她,"以后我一定多看书,我一定要做个有文明有素质的人,以后我需要看什么书都交给你了"

"说真的,以后我给你推介一些好书,每天你临睡前多翻翻,养成和

68

那些大文人一样睡前看书的好习惯"

"好—好——苏老师——"邹大峰笑着应她。

涡阳老窖的创意方案终于全部搞定了。苏紫本想打电话通知邹大峰的，但是想想别又打扰人家会议或者别的重要事，所以决定先发一条短信通知，如果不回复再打电话通知也不迟。想到这，苏紫手指很快的发了一条过去"邹总，产品创意方案已完成，敬待贵公司审阅。

没过几分钟，苏紫手机就来了一条短信，邹总回复蛮快的，苏紫想着拿起手机看起来，信息是林越的"回洛城的路上，你在干嘛？"

"在公司，除了想你我什么都不想做"苏紫打字速度很快。

过了一会，手机短信声音提示连着来了两条，林越的"？"邹大峰的也是"？"

仔细再一看，天哪，回给林越的那条发给邹大峰了，邹大峰所以发来问号，而林越等不到她的回复所以也发的是问号。

苏紫觉得自己糗大了，邹大峰看到了现在会怎么想啊，连忙又给他发了一条"对不起，发错了"

邹大峰这时在自己宽大的办公室里，苏紫的信息让他有些分神，对面销售部经理老黄在给他汇报的内容他有点定不下心来听了。

苏紫又给林越仔细的发了一条"在公司，晚上陌上流年座谈，晚点电联"

苏紫站起来伸伸脖子扭扭腰，在电脑前坐半天了。有几个方案算是最后彻底的处理完了，明天就可以通知这几家客户来看创意演示了，今天的工作暂时告一段落。

想到这里苏紫轻轻的呼了一口气"文政你给这几个客户打电话通知一下，我们这边都 OK 了，随时可以等他们来审阅了。"苏紫对一个胖胖的小伙子交代着并把一选资料递给他。

"好的，苏紫姐，我这就通知！"小伙子应承的很快。

苏紫不喜欢老板的称呼，他喜欢员工喊她姐，这样公司就像是个家的感觉，大家就用不着拘谨，工作氛围就会无形的轻松了。

苏紫又对公司的电脑高手求助"吴涛——什么时候有时间帮我看看我的那台电脑，最近好像卡机的情况出现的频率又多了"

"好嘞——"吴涛嘴里回答着，眼睛和手上对着一部电脑还在不停地忙碌着。

"嗨，大家听着啊，姐姐有事先走会，各位辛苦辛苦啦哈"苏紫给同事们打个招呼，想去新华书店一趟，她又订的几本书该到了，打算去拿回来一会给吴军送过去怕他无聊。

一走进书店的大厅，就听到有人招呼她"苏紫姐来啦？欢迎欢迎"说话的是陈艳的小同事周慧。

"态度不错，对待读者很热情嘛"苏紫笑着和她打着哈。

"哪里啊？我们单位还有谁不认识你啊，我们大家见了你都说陈艳姐那个瘦瘦的，白白的，很漂亮的那个同学来啦"说完周慧的大眼睛故意的眨了眨冲她。

"真的假的啊？这话听着我觉得应该能养颜。"苏紫笑的很灿烂。

周慧给苏紫朝里面指指"陈艳姐她在后面办公室忙呢，你去吧，我也要干活了"

"拜——"苏紫说着朝里面走去。

陈艳这会的确没闲着，打印机也在不停的陪她忙碌着。

"哎来了拿你的书吧？"陈艳招呼着苏紫手里却并没停下来。

"是啊"苏紫看了她的样子问"你好像真的是挺忙嘛？"

"唉—是啊这段时间我们一个人都恨不得当几个人用"

"这个时候忙什么啊？又不是开学的时候？"苏紫说着不客气地坐到了她的办公桌上。

70

"农家书屋和薄弱学校的图书发行工作赶在一起了，统一搞的国家图书工程，发行数量很大，所以我们全体职工都忙的要死"

"那好啊你们多发书多赚钱呗，好事啊"

"什么呀国家只是给了我们一点点代发费而已，属于民生工程，都造福国人社会了，我们哪有什么钱的赚啊？"因为是老同学所以陈艳说的也都是实话。

"我现在是每天都上班，没有周末，中午几乎也都不回去吃饭"说完陈艳伴装一个哭脸给她。

"哦辛苦辛苦哪天请你吃饭慰藉慰藉你"苏紫笑着安慰她。

被人关爱换做是谁谁都开心，陈艳和她也不客气，立即撂下了一句"好，请我吃大餐啊"。

"好——任你宰——"苏紫故意伴作咬牙出血的神情。

陈艳得逞的笑了，继而转头过去看向打印机的方向，总是担心机子会卡纸。

"我最近事多也挺忙的，你呢，在单位干的怎么样？还顺心吗？"苏紫边问边从桌子上下来，走到房间里的书柜上捯饬上面的小东西去了。

"还行吧以前很多部门的工作惰性都挺大，我也觉得没什么意思，单位前不久刚来了一个苗总，是个有能力而又实干型的领导，所以在他的积极带动下，现在单位上下工作热情都蛮高涨的，我也觉得工作起来有些劲头了。"陈艳的语气透露出对这个领导的欣赏和敬仰。

"多大年龄？帅不帅？你心目中的 Superstar？ Superman？"苏紫听她这么说，所以逗她。

"什么呀，我也就欣赏他的做事风格和能力而已，管人家帅不帅干嘛？我又不像你花痴"陈艳嗤她。

"走——拿你的书去，我放门市部了，拿了你走人啊我这还忙着呢"说着陈艳带她往门市走去。

拿了书付了款陈艳送她到门口，"帅吗？帅吗？"苏紫还继续和陈艳闹。

"快走吧你——花痴都快成精了"陈艳笑着硬是推了她一把才算是道别。苏紫哈哈大笑两人这才分开。

医院里苏月也在，现在的这个特护近五十岁，在医院照顾病人已经有几年了，经验也算丰富，但是苏月总是觉得还是不放心，所以还是一天几趟的来看看。

"来的路上看着今天的桃子不错，就给你买了几个，"苏月说着把水果放在床头，拣出几个给吴军看看"我去给你洗洗去"

"你别天天给我买这些，"吴军说她，"我又不是小孩子，"苏月没理他，拿着桃子转身向门口走去。

"哎——我正想吃水果呢"苏紫门口正要进来，看到了立刻就伸手抓起一个。

"还没洗呢你等会"苏月一把给她又抢了过来，走出了门。

苏紫无趣的笑了笑，抱了几本书向吴军的病床走近"给你买了几本书，怕你无聊，你看看你喜不喜欢？"

"你终于来了，我何止无聊？都想疯—"吴军一边把书接过来，同时用夸张的口吻回答她。

"可怜的军军—"苏紫扁扁嘴嘲他，并开始四处动手翻找起床头的好吃的来了。

"工地上怎么样？"吴军问他。

"一切施工都很正常，安全方面我也很严把，我让井子给你天天盯着呢，我每天都抽时间尽量也都过去看看，放心吧，"苏紫拿起一个吃的朝嘴里放。

"哎你还别说，关键时候井子还真给力，现在踏实认真着呢"嘴里有东西，苏紫说话有些囊囊的。

"苏紫我的公司说真的，这些天真的多亏了你，"

"说什么呢？感情你小子没把我当亲姐啊？"说着苏紫白了他一眼。"现在换做病床上的是我，我就不信你会不管我"

苏紫看见苏月进来了，"不说了不说了，吃桃子，苏月可真疼你，天天给你买好吃的"

"什么就不说了？你们俩天天在一起嘀咕什么啊？瞒着我有意思嘛？"苏月看了看他俩于是口气中有些埋怨。

"说——说——得接着说，我先走让吴军好好和你说——"

苏紫拿过来一个桃子，然后对吴军说"姐姐我赶时间，晚上又陌上流年，先走了，有事电话再联系拜——"

今天座谈会的召集者是夏菲，苏紫是最后一个才到了，等她赶到时候，这个女人已经好像已经开始絮叨半天了。

"我怎么了我？我也是天天上班忙死，下班了还要伺候孩子还要做家务，他倒好到家倒头就睡，我们家几乎成了他的钟点房了"夏菲的语气埋怨味听着很重。

"怎么了？"苏紫挨着米娅坐下来小声问，米娅对她做了个耸耸肩的动作并用嘴冲夏菲努努"又犯神经了"

"我哪点对不起他了，每天给他做老妈子，他现在还给我玩这一套？"夏菲的态度好像越来越激动。

纪晨劝她"你现在别那么肯定好不好啊，你又没抓住他什么，换做是谁谁会承认啊？"

"他当然不敢承认了，做贼的有几个不心虚啊"夏菲还是那么肯定着，说到这里不知谁的电话突然响了。

"如果是杨斌打的，都不许接！"她说着用手指着在座的各位。

"我的，我的响，"方媛听出来了起身去找她的包，翻到了手机看了看号码显示。

"哎你还别说，你们俩口子都够神的，还真是你们家男人"方媛笑着说。

"不许接——都说没见过我啊"夏菲说"我不伺候了，他有本事让他想干嘛干嘛去"

"不至于吧，其实你们家老杨真不错了，也许人家根本就没事，你是想像力太丰富了吧？"米娅也是不说她的理。

"哦又魔骸你们家杨斌？你可真有精力"苏紫对着夏菲也来了一句。

"这次是真的，你们是不知道，我昨天问他要身份证要去拉他的通话记录，他不让，你说这次是不是真不正常？"夏菲对着在座的给自己的判断做解释。

"男人要真有事，肯定会有很多反常的行为，你就发现什么没？"擅长推理的纪晨似乎又开始发动她的侦探头脑了。

"最近回来晚，身上有香水味"夏菲回答的很快。

纪晨翻了她一眼，"就这些啊？那完全可能是应酬多，身上有香水味也能解释的，现在的公关小姐很开放大胆，经常和老板说着话就挽挽你的胳膊故意挨挨你，现在的女孩子都很厉害的"纪晨似乎真的经常见那种场面一样。

"是啊，现在的小女孩都不像话，骨头软的要命，只要有钱让他们干什么都行"方媛也符合"KTV的那些女孩现在也都是任搂任抱，给俩钱就能跟你走人了"

"是啊，这年头请客户吃饭唱歌洗脚按摩什么的，你们家老杨一本正经，人家哪能放的开啊，所以他也许只是逢场作戏和客户一样假意风流一下而且"

"你们家男人当年追你要死要活的，怎么可能随波逐流就改了质了，再说了，那些小女孩也就年轻些，和你也是没法比啊'"苏紫也是由衷的劝慰她。

苏紫说的其实也一点没错，夏菲虽然现在年近四十，现在在大街上也是极抢眼的女人，皮肤白嫩眼睛媚睫毛长，特别是鼻子很挺很正，脸型也是属于标准的瓜子型，再加上一米六八的标准身材，又很会穿衣很讲究搭配，在任何人眼里看来，夏菲应该能算得上属于极品类的美女了。

73

记得前几年方媛米娅和她三个人一起去九寨沟旅游，后面竟然跟了几个小女孩非让她给自己签名，非说她是某某一个明星。

"你们少劝我了，这次我非给他没完，如果不是心里有鬼，干嘛不让我去拉通话清单？"夏菲听她们几个这么说但是还是愤愤的，

纪晨电话也响了，她看看号码然后把头转想夏菲"你男人又打我的了，真不接？"

"不接"夏菲仍旧固执着，"自从冲他摔门出去了，我也几天都没回家，而且我打算还不回去，我也让他知道知道什么滋味？"

"这几天你真没回去？那你住哪儿？干嘛不来找我？"方媛怪她，她现在也是一个人住。

"我哪里都没去，把车停我们小区地下停车场，在车里睡的"

夏菲说"手机我也不开，我就不让他知道我去哪了？"

"那你不害怕？地下停车场哎？"米娅喜欢看鬼故事所以联系起来心里有些发毛，"要是我我可不敢，我害怕"

"说真的，我也害怕，不敢往外面看，把门窗锁好，迷迷糊糊睡着了也就不怕了'

"也别叫你神女了，你升级了，以后喊你女神吧，"苏紫笑她"可真能折腾"以前她们几个喊夏菲神经女人，简称神女。

"切，你少给我再起外号了啊"夏菲白了苏紫一眼。

"那你打算再整他几天？总不能老这样？"纪晨问她。

74

"我出来匆忙，身上带的钱不多，卡包好像也忘餐桌上了"说到这儿，夏菲笑笑"姐几个，把身上的现金都给我凑凑，我再支持几天，谁把卡借给我用用我想出去玩去，我想了，我干脆利用这次机会去趟西藏，反正早就想去了，单位我今天打电话也请过假了，明天就走。"

"不是吧？你这么走？你家男人不得疯了"米娅第一个嚷起来了。

"差不多就得了啊，还没完啊你？"纪晨也不支持她这么做。

"我支持你把我的卡拿上，去吧这才是所谓的个性—"方媛听夏菲说很来劲，"我打电话给领导说一声，带上我，我也早就想去了"

苏紫听他们说的都这么热闹，在一边笑的咯咯的，"去吧去吧我也支持，不过如果杨斌打我电话找你，我就劝他赶紧再去找一个女人，你这样的，一般男人还真的降不住"

"你还别说你前脚走，说不定大批的女人会一波一波地朝杨斌身上扑，

有钱，高大威猛帅气，哼哼—"纪晨作出一副怪样。

"你们都什么人啊你们，我们多年的姐妹了，今天我才看出来，现在是他让我心灵受挫的，好嘛，都还跟着一个个对立我来了，杨斌给你们什么好处了？"夏菲指了指苏紫又开始指纪晨。

"我们和杨斌私下可没什么深交？谁向着他了？只是看不惯你这样兴师动众的惯性而已"米娅觉得自己是实话实说。

"其实说真的他真的很在乎你，你一不高兴了常常耷拉着脸几天都悸他，他偷偷给我打过电话，电话里原话我学给你听啊：有时间陪我们家菲菲几天好吗？她不高兴我想请你陪她去散散心，你放心卡我都准备好，随便刷，只要她开心就好了"

"好像言情剧里的台词哦"方媛推着夏菲一把打趣她。

"其实杨斌对你真的不错，我们也都看着呢，生意场上的应酬是难免的有些男女接触，但是男人逢场作戏，打打哈哈的事情其实也没什么大不了的，总之我也不相信他是那种柳暗花明又一村的男人"纪晨年龄大些，所以很多事看的比较开。

"我就是不喜欢他现在的态度，唠叨他几句他好像不耐烦的样子，以前可不这样的"夏菲的口气似乎也柔了一些"其实我心疼他，不想看他天天喝成那样，虽然现在挣钱了，但是我要那么多钱干嘛啊，如果他身体喝垮了，你们又不是没听说是吧，现在有些人喝酒喝着喝着就起不来了，那我可怎么办啊？"

夏菲的声音闷闷的，"其实他真的有没有女人我到真的不是太在乎，只要他人好好的，这才是对我最重要的"

"恩，你们俩的爱情多坚贞啊，啧啧啧——听说你都为了他跳过河是吧？"方媛突然想起来这事了"那时候我还不认识你呢，我听米娅说的，是吧有这回事吧？"

听她这么说，苏紫和米娅也都想起来夏菲年轻时候的那件疯狂的事了。

"恩那时候多年轻啊，现在让我我才做不出呢，"夏菲听她说起那件事觉得自己那时候真幼稚。

"那哪能算得上河啊，我们家旁边的一条臭水沟，里面脏的啊，什么都有"说着苏紫皱着鼻子还外加咧着嘴。

"那时候真够有种的你"米娅接着说下去"家里不同意你俩的事是吧，

你跑出去好像都没犹豫朝那沟里就下去了，真是个人物—"说着米娅还冲夏菲伸伸大拇指。

"当时可把杨斌吓坏了，立马下去捞你，围观的老邻居可多了"苏紫给媛媛老纪他们描述当时的场景。

"恩后来杨斌把我捞上来后，我爸妈也吓坏了，拿着水管对着我们俩又是冲又是洗的，就那我感觉身上都还臭了好几天，难闻死了，那沟也太脏了，"夏菲回想起那时的冲动又一次觉得自己傻的要命。"后来好些天在老邻居面前进出都不好意思抬头"

哈哈哈哈，纪晨和媛媛肚子都笑疼了"神女，女神名字都不亏你！"

"幸亏沟脏东西填充过多，所以才不深，真要是条河，说不定为爱殉情的一对男女可歌可泣的爱情故事可就流传下去了"苏紫笑夏菲，然后拿出手机看了看

一条林越的未读信息"在花园了等你"

苏紫回他"这几天忙很累"

"菲啊当初你们也算是爱的轰轰烈烈了，现在都这年纪了，再说了过日子了不都这样嘛，"纪晨开始总结了"我觉得你闹闹情绪差不多就得了，何况人家杨斌一直都拿你当个宝，你再没完没了可就真没意思了啊。"

几个人接下来也是你一句她一句的对夏菲批斗加劝慰，最终散会时杨斌开车来接人，今天的座谈会成果比较大，所以大家的心里也都感到蛮欣慰的。姐妹几个打打闹闹的也就散开了。

苏紫坐到自己的车上驾驶座上，又掏出手机看了看，林越的又一条"来——累死我吧！"

贱男！苏紫在心里笑骂了一句然后发动起车子朝花园方向驶去。

吴军在医院呆了大半个月了，非要出院，再不出院他说他会疯的，除了腿上还有石膏，吴军看起来各个方面恢复的都很不错。

"出院后我想照顾他你看好不好"苏月和苏紫商量想把他接到自己家里。

"这事我看得和吴军商量，他那么有主见的人，不好说"苏紫觉得这件事不能给苏月肯定。

"那怎么行？"吴军一听苏月这么说果然不同意，"我回自己家，再给我请个人就行了"

"去我家怎么不行了？，我家就我和炎炎，又不是住不下你'"苏月听他这么说所以语气有些悻悻的。

"我不去，我回家，不请人要不我就让我爸妈去我哪儿住一段时间，反正他老人家也没什么事"

"我照顾和他们照顾有什么不一样？我又不会欺负你，再说了老人家还要从老家赶过来，他们都那么大年纪了"苏月把态度放温柔点觉得硬的他不吃来点软的试试。

"我不和你说，一会苏紫来了我和她说"吴军看了看病房门口，盼着苏紫回来，苏紫去办出院手续了。

"什么都和她说？和我怎么就不能说了，你们俩把我当空气吗？"苏月生气了，越想越觉得委屈不一会眼泪也跟着不争气地流了出来。

吴军看她真的生气了，于是闭嘴不知道该怎么劝也不知道该怎么才好，苏月不理他走来走去收拾出院的那些琐碎东西，于是病房里他俩都不说话心里都盼着苏紫快些回来。

"好了，手续都办好了"苏紫回到病房对吴军说"吴军同志，你终于可以回家啦"

"又怎么了？"苏紫这才看出他俩人脸色和气氛不太对，"吴军——你又惹我妹了？"

"苏紫，我想回自己家"吴军先开口说。

"呵呵你们俩啊"苏紫知道怎么回事了"我也觉得住苏月家没什么，吴军要不你在她那里先住着？回头我们再好好商量"

"不行，不方便你又不是不知道，再说她也弄不动我"吴军小声的嘟囔着。

"还是你上次给我说的那事啊，有什么呀，都不是小孩子了，我发现吴军你现在怎么这么磨叽啊"苏紫明白吴军顾及什么了。

听苏紫这么说，苏月有些狐疑，"为什么？"

"哎呀回头再给你说，先出院好不好，"苏紫有些急了，"招呼好你这位爷我还有事呢，吴爷——"苏紫冲着吴军喊上了"我是姐，听我的，先去苏月哪儿我们再认真开会研究到底怎么安置你行了吧？"

听她这么说，吴军再怎么不愿意也不好再说什么了"那我就先去，你得赶紧给我想办法啊，要不我真让我爸妈来啊"

终于把吴军弄回家了，姐妹俩都累的不轻，苏紫看都忙乎的差不多了，

77

于是走过来对床上的吴军说"我现在得回公司，你先安心住两天，实在你不愿意我再想别的办法啊，我先走了"，

说完又冲了另一个房间的苏月交代了一声"晚上我回来陪你们吃饭，如果有什么需要买的你电话告诉我一声，我走了啊"

听说苏紫要走，苏月连忙追了出来"等我一会我有事给你说"

俩人在小区的鹅卵石的小路上慢慢走着，不远处有几个老人带着两个年幼的孩子，看着孩子玩耍老人也自顾的在一旁唠着家常。

"我和你亲姐妹吧？"苏月问苏紫。

"当然了啊，谁敢说不是呢？怎么了？怎么会这么问？"

"我感觉你和吴军天天神神秘秘的，他为什么不愿意来我家住？"苏月有些质问的口气。

"唉你要我怎么说你们俩好呢？"说着苏紫摇摇头笑笑"上次医院吴军为什么非坚持要找特护那事和今天他是一个道理，你们俩啊真没法说你们"

"怎么了呀？你快说啊"苏月催她继续讲下去。

"我们三从小一起长大的，我还看不出来啊，你是我亲妹妹，你的心思我明白，吴军再怎么说腿成这样是因为炎炎，所以你觉得照顾他是应该的，吴军为了炎炎把腿伤成这样他觉得也是应该的，他也疼炎炎，可是你天天在脸上好像写着欠他的对不起他，他的性子你又不是不知道，时间长了他哪能受得了啊，"苏紫的意思是明显地在指责她了。

"还有特护那事吧，你还生气？吴军一个大男人上厕所大小便他不好意思在你面前，端屎端尿的事他也不忍心让你做啊，所以他当然想请个特护了"

听苏紫这么说，苏月心里都明白了，"我还以为他讨厌我，不想看到我呢？"苏月小声嘀咕道。

"其实说真的，苏月我感觉吴军挺心疼你的，我和爸妈的心情一样也希望你们俩能……"说到这里苏紫看了看苏月，此时的苏月低着头瞅着自己的脚尖。

看苏月不说话，苏紫接着说下去"我也心疼你和炎炎，如果你找个别的男人，我也担心会对炎炎不好，而这一点我们全家对吴军就不存在有这方面的顾虑，其实我也看出来了，你们俩互相心里也都是有对方的，我早没和你说这些，一开始我是觉得你们俩有亲情的感觉不太容易转变成男女

之间的感情,所以我就没说过你们什么,觉得应该给你们俩一段时间去转换,但是你们俩好,这都几年了?都还在这里耗着,演电视剧想多演几集啊?"说到这里,苏紫的口气都显得急躁。

"我一直都摸不透他怎么想的,所以……"苏月说着脸上有些微红。

"那你怎么想的呢?"苏紫干脆问的更直接些。

"我……我能接受他,我一直觉得他不愿意接受我……"苏月不自信回答。

"切——他哪里去找你这样的女人去?我妹妹哪点配不上他了?"说着苏紫的声调仰了仰。

"你干嘛那么大声?不知道的还以为你妹妹我真的找不着男人呢?"苏月白了苏紫一眼。

"我不和你说了,你说你晚上回来吃饭,那我做你的饭了,你早点回来,我回去了,"说完苏月不理她转身朝家的方向走去。

"哎——我可都是为了你好,你看你什么态度?"苏紫说完也径直向小区出口走去了。

夜晚的灯红酒绿,饭局上一个中年男人在酒桌上与众人推杯换盏,酒桌角落上瓶装酒贴上赫然的名字—涡阳老窖。

散场后醉酒的男人深夜归家,家人灯火独等,一时间老母亲也被惊醒,妻子的毛巾老人的杯水一并迎上,同时脸上都写满关爱和心疼,贤淑的妻子趴在床边恹恹欲睡并不时抬眼看着床上的男人,老母亲来回不时的在房间门口观望,这一夜家人担忧都不成眠,男人凌晨醒来,看到这些场景,被浓浓的亲情包围着,脸上挂满了歉意,于是妻子醒来,男人给妻子一个拥抱,场面渐渐转为背景画面,化外音响起——酒好,但是家人待你更好——涡阳老窖

"最后的亲情提示应该能打动很多妻子和老人的心,关爱自己的家人,每个人的心情都是一样的,所以打动消费者一定要有人情味,"苏紫面对邹大峰和他的几个下属做一个最后的总结。

邹大峰带头鼓起了掌,接着会议室里也都跟着拍起手来,苏紫脸上浮现了畅快的笑容。

邹大峰的办公室很是宽大,邹大峰和苏紫两人此时面对面坐着。

"公益广告的形式提示了家人的浓浓的亲情关爱无时不在,苏紫你的创意思路果然很精彩,简直都出乎了我的意料"邹大峰由衷的赞她。

79

"谢谢你邹总，你满意就行了，来之前我心里还不太有把握呢，现在我可就放心了，看来这笔费用我是赚定了哦"苏紫听他的意思应该是很满意所以也很开心。

"那肯定的了，哦前几天我母亲还问起过你的这个创意的事呢？我明天见她就好给她说了"

"啊伯母还记得这个事啊，"

"是啊当时你给她卖了个关子，所以才吊起了老人家的好奇心"邹大峰说，"只要看电视的时候看到广告她说她就经常能想起你，问我都不值一次了"

苏紫没想到自己随口说的那些老人家都还记得，觉得有点不太好意思，"伯母人挺好的，有时间我可得再去看看她"

"老人家最喜欢有人陪她唠嗑了，你去了她肯定高兴，哪天去家里吧，我给我妈最近找的这个厨子手艺不错"邹大峰从心底很诚意的邀请她。

苏紫听他这么说，脸上很是愉悦"好啊，今天我可是赚翻了，有人邀请我做客，我的这创意你们又能认可，又有钱赚又有美食，多好的事啊"

"你的创意我真的很满意，我打算接下来就立即找人可以筹备开拍了，不过——苏紫，你觉得我们找哪个明星来拍合适呢？能再给我点建议吗？"邹大峰觉得她是搞创意设计的，这方面肯定也很慧有独心的吧。

"要我说啊？"苏紫看看他。

"当然了，真心恳请指点"邹大峰没觉得自己在和她开玩笑。

"如果真的让我来说，不一定要找大腕明星来拍的"苏紫的态度也是认真的。

"第一，不找大明星首先可以给公司省一大笔费用，对吧？第二，这个广告既然是走的亲情路线和公益的形式，那么找几个很平常的面孔来出演我觉得更适合些，平常的面孔仿佛就是我们身边平常的家人，亲人般的面孔肯定会将亲情释义的更浓郁真实，这样就会更能深入人心"

苏紫接着又给他打了个比方"一个绝色高贵的明星美女，一个邻家清纯的小妹，这两个你觉得哪个更能让你们男人动心？"

邹大峰听完这个比方笑了，没有回答，虽然心里已经有了答案。

"可亲的就会可心，可心的就会让人舒心，邹总这只是我的个人观点，仅供参考，作为朋友我算是附送的，"苏紫此时的口气似乎把自己充的很大方。

苏紫刚说完，包里的手机响了"不好意思我接个电话"她点点头，摁下接听键。

"什么？怎么这样的？好的，我知道了，那一会我去工地看看，恩你在那儿别走开，等我恩好拜拜"

"怎么了？"邹大峰从苏紫接电话的表情能看得出估计遇到什么麻烦了。

"唉做点生意真不容易，我现在的装修公司在施工工程上遇到点麻烦，我要过去看看"苏紫的表情有点头疼，说着站起身来。

"你还有一个装修公司？现在给哪个公司做的？"'邹大峰也站起身来，送苏紫往门口走去。

"水利局，工程已经完工了，质量监督局那边也都验收合格了，可到了他们这里，他们总是在挑我们的毛病，"苏紫想起这些不由得皱了皱眉毛。

"哦那我想我也许能帮上点忙吧，他们局长马建华是我老朋友了，"

"真的啊？"听他这么说，苏紫在门口站住了"那太好了，如果你能给打个招呼那我估计应该不是什么大事了"苏紫心情一下子放晴了。

"你今天精彩的创意又附加了这么好的建议，我也只不过是小小的人情而已"能帮到苏紫，邹大峰心里也是由衷的高兴。

"谢谢你，那我先去工地看看具体是什么？哪方面的问题？回头我电话再告诉你，你再帮我给马局长说情的时候好说是吧"苏紫办事说话都很有条理性，邹大峰听了心里不觉给她的评价又高了几分。

送走苏紫，邹大峰在宽大的老板椅上一个人思量了许久，绝妙的创意，广告建议，工程方面的人情安排，苏紫苏紫你到底是一个什么样的女人啊。

想到这些，邹大峰脸上浮起满脸的笑意，拿起电话拨了一组号码"喂——马局长，好久不见了啊，最近怎么样啊……"

说是早回去吃饭的，结果从工地上转了一圈，天色也都晚了，看到井子这些天给工地上出了不少力，而且表现也很好，所以苏紫想拉他一起去苏月家去吃饭，但是这小子支支吾吾的好像不太愿意，并且眼神游离着仿佛围着一个目标转着，苏紫到现在才明白了，原来他腻着文清呢，难怪这

81

些天他跑前跑后做事那么积极，原来这小子心里有数着呢，苏紫也不勉强，只好一个人开车赶去苏月家，心想着，过几天如果有空要不要和文清随便聊聊呢，又怕不合适，唉以后再说吧。

　　想到这儿，苏紫忽然想打电话给林越，想问问他在干嘛？但是响了好几声对方不接，也许没听到吧，现在应该在饭局应酬了，看到了一会该给自己回过来的，苏紫这么想着，车子转个弯进了苏月家的小区，车子停好，电梯里又不放心，拿起手机给林越发了一条信息"混蛋少喝点酒……

　　苏月的房门打开了"炎炎—月月—军军——"苏紫故意尖着嗓子"我苏紫又回来啦——"

第六章

上班后到现在，林越几乎都在对着他桌面上的那盆雾凇发呆。

"林总——"孙梅的敲门声打断了林越的恍惚。

"进来——"昨晚喝多了，林越觉得现在头还是有些懵，他直了直身子，想让自己看起来精神些。

"林总这几张发票需要你签个字"孙梅说着递了几张单据给他，林越接过来，装作很随意地翻了翻，找到空白处开始签自己的名字。

"林总—不是这里，是这儿——"孙梅提醒他并用手往正确的地方指了指。

"哦——"林越反应过来后，又重新开始下笔。

"你没事吧林总？"孙梅关切的问，"昨晚看来喝的不少"

林越冲这个小丫头笑笑"喝的是多了点！"

字签完，孙梅接过去转过身去朝门口走去，"哎—小孙"林越忽然喊住了她。

听到林总喊他，孙梅回过身子"还有什么事林总？'

"小孙吴燕燕今天来了吗？"说着林越用手拿起桌子上的一份材料眼睛却望着别的地方。

"来了啊，我刚才还见到她呢，"孙梅看着这个帅气的男人"你找她有事？那我一会喊她进来"

　　"不用了，我只是随便问问，一会有事我直接喊她，"林越怕她真的一会出去会喊吴燕燕进来，于是连忙说。

　　"哦——那我先出去了"孙梅看没什么事了，于是再次往门口走去。

　　看着门被带上了，林越拿手揉了揉太阳穴，脸上陷入了沉思，昨晚几个小同事又拉自己去喝酒，理由是给自己从北京回来接风，昨晚自己喝了两碗多白酒吧，不好像是三碗多，后来似乎又喝了不少啤酒，林越记得后来有两个人送自己回去，再后来的就记不清了。

　　但是一直让林越心里到现在还不能平静的是早上醒来的时候，发现自己身旁睡了一个女人，这个女人竟然会是自己单位的同事吴燕燕，怎么会这样呢？林越在心里还在不停地问自己。

　　我现在该怎么办？林越不停地问自己，我对她真做什么了吗？这种小说电影里才有的情节现在竟然会发生在自己的身上。

　　林越摇摇头，眉毛用力的皱起来，他记得吴燕燕看他醒来的时候并没有怪责自己，一边起身穿衣服一边很平静地告诉他"昨天我和于强一起送你回来的，他放下你就被女朋友的电话催走了，我想给你倒杯水给你放床头再离开的，是你拉住了我，林总，我不怪你我也是自愿的"

　　一想到这里，林越的头好像又剧烈的疼起来了，我怎么会拉住她？自己怎么能做出这种混账事？怎么办？以后该怎么面对这个女下属？

　　林越站起来很是焦躁的走向窗边，想让自己好好的冷静下来。

　　"林总——在吗？"门外突然又响起了敲门声并伴有一个男人的声音。

　　林越突然觉得今天怎么这么多事，心里烦所以不想回应，但是敲门声还在不停的持续着，林越只好回答"进来——"

　　门被推开了，一个男人带着一副陌生的面孔满脸堆笑的走了进来。

　　"林总你好！我是宏翔建筑工程公司的，我叫杨辉，"

　　来人四十岁左右身穿一件黑色的皮休闲外套，胳膊下加了一个公文包手里还拎了一个纸袋。

　　"你好找我有什么事吗？"林越觉得对他没什么印象所以也不想太客套，说完在自己的椅子上先坐了下来。

　　"是这样的，林总这次302国道的招标工程我们公司参加投标了，所以觉得应该来和你见个面认识认识"说完，杨辉拿了一包中华伸手递给他。

林越朝他摆摆手"谢谢，昨晚喝多了，不想抽，"

"哦我们之前好像没什么业务往来吧，我对你们公司知道的不多，"林越也算是实话实说。

"恩是的是的，我们在洛城算不上大公司，所以林总不熟悉也很正常"杨辉笑起来给人的感觉很精明，老狐狸了，林越心里想。

"招标的定夺工作我以前是不参与的，这次徐局刚交给我，以前和我们有过合作关系的我还知道些，你们这些不知道的的确很正常，所以杨老板你可别见怪啊"林越和对方打着哈哈，其实心里很不想再和他谈下去。

"林总果然你说话够直，昨晚我听几个朋友说起你，听说你工作严谨认真，我很欣赏你这种工作态度的男人，我想和林总处个朋友，可以赏脸一起吃顿饭吗？"对方开始和他套关系了。

"呵呵杨老板，工作上的事我们谈工作，吃饭就没必要了吧"林越感觉越来越不想和对方谈下去了，所以拿拒绝想早点结束这次的会谈。

"别啊，徐局我也都约好了，还有政府机关和社会上的几个朋友，明晚同庆楼我都订好了，很希望林总能赏个脸给我"杨辉说完并注意观察着林越的表情。

看来这个杨老板有些路子和社会关系，既然徐局都答应他的邀约了，我看来也不能太势必的拒绝了。

"呵呵，既然杨老板这么客气，那明天我尽量看有没有时间吧？"林越眼前只能这样应承着。

"林总看来也是个爽快人，那明晚我可就同庆楼恭候你了啊"杨辉说完站起了身子。

"那我现在就告辞了，不能打扰林总你忙工作了啊"

林越也陪同着起身并接过来对方的手握了握，笑脸迎送着看他出了门。

送走了这个宏翔建筑公司的人，林越对着桌面发起了呆，看来这个杨辉已经开始为了这次竞标的事开始运作了，看来吃饭才只是个开始，接下来还不知道他会有什么伎俩呢，以后看来自己要小心应对了，不管徐局那边怎么应承，但是自己最好还是要明哲保身才是最重要的。

想到这儿林越的电话响起，苏紫的号码，他犹豫了几秒，摁了接听键"喂——"

"忙吗？林总"苏紫这时候也在自己的办公室。

"恩这会还行，你干嘛呢？"林越回答着并用手又开始去揉自己的太阳穴。

"我这边中场休息时间，所以问候问候宝宝嘛"苏紫在电话那边冲他撒娇。

"哦好同志，我这边——有点忙"林越觉得心里还是有些乱，所以现在没有打情骂俏的心情，忽然他又听到了敲门的声音，"我这边来人了，先这么说吧，"

听着林越那边今天好像有些不太热情，苏紫也觉得有些无趣，所以只好说了声拜拜挂了电话。

什么人啊，混蛋王八蛋不要脸的臭流氓，苏紫在心里骂林越，只要林越让自己不高兴了，或者几天林越不主动联系自己，她就这会用这些词骂他，觉得稍微能解点自己心里的怨气。

"林总——"进来的是吴燕燕，林越看到她现在不知道该摆出什么样的态度，太摆领导架子了好像不太好，林越只好给她一个笑脸，但是自己也能感觉到自己的笑很不自然。

"你看起来精神还是不太好，"吴燕燕声音不大好像比平常又低柔了些"我给你买了点姜片，用开水泡着喝吧，对你的胃会好些"说完她就去给林越沏茶去了。

林越忽然觉得办公室的空气里弥漫着说不清楚的味道。

"吴燕燕，我——"林越真不知道该怎么说。

"林总，我真的不怪你，"吴燕燕把杯子递给他，小声的说"我也知道你看不上我，所以我也不会让你怎么样的，"

林越听她这么说，心里涌起对她的亏歉又更加强烈了，一时间两人都不知道接下来该说些什么了

看着林越桌面上有些凌乱，吴燕燕像平时一样很自然的帮他理了理，然后发现了桌边的地上有一个纸袋，于是弯腰拿了起来，林越这才想起了是刚才走的时候杨老板拉下的，于是心生疑惑，从吴燕燕手里接过来，打开纸袋一看他心里就什么都明白了。

"你有宏翔公司老板的联系方式吗？"林越问吴燕燕。

"恩有的，怎么了？"

"这个纸袋估计是杨老板刚才走的时候故意留下的，你帮我个忙吧，"

你联系他一下，把这个纸袋还给他就行了"说着林越把纸袋递给她。

"好的，那我一会就联系他"吴燕燕说着从林越的手里接了过来。

"那我出去了，你记得多喝点姜茶"吴燕燕觉得自己该出去了，再待下去两个人都挺别扭的。

"谢谢你，燕燕"林越对吴燕燕真诚的表达他现在的诚恳。

吴燕燕听他这么说，抿嘴笑了笑转身出去了。

气温越来越宜人了，春风拂人面，阳日使人恢。

最美人间四月天，肃肃花絮晚菲菲红素轻。

如果和往年一样的话，苏紫这个时候应该给自己安排一场旅行了。

城市里的枝头上已经都嫣红姹紫了，何况郊外或者那些美景的胜地呢。

因为吴军的腿，两个公司都要兼顾着，苏紫这段时间真的是太忙了。

但是人毕竟是人，哪怕是机器如果连续不停的运转也会有出故障的时候，

终于——苏紫觉得自己好像病了。

早上起来感觉身上有些无力，临出门的时候给自己量了量体温，好像有些低热，苏紫的身体状态一项都很好，平时很少生病，翻找了一番，发现家里连几片退烧的药都没有。

苏紫没太在，打算出门后找家药店买点药吃了应该就没事了。

傍晚时分本来就是堵车的高峰时期，任你有事或者无事一旦碰到了堵车谁也都是寸步难行。

邹大峰坐在车里，看着车窗外另一方行驶的车辆一个个缓慢的移动，对方车辆的人脸都看的那么清晰。

没过多久，前面的车辆好像有些小小的骚动，应该是出了点小事故。

邹大峰本不是一个爱看热闹的人，但是相比之下坐在车里更显得无聊，于是开了车门，朝前走了上去。

只见一个女人躺在了地上，旁边的一个男人在尽力的对着其他的车主为自己辩解着。

"真的不管我的事，这女的开车追尾了我，我下车后，她也下车了，但是没说两句话后她自己就突然晕倒了，我真的没碰她啊……"

走的更近了些，邹大峰看清了地上了人，突然他跑上了上去。

"苏紫——苏紫——你怎么了？"邹大峰啪打着苏紫的脸，才发现她的脸烫的有些吓人。

这个时候容不得任何人多想，邹大峰把苏紫很快的抱了起来。

那男人现在对着邹大峰更加紧张的解释着"我真的没碰她，真的不管我的事"

"老王——老王"邹大峰对着后面的车喊起来，老王从车里很快的钻了出来。

没等老王跑过来，邹大峰就交代他"这辆车交给你了，我现在送人去医院"

看到刚才的男人还在不挺的唠叨，邹大峰不耐烦的叱他"我知道不管你的事，那你现在和我到对面给我拦辆车去"

听他这么说，那男人立刻如释重负般的点着头"好好……我这就去"

苏紫不知道自己睡了多久，等睁开眼睛的时候发现自己正躺在医院里。

"你醒了？"一个长相甜美的小护士上前问她。

"谁送我来的"

"我不知道，我只是院部安排来看护你的"小护士如实回答。

"哦——"听这女孩这么说，苏紫估计再问什么也不一定有自己想知道的答案。

"这是你的包，你现在感觉怎么样？"小护士看起来很是尽责。

"我现在挺好的"苏紫冲小护士友善的笑了笑把自己的包接了过来。

拿出手机，才知道现在已经是第二天的十点多了，才发现原来自己这一觉原来睡了这么长时间。

手机里有一条短信，苏紫打开发现是邹大峰的：醒来后给我电话"

苏紫有些疑惑，但是还是给对方拨了过去。

"怎么样？好点了吗？"邹大峰的声音通过听筒传了过来。

苏紫拿着电话笑了"我现在好多了，你怎么知道？"

"我昨天送你去的医院，如果不是早上我赶航班，现在我该去病房看你了"

"那么巧？邹总——谢谢你"

"如果你把我当朋友的话，就别和我客气了苏紫"

邹大峰一想起昨天抱着苏紫的情形，一股软软的滋味涌了上来。

"好好在医院休息两天，明天我回去看你"

"不用了，我一会就出院，我现在没事了，你忙你的吧"苏紫觉得医院不是自己现在待的地方，好像还有很多事等着自己呢。

"医生说你太劳累了，又发着烧你最好多休息几天"邹大峰真诚的建议她。

即使病着苏紫也没忘记和他调侃"真的不用，我可没那么娇气，这么多年一直都把自己当男人使的"

听她这么说，邹大峰被她逗乐了"呵呵女汉子？"

"那有什么呀？我同学说她单位前段忙的时候，几乎都把女人当男人使"

"那男人呢？"

"把男人当牲口使呗——"

听苏紫这么形容，邹大峰笑得合不拢嘴"都能开玩笑了，那看来你真的没什么大事了"

"真没事，不就是发个小烧吗，身体到一定时间了排点毒而已"

既然苏紫这么坚持，邹大峰也就不再多劝了，两人又随便聊了几句，才把电话挂了。

出院后，苏紫主动给林越发一条短信：林——我不舒服

林越很长时间才回了一句：怎么了？

小女人的情绪涌上心头，苏紫趁着有病想对林越撒撒娇的，发了一条：发烧了难受。

没想到林越半天才回过来一条：好好休息然后就没动静了。

对于林越这种毫无风情的回应，苏紫有时候真的是无计可施。

可能他真的不在乎我吧，苏紫忍不住又有了这样的念头，心里不免又有了些低落。

顺水人情茶楼下午的客人不算多，一袭白色连衣裙的年轻的女子坐在靠窗的桌边在等人，并时不时的看看手机上的时间。

手机响起，女子摁下接听键"喂杨老板，我到了，恩不着急，这个时间堵车也很正常，没事我等你，恩好一会见"

吴燕燕在电话里得知杨老板迟到的原因，所以只好再继续耐着性子等下去了，手机里有几条短信，吴燕燕翻看着，然后丝毫也不犹豫的删除掉，

然后她对自己有些哀怨起来。

出生在农村的她，整个村子里就她自己一个女孩子考上了大学，父母哥嫂都把她宠着，因为她给这个家挣足了脸面，带着家人的期盼和美丽的憧憬踏入大城市的生活，但是渐渐的城市里的现实和无时不在的竞争让她变得越来越低微起来，慢慢的她效仿别的女同学找了一个有钱人家的男孩，以为可以嫁到对方的家庭也算是个不错归宿了，但是没想到交往了两年她实在忍受不下去了，懒惰，自私，虚荣，肤浅没有上进心，纨绔弟子身上所具有的几乎这个男人都占了，更让她受不了的是对方并不把自己当回事，而且和别的女孩还在交往着，终于忍无可忍了，两人大吵了一架吴燕燕才觉得算是彻底结束了，没想到那男孩气不过，觉得自己被女孩甩了，让他在朋友面前很没面子，所以还常常打电话纠缠骚扰，吴燕燕没办法只有把对方的号码设置拒绝来电，现在这几天又天天发短信来，所以吴燕燕懒得理他，想到这里，她微微的皱了皱眉，脸上一副无奈的神情。

"美女不好意思我来晚了"杨老板走过来坐到了她的对面。

"没关系，你生意忙，能理解"吴燕燕笑着应承，"杨老板喝点什么？我点的铁观音行吗？"

"我随便怎么都行，你要什么你点，女孩子都喜欢吃零食你也要点，"说着杨辉四顾的找服务员的身影。

"不用了，你别客气，杨老板我约你来是受我们林总所托还给你上次忘他办公室的东西的"说着，吴燕燕拿起身边的包取出那个纸袋。

杨辉看着吴燕燕的动作，笑了笑，不急不慢的点了一根烟抽了起来。

等到她把纸袋放到自己的面前，他才开口"这个林总蛮有意思的，他既然托你来给我送来，看来和你关系不一般吧？"

吴燕燕听他这么说，愣了愣，然后警觉的看看了他"我们林总人很好的，对我们大家也都挺好的，我和他是很普通的同事关系，他是相信我才让我办这事的，你别误会，杨老板"

"那看来他挺会当领导的，你们下属蛮维护他，我可没说他什么不好的啊？"杨辉笑笑，精明的眼神直视着这个女孩。

吴燕燕被他看的有些不太好意思，只好低头看着面前的杯子。

"那我也不绕圈子了，既然他让你来了，我觉得他肯定是相信你的，不瞒你说，这个纸袋里五万只是我和他认识的见面礼，不管他收或者不收，其实徐局那边我已经差不多拿下来了，估计这个工程我应该算是万事俱备只欠东风了，就差他那一关签字的形式而已了"说到这里杨辉又意味深长的看了看她。

"我今天说的这些，你可以照实给你们林总转达，或者帮我侧面劝劝林总也行，总之这个纸袋我不想拿回，既然我送出去了，我不想再收回，我觉得散钱铺路可以生钱，如果收回也许会让我的生意带有波折，我做生意比较忌讳这一点"

听到杨老板这么说，吴燕燕不知道该怎么说了，看着这个女孩有些发愣，杨总觉得自己说的看来有些让她动摇。

"如果你不嫌弃的话，这些钱也可以是你劝说林总的辛苦费，毕竟洛城的生意我肯定还会和你们单位有继续合作的机会，来日方长嘛，以后我靠你帮忙的地方也是会有的"说完杨辉把纸袋朝吴燕燕面前推了推。

"这——这不太好吧"吴燕燕觉得自己是个小人物，怕自己帮不上对方什么忙。

"以后麻烦吴小姐的地方肯定会有的，每次竞标方面你们的标底或者参与竞标都有哪几家，如果能透露详细点的对方资料给我，我打胜仗的几率就会更大些啊是吧？"杨辉话音里的奉承味很浓。

"杨老板你太会说话了，我怕真的帮不上你什么，所以你别这么客气"吴燕燕真的有些不太好意思。

91

"吴小姐你要不再好好考虑考虑吧，我可是真的不想让我的生意出现什么波折，我有事得先走了，"说着杨辉站起身来。

"哎——"没等吴燕燕再说什么，杨辉走的很急，似乎真的赶着去办别的事。

吴燕燕看着杨老板急匆匆的离去，面对桌上的纸袋又发起愣来了……

吴军在苏月这里住的慢慢也就有些习惯了每天苏月小心的照顾着，天天变着花样的给他做饭，炎炎一放学到家就往他房间里跑，天天粘着他。

"军舅舅军舅舅你再给我讲讲你小时在军营大院的事吧？"炎炎又开始缠他了。

"好啊，我小时候和你大姨还有你妈在军营里可能疯了"吴军捏炎炎的小脸，孩子的脸被他的大手捏的有些变形，惹得吴军每次都想笑。

"炎炎今天想听我讲哪些呢？"

"还给我讲你们赶猪的事吧，"炎炎听吴军每次说起来都笑的半天都止不住。

"还让我们赶啊，都赶那么多回了，要不我们今天讲我们几个去要饭的事吧？"吴军今天想给炎炎再讲些新鲜的事。

"我们去要饭？"苏月从门口听见了，忍不住也进来问他"我们什么时候去要饭啦？"

"苏紫不喜欢吃家里的馒头，她喜欢吃锅巴你不记得了？"吴军提醒她。

"哦—那怎么能是去要饭啊？"苏月明白了。

"你就给炎炎瞎扯吧你"说完就走出去了，到了门口又回头问他"今天我揉点面，你想吃菜馍还是吃小饼子"

"什么都行，"吴军回答她，炎炎已经急不可待的催他了。

"你们去哪里要的啊？快说啊军舅舅"

苏月看了看他俩，摇摇头笑着奔厨房忙活去了。围上围裙开始了忙活，一会要不再给苏紫打个电话问她可回来吃。

哼着小调，苏月开始忙碌了起来，听刚才吴军说的小时候赶猪的事，苏月现在想起来忍不住也笑了起来：苏紫从小就比苏月有主见，小时候性子更野，小的时候到处疯跑，害得苏月经常被爸妈差遣去找她回家，经常苏紫回到家后披头散发没一点孩子型。

苏紫和男孩子打架也敢，她和吴军非说是"二汉"就是俩英雄好汉的意思，在军营大院的时候谁都不敢惹他俩小疯子，那时候部队有猪圈有菜地，常常是苏紫和吴军拿着棍子赶得猪到处乱跑，听猪惨烈的叫着，四散而逃，他们俩却好像打了兴奋剂似得，越发的激进起来。

苏月不玩这种游戏，她经常衣衫干净的立在一旁，甚至可怜那些猪。

后来部队的饲养员后来驱赶着苏紫和吴军乱窜，最后他们俩被家人训斥的样子看起来不比那些猪的狼狈指数小多少。

那边吴军在回忆式的开始讲起来了"那时候我们家都做饭的，但是你大姨不喜欢吃馒头，总喜欢去部队的厨房去要大锅巴吃，部队的锅有这么大，

92

所以做出来的米饭锅巴也都这么大个"说着吴军用手比划着，把炎炎看的一副很吃惊的模样。

"她一个人想吃又不好意思，所以每次都拉着我和你妈，每次问炊事员要了锅巴后，还不让我们吃，非得先比谁的大，每次你大姨都想要最大个的，所以每次她都赖皮……

"你讲苏紫怀话，小心她知道了变本加厉的在孩子面前损你——"苏月听见了对这个房间里冲吴军喊。

"嘘——我们小声讲，回头你妈给你大姨说，你大姨别又不饶我，"

炎炎把手也放到嘴上头小鸡啄米样的点着头，"小声点，小声点——"于是吴军拉着炎炎小声的又继续说下去，时不时苏月只能听见孩子的笑声了。

晚饭的时候，苏紫给吴军斟上白酒，也让苏月陪自己喝了点红酒。

苏紫今天看起来心情不错"涡阳老窖的那个邹大峰今天给我打电话了，说那笔款明天估计就能到我们公司账上"

说完苏紫又伸手拿个一个饼子"好久没吃这种东西了，恩好吃，苏月最近花心思做饭有功啊，这才几天，吴军好像都被你喂胖了"说完，她看了看吴军和苏月。

苏月听她这么说，装作什么都没听见，给炎炎递了一个小块的饼过去。

"哎，苏月，我想这单生意我们该谢谢媛媛吧，如果不是她的引荐，估计这个创意论不到我们来做的。"

"也是的呀，怎么谢媛媛姐你看着办吧"苏月让苏紫来拿主意，交际方面的事苏月不大擅长"我也就会做饭的本事"

"抽取点中介费给她她肯定不会要的，要不我看着合适的给她买个礼物什么的吧"苏紫说着站起来去添饭"吴军我再给你盛点吧"

"不了，"吴军冲她摆摆手"我都吃四个饼子了，差不多了"

突然炎炎问吴军一句话"军舅舅你觉得我妈妈漂亮还是人姨漂亮？"

三个大人不知道孩子怎么突然想起了问这个，大家你看看我，我看看你，吴军看了看苏月和苏紫，然后很认真的对炎炎说"我觉得你妈妈比你大姨漂亮"

"恩我也这么觉得"炎炎说着和吴军击了一个同盟掌。

吴军和苏月一起笑了起来，再看苏紫的脸寒着，看看他们三个，

93

最后又瞪了炎炎一眼嘟囔了他一句"你们三个亲，以后这个家我少来得了"

炎炎看了看大姨，以为她真生气了，低下头老老实实吃自己碗里的饭，什么也不敢说了，三个人相视笑了笑，苏紫做了个鬼脸，然后继续进厨房去盛饭。

苏紫走后，苏月收拾好厨房，招呼炎炎也洗漱后上了他的小床，给吴军端了一盆水拿了毛巾照例来到吴军的房间，吴军在看书，所以只开了床头灯。

苏月穿了一件宽松式的黑色低领睡裙，头发松散着，在昏暗的房间里更显得出她女性的柔魅，可能喝了点酒的原因，今晚的苏月在吴军的眼里好像比平日更美了。

"今天有些热，要不你擦擦身子吧"苏月弯下腰把湿毛巾放到他手里，一时间胸前的风光显露了不少。

吴军接过来，看了她一眼"以后穿衣服注意点，少买大低领的衣服"

"不是我买的，苏紫说好看，买了两件她一件我一件"苏月小声嘀咕着。

"她是她，你是你，你和她——你们俩又不一样"吴军掀起衣服用毛巾擦起来，不去看她了。

苏月听着吴军这么说，觉得委屈的滋味又涌了上来，"明天我给你做好晚饭，我出去一会"苏月的口气有些赌气的意思了。

"哦你有事？"吴军又开始擦后背了，手够不到，所以就显得有些费劲了，苏月接过毛巾帮他，于是两人靠的又近了些。

"明天有个同学想请我吃饭，男的"苏月故意实话实说。

吴军的身体明显的怔怔，苏月在心里涌起了稍许报复的快感。

"约我好几次了，前段时间我不放心你，所以就没答应，现在好多事你都可以自理了，所以这次我才答应了"说完苏月故意不看他，转身把毛巾在清水里涮洗涮洗。

"你去吧——我陪炎炎在家，以后你天天晚上出去都行"吴军明显的口气有些不快，苏月听他这么说，脸上笑笑，心里却有些报复的小快感。

"啊现在你刚睡醒？你可真是享福的太太命"苏紫接到优优这会蜷在

床上给她打的电话。

"我哪能和你比啊，我天天都有好多事做，不行啊你又想去哪里？泰国？"苏紫笑着干脆停下手里的鼠标

"我也哪里都想去啊，你又不是不知道我？但是吴军的公司和我的公司我这段时间都盯着呢，哪里也甭想去，恩可怜吧"

"让你家老力陪你去啊，他没时间那你就别去，泰国乱，到时候别人家把你拐了，泰国的色情业相当发达说不定都是挟持外来的漂亮女游客做的，咯咯咯咯咯"苏紫开玩笑吓唬她。

"我说你嘴里有没有正经话啊，你咒我还是嫉妒我比你有时间去玩啊？"优优在床上翻了身，换了个更加舒服点的姿势。

"羡慕嫉妒恨，知道了吧，哎如果你没事闲的真无聊，来看我吧，可怜的我哪里也去不了，来陪我几天吧"苏紫突然想让她来洛城玩几天。

"也可以的啊，不过得让那个姓林的请我吃饭"优优给苏紫开玩笑提了一个条件。

"好的，让他三陪估计他都愿意，美死他了"苏紫说起林越心情有些活跃起来。

"不过这几天估计他忙，好几天也没联系我，电话短信也没有，不知道怎么回事"苏紫想起这几天林越没什么动静心里又不免有些落寞。

"切我说着玩的，去了也主要是看你，如果不是你我认识他是谁啊，恩明天看吧如果去打你电话，优优对苏紫的邀约的确有些心动了。

"好——说定了，热烈欢迎你来洛城，我尽量让他陪吃陪喝，我们也——喝喝花酒"苏紫拿着电话在这边笑得花枝乱颤。

"我不和你说了，有个方案急着出来呢，我等你了啊，恩好的恩拜拜——"

什么时候纸都是包不住火的，更何况是谎言，总要有露破绽的那一天。

一接到苏月的电话，苏紫就急匆匆地往苏月家里赶过去。

等她赶到，就看到吴军的母亲对着儿子抹着眼泪，嘴里还不停的埋怨着。

"这么大的事都不给我们讲，你们还想瞒我们到什么时候啊？"

"妈——都是我的主意，是我不想让你和爸担心，所以才不让告诉你的，

95

你就别怪他们俩了"吴军坐在床边抚慰着自己的母亲。

"你不让说他们俩就该不说啊，这——这难道是什么小事啊？"老人继续的责怪着。

苏紫和苏月相对瞅瞅了，俩人一副囧囧的样子。

无论几个人怎么劝说，老人还是坚持要把吴军弄回自己家，自己来照顾儿子。

终于吴军也怄不过母亲，只好答应跟母亲回自己家。

旁边的苏月一听有些急了，忙给苏紫使了个眼色，苏紫会意，把老人拉到了另一个房间，关上了门，不知道苏紫怎么给老人说的，等老人走出房间后态度就来了个彻底的大转变。

等老人离开苏月家的时候，只见老人拉着苏月的手，不停的絮叨着。

"苏月你看你这么忙，又要带炎炎，，还要上班，这吴军你还要照顾着，真辛苦你了，孩子——如果真的累了忙不过来了，你就给阿姨说，阿姨马上就来帮你"

"没事的，阿姨吴军现在比以前好的太多，很多事都能自理了，所以我也不用费什么心的"

等老人走后，苏月悄悄地问苏紫怎么劝说的老人家。

"真想知道？"苏紫歪了歪头，故意想卖个关子。

"说啊——"苏月催她。

"我对阿姨说，如果想早点把苏月娶回家当儿媳妇，就让吴军继续在这住着，要不然就把吴军接走"

"你怎么能这么说？"苏月满脸绯红。

苏紫坏笑着看着她，"反正我就这么说的，如果你不愿意你现在还可以把吴军送走的，还不算太晚的哦——"

苏月懒得和她贫下去，白了她一眼"我不和你说了，你天天就知道欺负我"说完不再去理会她，钻进厨房做她的饭去了……

苏紫的秘密花园里，两人靠在床头聊天。

林越揉了揉苏紫的头发"我可能有段时间不能过来了，没事也不要给我打电话"

"怎么了？"苏紫抬起了头，看了看他。

"我爸身体不太好，过几天要来洛城，我带他去医院查查，估计我爸会在我哪儿住几天"

"哦——需不需要我帮忙？"

"你能帮什么忙？"林越笑了，"除非医院你有认识的熟人"

"恩——不知道算不算有关系"说这话的时候苏紫脑子里闪过邹大峰的影子。

"再看吧——如果需要住院的话你就给帮忙问问吧？"林越的口气中透出一丝淡淡的疲惫

"那如果你爸真的住院了，我可不可以去看他？"苏紫忽然很认真的问道。

"你去干嘛？"

"我就当是你朋友礼貌性地去看望一下好不好？"

林越看了看他，把头又转了过去"我觉得你最好别去""为什么？我又不会太殷勤，更不会多说什么的？""那最好也别去,我觉得你最好稳当点,别多事"

听他这么说，苏紫心里有些不太舒服，我怎么了？我很丑很丢人

吗？假装普通朋友也不可以，难道我必须老老实实安安静静默默无闻你才满意啊。

又过了一会听到林越传过来小声的鼾声，苏紫也转过身子闷闷的睡去……

不过几天后，林越父亲的病情医生建议他住院治疗一段时间。

接到林越的电话，苏紫就立刻跟邹大峰联系了。

邹大峰一听是苏紫的亲戚，很快地就答应给帮忙了。

虽然很想去医院看望那个老人，但是苏紫最终还是忍住没有露面。

"杨辉把徐局长那边的工作已经做通了，估计这几天徐局应该会给你一些暗示，虽然宏翔是个规模不是很大的公司，但是能很稳当的拿下这个工程，看来社会关系和政府那边真的有人"说完这些吴燕燕站在林越的办公桌对面看着他。

林越尽量不让自己的视线与她的交汇"那他的资质和技术方案看起来也没什么问题，竞标出的报位估计也会很适中，估计这个杨辉真的早就成竹在胸了"

其实那晚的饭局上，林越也看出了大概，杨辉和徐局称兄道弟，估计当晚徐局已经算是给自己某些行为上的暗示了，当时饭局上还有几个洛城

的社会名人，那场饭局对林越来说绝对不亚于一场鸿门宴。

"那如果徐局找你谈话给你推介宏翔，看来不如真的做个顺水人情了"吴燕燕说完小心的又看了看林越的神情。

"我知道了，估计也只有这么办了"林越呼了一口气。"东西你交还给他了就行了，谢谢你，小吴"

林越看了她一眼，才发现对方的视线一直在自己身上，只好又连忙移到别的地方去。

"恩我交给他了"吴燕燕这时也把视线移开了。

"林总—我给你买了件衬衫，你看——"吴燕燕又把视线移了回来，努力想捕捉住他的眼神。

"你不要给我买东西，我有衣服穿"林越不想和这个女下属在私人关系上再有什么了，所以在内心里不想接受她的任何东西。

"我已经买了，如果你不要，我能送给谁呢，现在——"吴燕燕把手里的黑袋子轻轻的放在桌子上，然后像个小学生在等待老师评审的一副乖乖模样。

林越看着她这样，也不好再说些埋怨她的话了，觉得终究在心理上自己是有些亏欠她的，所以也不忍心把说的太强硬，于是只好交代她"那你下次别乱买东西了，我真的不需要"

"恩我知道了"吴燕燕嘴上答应着，其实心里却雀跃了起来，"那我先出去了"说完吴燕燕走了出去。

98

林越拿起桌子上的袋子，看也没有兴趣看一眼，将它放入身后书柜下面的柜子里，然后坐下来点了一支烟好像开始思忖了起来……

苏紫的秘密花园，今天很难得的是林越先到的。

"宝宝——想我了吧？"苏紫一见到林越就开始哆起来并用手环抱住他的脖子。

"又来了你？能不能不磨我啊？"林越说着想把她的手拿下来。

"不嘛你是我的男宠，不磨你磨谁啊"苏紫偏不放手。

"再说了，好多天都没见你了"苏紫接着又将鞋子蹬掉，两只脚掌踩在他的脚上，苏紫常常这样让他抬脚两人配合着在房间里移动。

"你最近好像懒得理我？怎么了？有小四小五啦？"她在他的耳边吹气。

"你天天瞎想什么呀？还小七小八呢？天天忙的要死，哪有时间啊？"

林越带她走向床的方向，想把她扔到床上去。

把苏紫弄到床上，林越的手机响了，徐丽的来电，林越拿手放到嘴上对她来一个别出声的动作，苏紫点点头也学他把手放到嘴上。

徐丽让他这周末尽量早回去一天，她弟弟这个星期订婚，林越答应着，又恩啊的说了些家里的事才结束了通话。

徐丽的电话让苏紫的心情由嘻哈很快调整到正经了，在一边发起了呆来。

"怎么了？"林越挠了挠她的下巴"又觉得偷她碗里的饭了？"

苏紫拿开他的手，什么也没说。

"好好思过吧，我先去冲个澡"林越笑她这会的老实了。

苏紫一直都觉得自己这几年最对不起的人就是徐丽，但是如果想不负她只有离开林越，但是自己现在怎么能放得下这个男人呢，世界上怎么没有两全其美的办法啊，唉苏紫往床上重重的一倒。

忽然床头上林越的电话又响了，苏紫看了看，来电显示吴燕燕，于是冲着卫生间喊"你的电话，吴燕燕的——"

林越洗澡的动作停了停，脸上显出了烦躁和几许担忧的神情。

"哦知道了，"林越继续冲澡。

"打两次了，估计找你有事"苏紫见林越出来了提醒他，见他拿毛巾不急不慢的擦着头发，并没有要回电话的意思，苏紫懒得管他从床上爬起来也向卫生间走去。

"喂——什么事？刚才我在洗澡，哦不用了，我休息了，明天再说吧……燕燕这么晚了你来不合适，不用了……你别给我再买东西了好吗，我有衣服，恩……就这样吧"

挂了电话，皱着眉头的林越发现苏紫已经站在小厨房的门口静静的看着他。

"我一个同事，晚了要给我送些东西，我觉得太晚了"林越故意装作很无意的笑着对苏紫说。

"吴燕燕吗？这么晚了送衣服？"苏紫笑得让林越觉得有些轻蔑。

"恩你以为还有什么呀？"林越走过来捋了捋她的头发。

"那也没必要躲到厨房回她的电话吧？"苏紫的脸色不太好看。

"我是想来厨房烧水的，"林越拿起水壶去接自来水，心里暗暗希望苏紫不要再和自己缠下去了，他怕苏紫如果像前几年一样闹自己的话，估计又什么东西都会朝自己身上扔。

苏紫没说什么，转身回到卧室，躺在床上像个安静的孩子，林越也躺下来，拿手环抱着她的身子，发现她的身体冷冷的没有一点回应，觉得无趣所以干脆放开了。

"给你说个事，"林越打破了现有的沉默。

"现在302国道的竞标工作开始了，有个公司给我送现金好像是五万，"

"你要了？"苏紫很快地将身子翻过来面对他。

"我没要，我让人给他送回去了"此时的林越不敢说是让吴燕燕帮忙送过去的。

"哦——"苏紫听着好像放心了些。

"徐局第一年让我负责这个，好像302他也是默许了这个公司，所以我不想参与太多，所以钱我肯定更不会要的"林越对苏紫说的也是真心话，徐丽常常不在自己身边，感觉苏紫就像自己的一个亲人，所以很多事有时候也想给她说说。

"林——"苏紫说着现在却主动搂住了他"我觉得你现在负责的这个工作虽然看起来油水很大，但是我有些担心，虽然徐局通过的，但是分管定夺上的程序最后是你的签字，所以一旦有什么事，责任承担人你是脱不掉干系的，你的性格耿直，圆滑世故历练的还不够火候，和他们这些人打交道，我真的有些不放心"说完苏紫又用力的搂紧了他。

"恩我以后会加倍小心的，"林越听她这么说，心里涌起了温情，吻了吻苏紫的额头。

又过了一会，苏紫闷闷的声音又发话了。

"还有啊如果你真的有别的女人了，你也告诉我，我不会和你闹的"苏紫终于还是说了自己心里的猜疑。

"真没有，你瞎想什么呀？"林越安慰她。

"我是说真有的话，你也不用瞒我，我们不一定非能到老，也许我也该退出历史的舞台了"苏紫打了个自嘲式的比方。

"好快啊我们都认识十年了"苏紫自顾自地继续说"我都奔四的女人了，如果我们真的结束了，我也该找个男人成家了，林——我也想要个孩子"

林越没有说话，也不知道该怎么安慰她，这一夜，苏紫说了不少，林越觉得她变了，已经不是前几年动不动就和自己耍性子胡缠的那个小女人了。

十年——真快啊。

女人一生中能有几个十年，在她最美的时光中陪自己竟然一起走过了这么多年。

这一夜林越几乎没让苏紫离开自己的怀抱，两人半拥半抱着度过了浓情的一夜。

第七章

　　虽然绿色油的醉人，枝头红的妖娆。但是这几日气温乍寒乍暖，所以在穿衣方面苏月给炎炎一点也不敢马虎，因为这种天气也最是让孩子容易生病的时节。

　　早上送炎炎到了学校的门口，苏月就接到了苏紫的电话，她问苏月上午还去不去公司了，说她昨天有一份资料忘苏月家了，让苏月帮她拿了带到公司去。

　　苏月怕耽误她用"那我现在回家一趟去拿再去公司吧，恩红色的袋子，哦我知道了"

　　用钥匙开了门，苏月听见吴军的房间有动静，于是朝那个房间走去，这个时候吴军正在用便壶小解，苏月站在门口看到他这个样子不知道该怎么好了，吴军也发现了她，脸上有些尴尬，等吴军结束了，苏月走过去帮他接过尿壶，拿去卫生间，并且拿来了一条湿毛巾递给他擦手，一条及膝的花色连衣裙随着苏月来回的走动显得显得越发的线条柔美。

　　"苏月——"吴军小声的唤她。

　　"我——"吴军又不知道该不该说出来自己的想法，这些天他已经犹豫很多次了，但是每次想说又有点不太敢说。

　　"怎么了？我听着呢"苏月很希望他继续说下去，也很期望他说的是自己所希望的。

"这些天——你晚上经常出去，都还好吧？吴军边说边用眼光偷偷的投向她，心里期待她的回答又好像怕听到她的答案。

"嗯我这个男同学的老婆也是有病去世了，一个女儿他父母带着的……苏月说着并故意不去看他，转身出去到客厅拿了几个水果放在床头柜上"中午想吃什么？我回来的时候买了带回来，哦，对了，晚上估计还要出去，他今天想带我见他几个朋友

苏月说完笑笑，又转身找个几本书放在他的床头，故意不去看吴军不悦的脸色。

"中午我早点回来给你做饭，走了

把门带上后，苏月的笑意再也掩饰不住得意了，手机响了，估计苏紫在催了，"来了，来了，半个小时半个小就到了苏月不迭的回答着对方，风一般的下楼去了。

得知邹大峰公司拨过来的费用已经到自己公司的账上了，苏紫这一会心情不错，于是拿起手机给对方发了一条客气礼貌性质的信息："款已到账，谢谢！

后来想想又拿起手机拨通了方媛的号码"哎媛媛在哪呢？

"在桂林，最近本小姐心情有些不爽，休年假中一袭花色吊带长裙，上身搭一件水洗短牛仔上衣，一个大大的软藤条包包，此时的媛媛也是让游人养眼的一道风景。

"早说啊你自己一个人潇洒去了，也不管我们几个，怎么样？有艳遇吗？苏紫在这边和她笑闹。

"有啊——"媛媛压低声音，看了看离自己不远的一个小伙子，"二十出头，大学生，好像是富二代，屁颠屁颠的非要给我拿包媛媛说着坏笑起来"太嫩了，小屁孩不合我胃口……

"天啊，又一个？一个复一个，何其多多啊——"苏紫故意用羡慕嫉妒恨的口气"回来带给我，我现在喜欢嫩的了苏紫这边是色色的表情。

"去你的啊，更不适合你，小心咯了你的老牙，哎说正经的，找我什么事？媛媛靠着路边的栏杆上停驻了下来，等着苏紫说正事。

苏紫站起来，想去给自己倒杯水喝"也没什么事，你给我介绍的那个客户邹大峰还记得吧"

"嗯我哥的同学，怎么了？"

"我们之间的业务今天算是全部搞定了，姐姐没给你丢人，创意他挺满意的"苏紫喝了一口水接着说"费用刚刚给我们打过来，感谢你给我介绍这么大一客户，所以想请你的客啊，说吧，想让我怎么请你？"

"嘿嘿我就说你行的嘛，请我你必需的了"媛媛听苏紫这么说，也很替她高兴"什么标准的请呢？要不然我有可能会宰你的哦"

"姐几个要不一起出去玩一趟怎么样？"苏紫突然涌出一个念头"来回机票，路费，吃住我全包怎么样？"

"这个可以有啊，等我回去我们几个座谈一下选个地儿"媛媛说着脑子里已经在开始搜寻地点了。

"好——等你，你是首要人物"苏紫看苏月进来了，"那你玩吧，我也要忙了，回头联系，拜——"

"拜拜"挂了手机，媛媛漫步向前走去，那个给他拿包包的男孩子连忙走过来，递给她一瓶水，"媛媛姐，那边拍照的景点不错，我去给你拍几张吧"媛媛淑女的接过来笑吟吟的向他指的方向走去。

"怎么了？有事？"苏紫挂了电话后把目光转向苏月

"刚才欣欣食品的何老板问他的方案明天是不是可以来看展示，我刚才去问下吴涛，他说还差一点，你看怎么给对方答复合适？"

"嗯好像明天是我许诺给他的展示日期，应该没什么问题的，你给他答复吧，我们尽量都按时交方案，守时和诚信这方面一定要做好，实在不行我晚上加加班"刚说完，苏紫看到桌子上手机震动了一会有一条短信进来了。

"好我知道了我去给他回电话了"苏月说完转身走了出去。

邹大峰给自己回了一条短信"合作甚感愉快！可以赏脸吃顿饭吗"邹大峰的短信很谦虚。

苏紫笑笑，立刻动手回他"可以啊我请你"

邹大峰坐在车里此时车速很平稳，司机老王是跟着他很多年了技术过硬，话也不多，从到后镜里注意到他在发短信，所以将车开的再尽量平稳些。

"你去看望我妈，我妈想让你去家里吃顿饭"

苏紫觉得认识他这样一个人物也不是什么坏事，所以就爽快的在心里应承下来，"好的我该去看看伯母了"

邹大峰看到苏紫答应了脸上的笑意更浓了，抬手看了看腕上的时间"老王，晚一会我们再去公司，现在带我去趟金鹰，我想买些东西"

"好的——"老王应承着，脑子里开始思虑着车子从哪里走路线更合适些。

林越没想到刘主任借故家里有事，这次会安排吴燕燕代替他跟着自己一起来北京出差，没想到越想躲就越接近。

林越在心里虽然很不情愿，但是也找不到拒绝的理由。

说起这个刘主任，林越在心里是有些不太敢惹的，虽然自己算是他的分管领导，但是他早就隐隐感觉到刘主任对自己并不服气。

听别的同事说，刘主任的岳父家在洛城有些地位，他的一个大舅子好像还是检察院的一个领导。

几年前自己现在的这个副总位置刘主任本是想拿下来的，后来可能是听说他在公司里人缘不好，投票环节中民意票数太少才没有通过，总之这个刘主任高兴了还能给林越一些笑脸，如果哪天不高兴了拿几句风凉话冲他也不是一次两次的事了。

这次的外出公差对于林越来说是很别扭的，一路上林越虽然不想和她说什么，但是看到一个年轻的女孩子跑前跑后体贴的对自己，林越也不好意思黑着脸对她，只想着北京这几天全身心的投入工作上去，别的什么也不想去想。

到了北京和上面的部门领导接触，吃饭怎么会能不喝酒？不笑脸相陪呢？林越今天又喝了不少，饭局结束后步子有些跟跄站立也都些不稳，吴燕燕扶着他把他送回房间放到床上，又赶紧给他倒了杯水，怕他会吐，又把垃圾桶拿过来放在床边。

做完这一切，吴燕燕还是不想离开，慢慢的在床边蹲了下来，看着睡着了的这个英俊男人，同事几年了，英俊稳健没有听到过有关他的绯闻，这样的男人真的很难得了，任何女人都喜欢这样的男人，心甘情愿的愿意委身与他又有什么不可以的呢？

吴燕燕这时候还想多为他点什么，于是轻轻的帮他脱掉外套，希望让他睡的更舒服些，刚把他手机掏出来放到床头上，林越的电话就响起来了，吴燕燕看到没有姓名的一串号码，于是推了推床上的男人"林总——你的电话"

林越睡得太沉了，咕哝了一句什么吴燕燕也没听清，翻了个身子又好像睡了过去。

电话声似乎觉得无趣终于停了，吴燕燕忍不住好奇拿起了手机随便翻了翻。

刚才那个号码电话来之前还有一条未读的信息"宝在干嘛"吴燕燕看后心里有一些窃来的震惊，转脸看了看床上的男人。

电话突然又响了起来，吴燕燕拿着手机怔了怔，又伸手推了推林越，看他没动静，于是慢慢的她按下了接听键。

一个女性的声音传过来，"喂——混蛋，你干嘛不接我电话？"

吴燕燕听出对方似乎也有些微醉，而且还有些霸道。

"你好我是林总的同事我叫吴燕燕林总他喝多了，我喊不醒他，一会他醒了我让他给你回电话行吗？"

吴燕燕说完，发现对方沉默了，她脸上闪出不易察觉的一副神情来。

"喂——"她又试探性的喂了一句

此时苏紫的酒意全无了，她愣了一下，反应的倒是很快。

"哦——我打错了，"说完苏紫挂了电话后就把电话往床上一扔，然后又看着电话发呆。

去北京出差？吴燕燕？这么晚了吴燕燕还在他的房间里？上次躲闪自己的神情，北京的今晚林越那边又是怎样的呢？

王八蛋，混蛋不是人，不要脸苏紫在心里不停地骂林越，果然酸楚的滋味令人无法忍受，这一夜她睡得很不安稳，几乎是整夜的辗转反侧。

林越在北京这几天虽然很忙，但是晚上到了房间后还是很自然的给苏紫打电话想聊上几句，但是电话不是不接，就是响了几声后被挂掉了，林越觉得莫名其妙，不知道苏紫又生哪门子气，于是不再主动打电话给她，和以前一样冷落她一段时间也就会不了了知的过去了。

回到洛城后，林越去了花园两次都没见到苏紫，索性也生气了，就这样两人又开始冷战了起来。

对于苏紫的欣然赴约，邹大峰心里很期待和她的再次相见，今天早早的就赶到的母亲家。

"大峰——你还记得你妈我这个老太婆啊"老人家一见到儿子就怪嗔起他来。

"我再忙，也就你这一个妈"邹大峰走过来揽住了母亲的肩头，老人家和孩子一样也都喜欢儿女哄着宠着。

"今天你安排给我做什么好吃的了？每次我到你这儿才能真正的解馋，外面的菜永远都没你这儿的有味，妈妈的味道是吧"说完他也像孩子一样冲母亲做了个鬼脸。

"我让厨房做了你爱吃的那几个清炒，你在外面天天吃油腻的，到我这儿来我肯定要给你养养胃的"邹母挽着儿子的胳膊并轻轻的拍打着，脸上堆满了慈爱。

"大哥，我说妈最疼你你还不信，"邹红一副争宠吃醋的怪责样。

"今天看到了吧，听说你今天来，她忙着吩咐厨房很多事都恨不得为你亲力亲为"说完，邹红翻了大哥一眼。

邹大峰笑笑还没来得及开口发现自己的手机响了，于是拿起手机接听"喂苏紫，到哪儿了？恩对对再向前走，估计十分钟后你就能看到了，我一会站路边等你，好一会见"

"客人就要到了呀，小红你快打电话问你二哥和姐来了没？"邹母急忙吩咐小女儿，"我再去厨房看看他们弄的怎么样了？"说着邹母撇下他俩朝厨房走去。

"妈喊他们也都回来啊？"邹大峰问邹红，神情有些小小的吃惊"今天弄得有点隆重了吧？"

"你没带女人来过妈这儿，所以妈重视啊，嘻嘻估计今天的局势能吓倒这个叫苏紫的"邹红拿起手机开始拨打电话给家庭的那两个成员"喂到了没？妈催呢，客人就到了，菜也都好了……

邹大峰摇头苦笑，耸了耸肩，无奈状。

苏紫边开车，一边欣赏路边的风景，没想到这附近原来都是富人小区，一栋栋别具风格的别墅相隔不远，每家的门前几乎都有个小小的花园，有两家门前竟然还摆放了苏紫很喜欢的藤制秋千

有钱了我一定也这么折腾！苏紫在心里对自己说，车子继续往前行驶，一栋红砖砌成的房子门前有一个拱形的木槿花廊，一个挺拔高大的中年男人站在路边朝自己挥手，苏紫笑笑，明白自己的目的地到了，于是将车慢慢的停靠下来。

男人朝自己迎上来"欢迎你——苏紫"

下了车，苏紫第一句话就对这个男人说："这地方真漂亮，来你们家做客，今日的我荣幸之至"

十年

　　苏紫由衷的赞美着并开始打量起这栋二层的小楼，红砖墙面没做任何装饰，房前木质的栅栏，通向入门的小径是大块的青石，相比这一栋来说刚才的那几处白色欧式的建筑风格竟然很显矫情。

　　"老人家不喜欢欧式的，所以我让朋友才这样给她设计的，来——请进吧"邹大峰引领苏紫进入大厅。

　　今天苏紫穿的是一件风格简单的黑色及膝连衣裙，领口和袖口带有镂空的花纹所以使这件裙子简单而又别具风格，长发挽起，一贯休闲利落的苏紫今天看起来勃俱典雅贤淑。

　　"欢迎欢迎，很高兴再见到你，苏紫——"邹母走过来给了她一个拥抱。

　　"伯母，你太客气了，我第一次来家里拜访，所以也不知道给你买什么礼物好，我给你挑了一条丝巾你看你喜欢吗？"苏紫笑吟吟的从包里拿出一个盒子递给邹母。

　　"喜欢喜欢你的眼光我相信的"邹母接过来礼物盒子并拉住了苏紫的手，上下打量着，对苏紫的得体和大气说不出的喜欢。

　　"你好苏紫姐，我叫邹红，听我妈和大哥说起过你，今天才终于见到你"一向开朗的小妹早就打量对方很久了，诚意的目光和赞许让苏紫才将来时路上的少许紧张的心境慢慢的平和下来。

　　没过多久这个家的另两个成员也带着家属都到了，这个家如此隆重的款待让苏紫心里稍许的有些受宠若惊。

108

　　"你好我叫邹岩这是我妻子李倩，邹大峰的弟弟自我介绍并将手朝苏紫伸过来。

　　"你好我叫苏紫"苏紫礼貌的与对方握手，并与一身富态装扮的李倩点头相互笑笑算是打招呼了。

　　"这是我大妹邹丽，你们好像见过的吧"邹大峰给苏紫介绍另一位家人

　　"嗯我们在医院见过的，你好苏紫，"邹丽也与苏紫伸手握了握，因为是第二次的见面，再加上两人的年纪相当，所以这次让苏紫觉得与邹丽更有了些亲密感。

　　邹丽和邹岩的孩子加在一起有三个，一见面就打打闹闹的不停，看着这一幕苏紫觉得很和谐的一个家庭真的让人很是羡慕。

　　这个家的所有成员对苏紫都很客气，吃饭的时候邹母还不停的给苏紫

夹菜。

"谢谢你伯母我自己来我不客气的"苏紫被她的热情弄得有点不太好意思。

"你第一次来我怕你客气吃不饱，以后有空就和大峰来家里玩啊"邹母说完意味深长的看了看大峰一眼，邹大峰对视了母亲的视线后将头朝苏紫这边转过来看了看苏紫，发现她的脸上有些微红。

"苏紫你们兄弟姐妹几个？有我们多吗？"邹丽说完夹了一只大虾放在孩子的餐盘中，孩子露出不耐烦的表情似乎不太想吃这个。

"我们只有姐妹两个，我下面是一个妹妹所以没你们家这么热闹"

"听说苏小姐有家自己的公司？具体是做什么的？"李倩似乎对苏紫的身份有些好奇。

"我开了一家小公司，途远创意，"苏紫觉得这个家似乎都对自己挺感兴趣的，至于为什么她心里现在好像也明白了，所以下意识的看了看邹大峰，却触到了对方一股温情的目光，她故意装傻视若无睹。

"哦不错苏小姐真不简单"说完邹岩举起杯中的红酒朝苏紫示意。

苏紫会意浅笑着端起自己的杯子放在嘴边抿了抿。

"我听妈说了，大哥的品牌广告这次是苏紫姐做的是吗？"邹红脸上有些崇敬。

"嗯苏紫的思路创意果然很不一般亲情版的很能植入人心"邹大峰将话接了过来并再一次将目光投向她，"而且在接下来的拍摄制作中也给我很好的建议和提点，我真应该好好的谢谢你"

"你太客气了，你也帮过我的忙我还没谢你呢"两人几乎同时举起杯子，苏紫这次拿蓄满了谢意目光对他笑笑，但是很快的又转向了别处。

"邹岩在政府部门工作如果有好的项目让他给你的工程公司介绍几个"邹大峰的注视被苏紫躲避了于是把视线转向弟弟。

"哦——苏小姐还做工程？"邹岩觉得这个女人看来还真是不太简单。

"苏紫姐还有别的公司？好厉害哦"邹红似乎越发的羡慕起来了。"都是小公司，工程公司主要是做室内装修这一块"

"嗯苏紫姐你放心吧二哥认识人多，再加上大哥都安排他了，肯定你会有生意的"邹红调皮的冲苏紫眨眨眼。

109

十年

　　"如果真的有生意可以给我介绍，那我真的要好好谢谢你们了"真挚谢意立刻堆上了苏紫的脸上，从进门后的一直局促到现在她才觉得这顿饭看来是值得的。

　　此时的邹大峰将眼光又投向了邹岩，邹岩领会了他的意思，轻轻地点了点头。

　　"不过苏紫姐如果我们真的给你介绍了工程项目，你能不能也帮我一个忙？"邹红鬼精的开始给苏紫提条件了。

　　"你干嘛？添什么乱啊？"邹丽和邹母几乎不约而同的斥责她。

　　"嘻嘻亲人们——我想结束自己现在懒散的生活，想到苏紫姐的创意公司去就业，怎么样？我可是学美术专业的可以给他们绘图啊是吧？"说完邹红满脸的征求看向苏紫。

　　听邹红这么说，苏紫的心里松了一口气，刚才还担心这小丫头的条件自己能不能办的到呢。

　　"当然可以了，我的小公司只要你不嫌弃就好了，欢迎你来加盟我的途远创意Family"苏紫说完伸出两个手指冲邹红比出胜利的手势。

　　"噢——太好了苏紫姐我好喜欢你哦"邹红夸张的站了起来走到苏紫的身旁给苏紫一个结实的拥抱。

　　邹母和邹丽他们几个你看看我我看看你摇头也都笑了起来。

　　"我看你就是去给她添乱去了"邹丽提醒苏紫"她这人没正行，如果你真敢要她，那你就好好的端端老板架子别由着她"

110

　　"苏紫啊小红从小被我惯坏了，如果把她交给你我也放心不过你真的让她去你公司的话，她不听话你告诉我我来教训她"邹母对邹红始终有些不放心。

　　"妈——我去苏紫姐那里怎么会去给她添乱呢，我挺佩服苏紫姐的，这次真的想去跟她学学东西，你们就别担心了好不好，我又不是小孩子了"邹红看家人对她的不放心脸上一副不太高兴的样子。

　　"大舅舅你是不是喜欢这个苏阿姨啊？"一个稚气的声音打断了他们几个大人的争执，于是大家的目光都转向了一个五六岁孩子身上，邹丽的女儿此时不知道什么时候站到了邹大峰的身边，正在扯着邹大峰的衣服。

　　"怎么这么问大舅舅啊果果"邹大峰抱起孩子让她坐在自己的大腿上。

"因为我看你一直不停地看那个苏阿姨，你喜欢她是吗？"童真的目光让邹大峰感到一时的无所适从。

"你喜欢她就去亲亲她抱抱她然后你们就结婚好喽"果果一副很认真老成的说道。

餐桌上的空气霎时静了静，随后忍不住大家都笑了起来，这次邹大峰终于也禁不住了脸上竟也泛了点红，不知该怎么回答所以他呵呵笑着拽了拽孩子的小马尾。

邹丽走过来从哥哥的腿上把孩子抱过来"果果有些事大人需要商量着一步一步来的，你先和哥哥姐姐去楼上玩会好吗？"

此时的邹母发现苏紫已经坐立不些不安了，于是指挥起他们几个"大家都吃好了吧，你们一会陪我打会麻将，大峰，苏紫第一次来家里你陪她到处转转看看吧"

苏紫觉得所有的人心里都明白但是包括自己又好像都在装不明白，于是她和全家人都陆续起立，他们几个打着哈哈走向棋牌室，每次家人都到齐一定都要陪母亲打麻将直到老人家累了家庭聚会才能算是结束。

苏紫轻轻地在心里松了一口气，这顿饭吃的她有点处处惊心的感觉。走出餐厅穿过客厅，苏紫才注意到扶手楼梯旁有一个门是通向屋后的花园的，邹家的花园不小，足足有二百平方米左右。

"我没想到我妈会喊他们都过来了，不好意思，"邹大峰先开口打破了两人之间的沉静。

"没事，你们的家庭氛围蛮温馨的，看来你们兄弟姐妹相处的也都不错啊"话没说完，苏紫在这个花园里也发现了一个藤艺秋千，于是惊喜的快步走了过去，并自顾的坐了上去，慢悠悠的开始晃了起来。

"我妈常常午后来坐坐"邹大峰双手插在裤兜里站在秋千旁一只手似乎攥着什么东西。

"我很小的时候梦想就是想有一个秋千，房前有一个院子，院子里我一定要放一个秋千"一定两个字苏紫咬的很重，说话的时候苏紫闭着眼睛嘴角微微的上扬。

"午后或者夜晚，我——或者和我的孩子可以悠然的坐在上面翘着腿轻轻的荡着，手里再捧着一个玻璃器皿，器皿里有提子或者别的什么水果"

邹大峰觉得苏紫心目中勾勒的画面是那么的温馨，那种情形真的让自

己也很向往，他的心里不觉涌起一股柔情

"这不难啊只要你想有相信你的生活里会终会有那一幕的"

苏紫睁开眼睛对他笑笑，于是又继续晃了起来。

"苏紫——你看这个你喜欢吗？"邹大峰从裤兜里终于把纂了很久的小盒子拿出来了，苏紫顺着他的动作看他缓缓的打开来，呈现在她眼里的是一块精致典雅的女表，环扣式的银色表链所以越发显示出它的别致。

"送我的？"

"恩——喜欢吗？"

"怎么会想起送我表啊？难道邹总还有事想请我帮忙？"苏紫歪歪头笑着问他，说完接过表在手里把玩着。

"呵呵算是答谢你的吧"邹大峰挨着苏紫的身边也坐在了秋千。

"我们公司广告的拍摄我采取了你的建议，没请明星代言，找了几个普通的话剧演员，所以在拍摄费用上你给我真的是省了一大笔"

"哦——原来算是我的奖励啊，嗯不过看起来这笔奖金似乎给的不低哦，这可是第一次客户送我谢礼，今天让我感觉超有成就感"

苏紫的手腕和手指都很芊细，这款表与她的肤色应该也很般配，但是她只是把玩着却不见她有试戴的意思

"谢谢你邹总，这礼物对我来说有些贵重了，如果是朋友就别和我这么客气了"苏紫把表放回礼盒里递还给他，邹大峰接过来笑笑也没再说什么。

112

接下来两人又随便聊了一会，苏紫的电话响了，她刚摁下接听键米娅的声音就传了过来。

"苏紫，在哪呢？"

"我在外面，事吗？"苏紫一边回答对方一边冲邹大峰歉意地笑笑。

"听媛媛说你请我们几个去玩？真的啊？"原来米娅是打苏紫电话求证来了。

"当然是真的了，我什么时候给你们打过诳语啊"苏紫一脸正色。

"我听媛媛和夏菲他们商量想去香港 shoppy，纪晨说她无所谓，你呢？"米娅说着听到门口钥匙有扭动的声音，知道是老公栾飙回来了。

"我也随便，去香港也行，反正我请你们"苏紫觉得自己做东，怎么都行。

"那就明天座谈商量商量时间吧我什么时候都行，说走就能走，就看你们了，恩那就明天见，拜——"米娅说完看见栾飚今天肯定又喝多了，从门口又没换拖鞋就进来了，并且一屁股倒在了沙发上。

"你们几个女人又想去哪里疯？"栾飚的脸上泛着红光乐呵呵的问老婆。

"我们去哪里你管着吗，你只要拿钱拿卡给我就行了，"米娅白了他一眼，到门口去给他把拖鞋拿过来。

"好——只要老婆开心要什么都给行了吧"栾飚自从当上了公安局的一把手后，心情舒畅，所以对米娅也几乎都言听计从，真的是一副好好男人形象。

"方媛给我介绍了你这个客户，现在我生意做成了"苏紫挂了电话，冲邹大峰笑笑"所以我请她和几个朋友一起去香港玩玩"

"哦什么时候去说一声，酒店方面我能帮忙给你们安排一下，"

"不用了，夏菲媛媛他们常去，酒店什么的应该也都熟悉，我不想什么都麻烦你"说完苏紫站起来，有些晚了，苏紫觉得自己该回去了。

与邹家的人告辞后，邹大峰送苏紫送到了路上，看着苏紫的车子隐入了尽头，他拿出自己精心选购却没送出的女表，耸了耸肩，这才转身折回进了屋子。

邹红果然是认真了，没过几天就到苏紫的单位去报到了，苏紫领着她到各个部门去转了转，给她介绍了那些年轻的同事，为了欢迎新同事的到来，作为老板苏紫晚上请吃饭，消息一宣布，引得小青年们一阵雀跃。

113

"你先在创意展示部先熟悉几天，我找人先带带你，"苏紫叮嘱着邹红，"过几天我要去趟香港，等我回来的时候我亲自带你，各个部门的具体工作我想让你都了解一点"

"好的苏紫姐，我以后就跟着你混了，"邹红一脸的调皮。

明天就是去香港的日子了，晚上苏紫收拾好自己的行李，打算早点休息养足精神，翻来覆去的可是总也睡不着，于是脑子里又开始乱想了起来。

和林越已经很多天没联系了，他和那个叫燕燕的女孩现在怎么样了，一想到这件事苏紫心里又难受起来。

手机握在手里，拨了号码对着屏幕发呆，甩甩头又删掉，过了一会忍不住又想拨，就这样，反复了几次后，终于拨了出去。

没响几下林越就接了，可是接通后两人谁也没有先开口说话，时间过了一两分钟，林越才开口问她"喂？"

听到林越的声音，苏紫觉得心里的委屈好像又涌了上来，但是却犹豫着该说些什么。

林越说话一向都不怎么入耳"喂——打电话不说话，有病啊"

苏紫一听他这么说，心里的气更大了，不需要犹豫了，她立刻啪的把电话挂断了。

此时的林越心里也是怒火中烧，这么多天了打她电话不接，现在打过来不仅不说话，现在竟然还挂自己的电话。

两人各自都揣着火，大概一个小时过去了，林越收到了一条苏紫的短信:我们结束吧

看完短信，林越立刻把电话拨了过去，这次苏紫很快地就接听了。

"你又发什么神经？"林越的口气里满满的斥责。

苏紫的话也不客气"我神经病又不是一天两天了，你受不了你早干嘛去了？"

"苏紫——你讲点道理好不好，别动不动就把结束分手的挂在嘴上，我最烦你这一套了"

苏紫竭力克制住自己心头的火，深深地吸了一口气"烦我了厌倦我了早点说出来，我们没说要一直到老的"

114

听出苏紫的情绪有些低沉，林越的口气也慢慢的软了下来"你是不是有人了？"

"没有——"苏紫老实的回答。

"没有就别胡思乱想了，在一起这么多年了，就是真的分开了，估计这一辈子我们也不会忘记彼此的，"

听林越这么说，苏紫的心底又酸楚了起来，握着手机沉默了，是啊这么多年了，自己真的舍得离开他吗？

可是那个叫燕燕的女人总在苏紫的脑子里盘旋，她还是忍不住开口问了一句"你是不是真的有别的女人了？'

林越怔了一下，不过很快的给了她一个肯定的答案"没有，我不是朝三暮四的人，你应该知道的，我不喜欢把自己的生活弄的太复杂"

既然林越这么说了苏紫的心里似乎安心了些，心情也跟着好了起来，"

我还是那句话，如果你有别的女人了，我就会从你的生活里撤出来，绝不打扰你的灿烂"

林越被她这么一逗，笑了出来"天天就知道瞎想，看来这段时间不忙了？"'

苏紫翻过身子，换了个更舒服的姿势，"忙是忙，不过我现在都布置的差不多了，明天我要出去放松放松了"

苏紫的即行出游又不是一次两次了，林越早就习惯了，"又去哪里疯去？"

"和米娅方媛他们去香港几天"

"去吧——这段时间两个公司你也够忙的，去玩几天也好"

接下来两人的谈话就轻松了许多，苏紫又和以前一样缠磨了他一会，两人才挂了电话。

这一夜，苏紫睡得很安稳，第二天几乎差点睡过了时间，急忙忙的洗漱赶到集合地点，发现自己并不是最后一个到的才算是喘了口气……

香港对于苏紫来说算是蛮陌生的，长这么大，这才是第二次来。

几个女人下了飞机，袅袅的随着人流朝出口走去，纪晨眼尖发现在出口处有人举着的牌子上写着——苏紫

"苏紫，还有人接机啊，给姐几个安排的不错啊"

"可能是和我同名的吧"苏紫一脸的茫然"我在香港没朋友的"

"走——问问不就知道了"说完方媛第一个向那个牌子方向走了过去。

"你好，洛城的苏紫小姐是吧，我是你们这次来香港的全程司机，我叫刘伟"

"全程司机？"几个女人脸上立马堆上了欣喜，一齐将目光投向了苏紫。

苏紫脸上的疑惑越来越浓了"你可能弄错了吧？我没安排人接机啊？"

"我们老板魏文今天有个应酬，他让我先带你们去酒店住下，晚一点他说他会陪你们晚餐"刘伟的年龄看起来不大，但是一副很称职的司机模样，态度很是恭敬。

'魏文？我真的不认识"苏紫此时的疑惑更重了。

"走吧走吧，有车接总比我们自己打车好"

"是啊，难不成还有大白天几个女人能一齐被挟持的？"

"管他是谁呢？先帮我们找个酒店住下再说吧"

几个女人随着刘伟的带引走出了机场大厅，一辆看起来豪华的商务车将他们带到了金城大酒店的门口。

三个房间，每个房间都是套间，装潢看起来都挺有档次的，夏菲纪晨一个，米娅和方媛一个，他们笑闹着让苏紫一个人住，说什么万一那个神秘的男人来了给苏紫足够的方便。

几个女人到房间后整理好自己的行李都不约凑到了苏紫的房间，笑闹着非要苏紫交代，问接下来还有什么惊喜。

苏紫觉得自己除了一头雾水之外现在还有些哭笑不得的感觉。

"我香港不熟，真没朋友，魏文我也真不知道是谁？"苏紫仍然一脸正经的为自己申明"我现在比你们几个还纳闷呢？"

"你真不认识？那好车接送？又这么好的酒店？"纪晨环顾了一下房间"不会有人给我们几个设的圈套吧？"她的侦探头脑估计又开始大肆运转起来了。

"不知道，估计晚上见了那个叫魏文的我们就该清楚了吧"几个女人叽喳猜测着，互相安慰着。

苏紫这时候发现手机里有一条短信，苏紫翻阅后什么都明白了，果然是有钱人邹大峰安排的。

晚餐时间神秘的男人魏文如约出现了，他的出场让在座的几个女人眼前着实的一亮，五官棱角分明，星眸朗目，嘴角微勾，有些像韩剧中的某个男主角。

"受一个朋友所托，来招待几位的，见到你们几位我现在大有相见恨晚的感觉，没想到你们个个都如此的光彩过人啊"

魏文的声音透着一股磁性"以前我也去过几次落城，但是我朋友竟然也不介绍我和你们认识，下次我见到他可不会轻易饶过他的"

"洛城的美女很多，我们几个算什么啊，魏先生你太会说笑了"方媛不太喜欢魏文的恭维，总觉得太会献媚的男人应该是风月场上的高手。

"美女我倒是真也见过不少，肤浅型的太多，内涵型的太少，你们几个我觉得绝不是前者，对吗？"说完魏文抿嘴笑笑，口气仍然是一如既往的赞许。

方媛嘴角泛起一丝嘲笑，懒得再与他这种人口舌下去，苏紫这时趁势把话接了过去。

"魏先生，为什么安排我们住这里？这里的档次和级别可不是我们计划内的"

"苏小姐别担心，你们这几天的吃住行都是免单的，因为这个酒店是我和邹大峰先生两人合股的，只有你们购物是自费的，如果你们需要的话，我可以再给你们找一个导购"

"不用了，我们随便转转就行了"苏紫说完在心里开始迅速的做预算，觉得这几天如果这样开销的话，自己不知道又要欠下多少人情债了。

"邹大峰？"米娅和夏菲还有纪晨他们几个相互看了看，只有方媛明了似的笑了。

"没关系，虽然我是男人，但是我也算是一个购物和砍价的高手，如果我陪你们导购，也不收费的"魏文冲在座的几个美女推销自己，几个女人听他这么说，忽然感觉交谈气氛一下子轻松了许多。

整个饭局几个女人被他逗的笑声不断，晚餐结束后魏文又带他们去泡吧，见识香港真正的夜生活。

魏文进入酒吧后安顿好几个女人，就去和几个熟识的朋友去打些招呼，一个男人今天带了五个女人来酒吧，难免不被朋友笑侃了一番。

灯光溢彩的酒吧里，台上的歌手像是在自顾自说的唱着不知名的英文歌曲，台下的卡坐里有嬉笑的人群，似乎也有相互搭讪和调情的男女。

苏紫手里在玩短信，给邹大峰发了一条"人情债最难还，你致使我越陷越深，忐忑难安！！！"

纪晨举起杯子，"没想到我们几个女人今天竟然能来这种场合，总觉是那些小青年来的地方"

"恩我也觉得有一种灯红酒绿，夜夜笙歌的浮华奢侈感"米娅喝了一口侍者给她的果酒。

纪晨到挺兴奋的"以前来我也想泡吧没人带所以我几次都没敢来，今天也算是见识香港的夜吧了"

"嘘嘘，说话小声点，那边有人好像在看我们，"方媛提醒他们几个，"他们不会以为我们几个是乡下来赶集的土包子吧"

几个女人一齐都朝那个方向看过去，刚才那两个指点他们的年轻女孩只好佯装无事的扭过头去。

"来来来，别管我们几个是什么，只要姐几个高兴就行，喝一个喝一个，"方媛将杯子举起来几个女人开怀的喝了起来……

方媛个性爽朗喜欢胡闹，和朋友在一起疯的时候通常都是自己首当其冲，和魏文在香港相处的时候，魏文的好几次提议几乎都被方媛当即否定，湮灭了这个一向倜傥自信的英俊男人气焰。

被挫败了气势和自信，魏文先是有些小小的惊愕，继而大度式的宽容和忍让，魏文一直都很注重修养，更明白主应随客变。

有一次只有俩人的时候，魏文冲方媛忽然说了一句"我觉得女人听话男人才喜欢"

没想到方媛不客气的回应了他一句"我觉得低调谦和的男人才不会让女人反感"

语言上的交锋，似乎魏文败的有点惨，但是这个方媛好像也让魏文特别关注了起来。

方媛觉得自己并不是一个好的女子，虽然称不上贤淑良德，但也绝不平庸市井，几个女人之中，不比夏菲美艳出众，方媛却是极致的另类个性，她是另一番风种的女人，异与常人。

有一次米娅忍不住问方媛"你们前世有仇？要不为何总要与他背道而驰"

118

"我怎么会和他有仇，只不过是我看不惯在女人面前他优越般的超级自信模样"说完方媛又加了一句"我不喜欢他觉得我们是大陆女人，好像没见过什么世面似的"

可能碍于主客之分吧，又或者是受人所托，在后来的香港的这几日中，魏文一切都听从与这几个女人的提议和安排，偶尔好的建议也会被她们欣然接受。

他们去女人街，寻找著名的卤大肠，这是几个女人口水已久的美食，那里的贡和堂龟苓膏的确美味绝伦，大家一致认为比酒店旁边的那家 25 元一碗的强上百倍，以后吃也一定要找口碑好的牌子。

初来香港苏紫的印象：的确是动感之都，这句是香港旅游的广告词，恰如其分的形容出香港的特点，一踏进这座城市，就能感觉出期间的活力，激情随手抓拍，镜头感极强，张张入戏，不难理解为什么小小的香港，电影事业如此走红，走在庙街或女人街上，仿佛置身于杜可风的镜头之下，来香港才发现，所谓的星光大道，其实只能算是羊肠小道，真无法想像那么多巨星从此走过，许多明星的名字和手印被很多来这里的人从脚下走过。

魏文的招待果然是殷勤周到，几个女人的香港 SHOPPY 在他的安排下很是轻松顺利，他总能给女人在款式和搭配上给出良好的意见，这次的购物几个女人都直呼过瘾。

119

第八章

　　香港的这一趟旅行可以说让几个女人都玩的不亦乐乎，魏文带着他们几个几乎玩遍了整个城市，这一次出来也让苏紫大开了眼界，香港——果然是一个让女人欲罢不能的地方。

　　至于购物方面几个女人的收获也都不小，米娅得知自己的女儿有些发烧，她就没有心情再玩下去了，所以他们的回程比原计划提前了两天。

　　苏紫给苏月和炎炎买了不少东西，所以一回到洛城她看到天色也有些晚了，于是就直接到苏月哪了，"今天做什么好吃的了，蹭饭的来喽——"苏紫一进门就冲苏月吴军他们嚷嚷。

　　"小没良心的，快点出来，看大姨给你买什么了？"苏紫喊炎炎，孩子一听到苏紫来了，欢快的从自己的小房间里跑了出来。"大姨大姨给我买的什么？"

　　"噢——奥特曼？啊变形金刚……"炎炎开心的拿起来立刻爱不释手，小脸由于兴奋更显得红彤彤的。

　　苏紫又走到吴军的房间，"呦——吴军，看起来脸色不错嘛，我妹妹伺候的不错吧"说完她递给吴军一个纸袋"姐姐给你买了一件衬衫，一会试试怎么样？"

　　"什么不错啊，我快憋疯了，你来趟床上试试？"吴军坐直身子，对她的风凉话有些抱怨。

"呵呵听苏月说扶着你可以走几步了？"苏紫心里也替他的康复有些高兴。

"嗯今天他自己竟然拄着拐杖自己去了一次卫生间"穿着围裙的苏月这时候靠在门边，手里还在不停的择着几根青菜。

"不错嘛吴军，一会姐姐我亲自炒两个小菜陪你喝点,算是鼓励鼓励你"苏紫由衷的开心，脸上的笑意更浓了。

吃了晚饭姐妹俩再加上吴军聊的晚了于是就在苏月家挤挤睡下了

"怎么样了？苏月？"苏紫趟下后推了推苏月。

"什么怎么样了？"苏月装不明白。

"你装什么傻啊？"苏紫的脸上堆着几丝坏笑。

"还行吧"苏月有些不好意思了把身子侧过去了。

苏紫拿手去挠她，"什么叫还行吧？什么叫还行吧？说说"

苏月被挠的痒痒的，在床上扭动的身子去躲闪，咯咯的笑起来，"我说我说—"

苏月把前些天自己如何每天晚上借故出去假装约会，吴军怎么发不明火，笑着对苏紫都交代了。

"那现在呢？"苏紫不放过她继续追问

"前几天—"苏月说到这里顿了顿，脸上浮起了红晕，"我扶他站起来走几步的时候—"苏月不愿意再说下去了，脑海里浮起了当时的那一幕，由于吴军体躯太重了，没开始迈步苏月就有点招架不住了……

那条伤腿由于打了钢板，迈步只能是直直的向前迈出，可能是因为腿很久没有用力了，而且苏月一开始也不知道该怎么帮他，所以两人也算是没有配合好，吴军第一步就没有成功一下子没站稳载到在了地上，苏月本能的去拉他，但是怎么能拉的动呢，于是两人跌到了一块。

苏月爬在了吴军的身上，虽然认识了这么多年但是如此亲密的接触两人还是第一次，顿时她脸上羞得有些红了，苏月怕压疼他，于是想赶紧爬起来，但是吴军却趁势一把抱住了她。

苏月一开始还挣扎了几下，见不起作用，也就作罢，任由他抱了。于是苏月身上的味道让吴军更不舍得放开了。

"苏月——"吴军小声的在她耳边唤她。

"恩——"苏月将脸慢慢的贴在对方脸上。

121

十年

"以后别去见你的哪个男同学了好吗？"吴军想起来就心里有酸的难受。

"为什么？"苏月故意装傻。

"因为——我——"

见他还是没有把自己想听的话说出来，苏月只好继续激他"如果没有什么合适的理由那你就无权干涉我的事情"

说完苏月挣扎的又要起来，吴军还是不肯放手，两个人就这样拉拉扯扯的。

终于苏月有些急了"吴军—这几天我已经在考虑答不答应那个人求婚的事了"

听苏月这么说，吴军怔住了，不过很快的他下了狠心般的大声说了一句"苏月——嫁给我吧？"

苏月抬起头，很认真地看着那张离自己很近的脸"为什么突然会这么说？"

既然已经说到这儿了，吴军也就豁出去了"我喜欢你——苏月，真的，"

终于听到吴军这么说了，苏月的眼眶有些湿湿的，她翻身从吴军的身上下来，在他的身边也平躺着。

就这样——两人都直直的躺在地板上，面对着天花板。

"为什么到现在才说？"

122

吴军此时的声音又小了下来"我一直都有些害怕"

"怕什么？我还能吃了你？"

"从小到大认识这么多年了，我知道你和苏紫对我很好，虽然我心里有你，可是我一直都不敢说，如果——如果你一直把我只是当亲人，你答应还好，但是如果你不答应，只是把我当亲人一样待的，那我以后——以后我还怎么见你啊"

"其实在我的眼里你和炎炎也早就是我的家人了"

吴军今天终于把自己的心里话都敞开说了出来。

"那为什么要等到现在才对我说？有本事你还别说啊？"苏月想起自己这么多天的努力就又泛起了懊恼。

"我实在等不下去了，再等的话我怕你和炎炎就不是我的了"

苏月笑了"傻瓜——你知道我等你说这话等的有多辛苦吗？'

听到苏月这么说，吴军的心里也敞亮了，他伸出胳膊把苏月又揽了过来。

"苏月——你知道我有多喜欢你吗？我有多么的在乎你和炎炎吗？"

"恩——"苏月说完，红着脸轻轻的啄了一下他的唇，她的小嘴是那么的柔软，惹的吴军用力的扳住她的脸，用力地吻了下去……

因为急着想去公司，所以第二天很早苏紫就先去了西耽花园一趟，她给林越买的一件衬衫和一件风衣想放到那套房子的衣柜里，这样林越随时就可以拿去穿了，买的时候米娅还笑着问她给谁买的呢，苏紫当时谎称当然也是给吴军买的了。

苏紫几乎从来没这个时间出现在花园的小区里，对于她来说这个时候年轻人几乎都还在睡梦中，那些上了年纪的人早起散步遛弯儿的老人几乎还都没有开始现身呢，这个时候的小区相对来说还是比较静谧的。

打开房门，苏紫一换上拖鞋就拎起购物袋往卧室走去，当看到林越在床上还在熟睡中，房间里还弥漫着酒味，她奴了奴鼻子，轻手轻脚的不敢弄出大动静来怕吵醒他。

走到卫生间的镜子面前，苏紫发现自己的脸色看起来有些憔悴，将脸更贴近镜面，发现前几日可能玩的有些太疯了，眼角纹似乎越发的明显了。

呵呵真老了，苏紫略带自嘲的笑了笑，重新洗了把脸，喷了喷爽肤水，待她又拿起面霜的时候才注意到自己的化妆品好像有人动过。

她又仔细的观察了一下，的确有人动过，自己很多年的摆放习惯怎么可能记错？至于林越他不可能无聊的来动这些女人的东西？

苏紫的心里忽然感到有些疑惑，她走到淋浴喷头下又仔细地看了看，在墙角竟然真的找到了几根长发，黑色的直发，而自己的头发是微卷的中长棕色，突然恼羞成怒一股热血立刻冲上了脑门，苏紫几乎是冲出卫生间的，她站在卧室的门口，又重新审视这间房间，这才注意到床头柜上好像有一个留言条，她走过去拿起来，看着看着她眉头用力的皱了起来。

此时的苏紫仿佛一切都明白了，看着床单扭乱的情况，再看看床上这个熟睡的男人，闭上眼睛不难想象这里肯定是发生过一场香艳的演出，她摇摇头，用手捂住自己的嘴才发现喉头近乎撕裂的哽咽，自己的小窝被这样给侵占了，林越竟然会赤裸裸的这样将自己羞辱，去香港的前一晚他还

123

亲口承认自己的生活一点也不复杂，但是现在……

苏紫觉得这个房子现在太闷了，她一刻也不想待下去了，一分钟一秒钟都不行，她立刻转身冲向门口。

离开这儿，离开这儿，我要离这远远的，苏紫神经质的嘴里叨念着，她逃也似的飞奔下楼……

路旁的香樟树浓密的交错在一起，细细碎碎的阳光开始从树的缝隙间一点一点的投射下来，清晰的纹路均匀的洒在了苏紫的身上，急匆匆驶过的车辆，擦身而过的人群，宛如过了期限的黑白胶片的电影，画面却清晰的凸显苏紫的样子。

路上行人渐渐的几乎没有了，苏紫才发现自己走累了，她不知道自己走了多久，路边怎么没有树了？人也几乎看不到了，而且这里看起来有些空旷，她在路边随意的坐下来，双手环抱住膝盖，将头埋进去，这才开始想哭，越哭她觉得越委屈，越委屈她就越想哭，随性就这样哭下去。

她没注意离自己不远处停了一辆黑色的车子，没多久又飞驰来了一辆，原来的车才匆匆疾驰而去

不知道哭了多久，苏紫抬起头才发现不知什么时候她对面站了一个男人，仰视的角度看去这个男人看起来好高大。

阳光有些刺眼，苏紫恍
惚着好像看不清他的脸。

124

"苏紫——"一个温柔宽厚的男音喊她。

"邹大峰——"

"你还好吗？"他关切的问她。

"不管你是谁，把我带走吧—"苏紫的声音很轻显得也很无力，好像是在自言自语。

邹大峰把苏紫几乎是抱起来，搀扶着走向车子，司机老王缓缓地将车子向他俩驶来，邹大峰打开车门，将怀里这个软绵绵的女人扶进车里，自己挨着他也坐到了后面。

老王从倒后镜里不时的看了看这个让老板紧张的女人，此时的苏紫看起来很狼狈，凌乱散发的她上身只穿了一件吊带背心，下身的花色短裙看起来有些脏了，估计出门太匆忙了，脚上的人字拖鞋也没来得及换。

"你怎么知道我在这儿？"苏紫轻轻地问这个来带走他的男人，她软软的靠在车窗上，目光却茫然地看着窗外。

"邹岩来开发区视察工作，看到你一个人愣愣地在路边不停得走，他不放心，所以才给我打了电话"

接下来车里的空气安静了下来，车子平稳的向前驶去，行驶了大约有半个小时，车子停了，打开车门苏紫发现自己被带到了一栋房子门前。

她随着他走进去，走上扶手楼梯后他为她打开了一扇门，苏紫径直的走向房间里的那张看起来很舒适的大床，她爬上去，将头深深的埋进枕头，一句话也不想说，慢慢的闭上眼睛，接着把自己的身体蜷了起来。

在床边站了站，邹大峰默默的走出了房间把门轻轻的给带上了。

苏紫睡的并不安稳，虽然床很软，但是她却觉得自己的身子很重，仿佛一个溺水者，无助无望的感觉将她一点一点的拖入水底脑子里一直不停做着荒诞的梦，迷糊中有人追自己，自己被人追上了只好与他们打斗，然后再接着向前跑，不知道要跑到哪里，林越的脸忽远忽近的冲她在笑，怀里还搂着一个女人，只是那女人的脸很模糊，于是自己哭着又用力的奔跑……

不知睡了多久，她终于感觉自己不再有困意了，拉开被子眼睛直直的看着天花板，脑子里像是放映电影一样演绎着她和林越这么多年的一幕幕，于是湿湿的泪水忍不住从眼角又涌了出来，林越林越她轻轻地在心里喊着这个名字，我们现在怎么会这样？你怎么可以这样对我？苏紫的心感觉仿佛被什么人狠狠的用撕扯着，原来——心真的会痛的，她翻过身子用力的又闭上眼睛，用牙齿紧咬着被角，很快的枕头上又湿了一片……

西欧花园里林越被手机铃声终于吵得睡不着了，坐起身来，发现铃声来自小沙发上的一个女包里，他认得出那是苏紫的。

"苏紫——"他站起来发现头很昏沉，揉了揉太阳穴，他穿上拖鞋丝毫不介意自己赤裸着走出卧室。

"苏紫——电话"林越发觉没人答应自己，然后发现别的房间也没她的影子，估计苏紫也许出去没走多远，也许一会就该回来了。

两人之间谁也不会替对方接听电话，于是任由手机铃声再次响起，所

125

以他也不去管它，从窗边的小沙发上拿过自己的衣服，这时候林越才发现地上有一张被揉皱的留言条：

昨晚你太累了，我去单位帮你请个假，你多休息会——燕燕

"怎么会这样？"林越突然发现自己的头瞬间大了，自己怎么能混蛋到带燕燕来这儿？昨晚又喝多了，很多事他又记不太清了。

有些颓然的从床边坐了下来，看来苏紫看到这张留言了，所以包和手机都没顾得上就愤然走了。

也许不是，也许苏紫还没看到留言条，她只是去楼下买东西一会就上来了，林越抱着一丝侥幸的心理揣测着，穿好衣服整理好床铺，把房间顺便也稍微打扫了一下林越还是没见到苏紫的出现，心里越发的不安，心似乎在也越来越沉重起来。

苏紫终于发觉自己真的是再也睡不着躺不下去了，于是她下了床，发现床尾有几件女人的衣服，随手拿起一件走向卫生间。

冲了个澡，她觉得自己精神了些，于是下楼，客厅的桌子上有些吃的，现在的她仍然觉得没有一点饿的感觉，屋子里很静，隐约间她听到客厅后面的小花园里有些稀落的声响，于是她顺着声音走出去。

苏紫看到了这里也有一架秋千，邹大峰似乎不满意它的摆放位置，一个人在挪动它，她慢慢的走过去，发现秋千似乎是新的，因为细节处的包装好像还没完全除去。

邹大峰发现了她，停下了手里的动作，"你醒了"

126

苏紫回他一个淡淡的倦笑，自顾的在秋千上坐了下来，"放这里可以了——"

她开始悠悠的晃动起来，慢慢的几丝自嘲诡异的笑容浮上她的嘴角，她慢慢的转过头去，抬眼看了看她旁边的这个男人，"邹大峰你喜欢我是吗？"

邹大峰没想到她会突然这么问，他愣了一会，"你是个聪明的女人，苏紫你应该看得出来"

她笑了，笑的有些怪异，慢慢的站起身子，伸出手臂缠上了他的脖子，一幅妖媚的脸凑了上去，"那我以后做你的情人好吗？你想要我吗？"说完，苏紫将自己的身子贴了上去。

"苏紫——你还好吧？"他惊讶于现在她的动作。

她不回答，仿佛没听到他的问话，将自己贴的更紧了，手开始去轻抚

他的肩膀，胸膛，然后是臀部……

"苏紫，别这样—"邹大峰嘴里说着，但是却不忍推开她，他好久没近女人了。

"来吧，我知道你们男人都喜欢鲜嫩的，但是我也应该不算太老"苏紫喃喃的在他耳边浅吟着，伸出舌头轻轻的去舔他的耳垂然后又开始慢慢的解开自己连衣长裙上身的几粒扣子，苏紫拿着他的手放在自己的胸脯上，手里握着的柔软将他的坚持在渐渐软化，身体的渴望却随着她手的游弋越来越强烈了。

"我现在想要人好好爱我，来吧，现在是——我想要你了"苏紫幽幽的口吻似乎被灌入了魔力，邹大峰觉得此时的她像极了一个女巫，在极度膨胀着他身体里的那股渴望，苏紫手的游弋让他的身体越来越软好像又越来越坚硬，于是他的呼吸越来越急促了。

终于——他再也不想人模人样的继续坚持下去了，一把抱起怀里的女人，冲进客厅，快步的上楼，把她放倒在床上，两人很快的纠缠在了一起，男人非常的亢奋，卖力的折腾着身子下的女人，不多久两人的身体开始不停的冲撞起来，"混蛋，混蛋"苏紫闭上眼睛小声呢喃着迎合着对方……

这一夜，苏紫的确像个疯子，漫长的水深火热中她张狂的放荡着，嘴里不时的喊着宝宝，有时候又哭骂着混蛋，黑暗中他热烈配合她，因为这极致的销魂让他无法停下来，她让他说什么他就说什么，断断续续的喘着气"……喜欢……喜欢你这样的……别离开我……"

127

邹大峰觉得自己太累了，可是这一夜却也是异常的满足，睁开眼睛他发现身旁空空的，立刻起床披上睡袍。

楼上楼下还有花园都找过了，苏紫果然是一声不吭的离开了。

昨晚发生的一幕他好好的回想了一遍，想到苏紫那副小女人让人心疼的模样，还有昨晚那一场满床的地动山摇，邹大峰的脸上露出了一副异样表情……

苏紫的突然到来让优优很是意外，但是很快地就发现了苏紫的不正常，这么多年的闺蜜了，苏紫的不快在她的面前是掩盖不住的，更何况苏紫并不想瞒她，这个时候苏紫可能最需要她，所以优优这个时候最应该做的就是接受她和她那颗受伤的心。

抱着优优刚给她泡的一杯蜂蜜柚子茶，慢慢的开始讲了起来……

十年

　　优优一直安静的在听，中间几乎没有插什么话，因为看得出来，现在的苏紫太需要有人听她倾诉了。

　　"一开始我就知道他什么都不能给我，像是中了他身上的毒，我却怎么也放不下了，于是我想，就这样吧，只要我在乎他这就够了，陪着他一天一天一年一年，如果可以，就这样一辈子下去吧"

　　"他嫌我不够温柔，说我总是太自以为是，说我总是和他无理取闹，他说他喜欢小女人，但是我冲他撒娇，我要女人的小性子，多希望他能像其他的情人一样哄哄我，说句贴心的话宠我一会，但是他没有"

　　"他应该知道我不是个拜金虚荣的女人，如果我是，我也不会选择和在一起，他几乎从没为我花过钱，哪怕一件小小的礼物都没有过"

　　"兜兜转转枝枝慢慢，我和他一次次的闹，一次次想要，但是他仿佛始终无动于衷"

　　"对于女人，感情始终是我们内心深处的重心和全部，而男人—新鲜和肉欲的贪念才是他们的最爱"

　　说到这里，苏紫长长地叹了一口气"估计真的嫌我不再鲜嫩了，可能对我倦烦了，现在他的身边又有了别的莺莺燕燕"

　　"他们在一起应该有些时候了，虽然他对我说过他和那个女人没什么的，可是我没想到他会把那个女人带到我的住处去，那是我专门为了他而买下的一个小窝啊"说到这里，苏紫的心隐隐的又开始翻江倒海起来。

128

　　"他何必这样呢？如果真的是厌倦我了，受不了我了，如果他真想让我主动的离开他，也没必要最后这样狠狠的再羞辱我一场啊"

　　苏紫说到这里，不争气的眼泪又滚落了下来。

　　"所以——我现在是彻底对他绝望了"

　　讲到这儿，苏紫觉得自己好像也没那么难过了，既然这次是斩铁般决定放下了，那还怕什么呢？什么都刺痛不了自己的心了。

　　终于等苏紫讲完了，心情看起来也平静了很多。

　　"傻瓜——优优揽过她给她一个安抚的拥抱，"早就该结束了，从小到大你总是这么倔强，总要等自己被伤的体无完肤你才能彻悟"

　　"都过去了，苏紫一切都结束了"优优心里真的是心疼她，于是又把她搂得更紧了紧。

　　"嗯结束了，无论怎样都没什么好结果"苏紫悠悠的说着，像是对优优说，更像是对自己说。

在有优优的这个城市里，优优带她找各种乐子，带她喝酒，带她K歌，包间里两个女人声撕竭力的吼着，歌单上会唱的不会的苏紫一首都不放过。

优优不愧是铁蜜，她勉强自己陪苏紫抽烟，陪她喝酒，喝的天旋地转，喝的疯疯癫癫，最后由优优的男人找人把她俩扛着回家。

希望彻底的放肆才能彻底的忘却，希望快一点忘了过去，快一点再快一点吧。

有优优的陪伴苏紫的心情似乎好了许多，疯闹过后的两个女人终于在家安静了一天，优优突然又提议带苏紫出去散心。

"我们去内蒙吧，苏紫——你不是一直都想去呼伦贝尔草原吗？"

"不去了，太折腾了"苏紫这会懒懒的窝在沙发上一点也不想动。

"干嘛不去啊，辽阔的草原是放松心情的牧场，没有那些贱男人女人一样可以活的潇潇洒洒"优优极力的继续撺弄她，她很想帮苏紫，希望能让苏紫尽快的快乐起来。

在优优的极力鼓动下，苏紫只好任由她去安排了，去散散心也好，早点忘了那个人，没有了他，我不能让自己的天塌下来，无论怎么样，生活总还是要继续下去的。

"喂——嗯我是，你哪位？"优优的手机响了，但是来电显示号码很陌生"苏紫？嗯和我在一起呢，你是——？哦我知道了"

"邹大峰是谁？他要来找你"优优挂了电话就一脸疑惑地问她。

"如果说林越是只狼，那他应该是一只虎"苏紫轻淡的这样给优优形容。

"他说他一会来我家，他要见你"

"告诉他我走了，我不想见他"

"我说我们俩都在家呢，那他一会真来怎么办？"

"那我进房间，一会你把他打发走就行了"

现在苏紫真的是不想见这个到处要找自己的男人，更何况前几天发生的一幕唉——以后最好也都不要再见了。

嗒嗒嗒敲门声音吓了优优一跳。

苏紫看了她一眼，懒散的慢慢从沙发上站了起来，面无表情地往里面的房间走去。

十年

门开了，一个男人站在门口"你好优优是吧，我是邹大峰，刚才我们通过电话"

"哦苏紫她——她刚走"因为是说谎，所以优优的表情有些很不自然。

"那我进房间等她"邹大峰现在不想顾忌往日的绅士风度，不容对方同不同意他就抬脚跨进了门。

"喂—喂你这人怎么这样的啊？"优优不悦地嚷了起来。

"我等她，直到见到她我才会走"邹大峰的口气中固执夹杂着一股霸气，优优这时候傻傻地站在那里，面对这个硬闯入的男人一时间不知道该怎么才好。

就这样，屋子里的安静不知道持续了多久，过了一会，优优仍是觉得有些无所适从。

"邹总—"苏紫还是从里面的房间走了出来"你找我？"

"苏紫——"邹大峰终于看到她了，望向她一脸的关切。

"你刚才说的我听见了，你说你见到我就会走，"苏紫淡淡的脸上看不到一丝的喜怒。"那你现在见到我了，你可以走了"

邹大峰看见苏紫见到自己竟然会是这个态度对他，也许没有哪个女人敢对他下过这样赤裸裸的逐客令，心里升起了一股火气"你一声不吭的连个招呼也不打就走，你怎么能这样？"

130

"那你想我怎么样？"苏紫咧了咧嘴角"难道你还需要让我对你负责？"

"嗯难道你不该对我负责吗？"邹大峰向苏紫走了过来。

"呵呵笑话我有什么本事？能对你这样的男人负责？苏紫轻蔑的笑着"就是想负——你觉得我能负得起吗？"

"苏紫——"邹大峰的口气忽然变的柔软了下来，"不管你身边曾经发生了什么，你不想说我什么都不会去问，但是现在——如果你不嫌我丑也不嫌我太老的话，让我——来对你负责好吗？"

苏紫认真的看了看面前的这个男人，好像没有一点开玩笑的意思，邹大峰是成年人了，这个时候说出的话应该不是脑子一热发昏来安慰自己的吧。

"邹大峰——你别可怜我好不好？真的我没事，我当时心情糟透了，那一次我只是给自己在赌气，如果你觉得我冒犯到你了，我给你道歉好不好？对不起对不起对不起，对不起……"随着连续几句的对不起使苏紫的倔强终于忍不住塌陷了，视线也有些模糊了起来，小声的又开始想哽咽了。

邹大峰没有说话，轻轻地把她揽过来让她靠在自己的肩上，"可是苏紫——我认真了……"

苏紫抬起头，一副柔弱而又可怜的模样又显现出来了"邹大峰，别开玩笑了好吗？我没事——过几天我就会好的"

"苏紫——我没开玩笑，就当你生了一场病，我陪你慢慢恢复吧"邹大峰口气从来没有过的温柔和小心翼翼，可眼睛里的光是真诚而又坚定的。

看到两人所谓负责不负责的口舌之战终于安静了，优优脸上却是云里雾里的一幅懵懂模样……

林越这是第一次来途远创意公司。

苏月看到来公司又一个来找苏紫的男人，越来越觉得忽略了苏紫前几天的反常，隐隐的开始有些自责，不免为苏紫现在的状况也有些担心了。

"你能告诉我怎么才能联系到苏紫吗？"林越这几日睡的不太安稳，所以英俊的脸上看起来有很浓的倦意。

"她手机这几天我也打不通，我真的也联系不上她"苏月一边说着一边偷偷的观察对方的表情，发现他的眼神竟然有点在躲闪自己的视线，苏月似乎明白了几分。

131

送走了林越，苏月给优优发了条信息"优优姐好好的陪苏紫，替我好好照顾她"

此时的苏紫正在向往已久的大草原上骑马策奔，头发被风吹的高高扬起，苏紫的心境畅然了很多。

极目远眺，草原与长空相接，浓绿与云天照印，翠色千里，连绵不断，一直伸向云天深处。

宽广的草原，健硕的骏马，这是缠着林越非要认识十周年纪念让他带自己来的地方，现在陪自己来的却是优优。

如果林越来估计也是带那个燕燕来吧，去哪里永远也都轮不到我了，自己算是什么呢？他生命中一片浮萍吗？多可笑啊，曾经以为能陪他到老的，但是现在……

十年

　　因为一时间的分散精力，苏紫没抓牢缰绳，翻身从马背上滚落了下来，很快的她感觉到胳膊钻心的疼，但是她觉得心里更疼。

　　跌落后仰面躺着草地上，天上的阳光真好，只是—那个人再也没有以后了，以后也再也没有那个人了，苏紫也许是因为疼，于是泪水又涌上了眼角……

　　"苏紫——""你没事吧""苏紫——"优优吓坏了，不迭的喊着，几个牧人也都朝这里聚了过来，一时间苏紫知道自己找到了这个草原上的宁静。

　　感觉有人将自己抱了起来，疼痛中模糊的双眼她看到了那人的脸。

　　"邹大峰—我疼的时候你总是在吗？"苏紫这个时候竟然咧着嘴笑了笑，虽然笑的样子看起来很惨，然后眼前一黑，苏紫感觉自己好像就睡了过去……

　　苏紫那边好多天都没动静，她的手机好像开机了，但是林越的号码却一直都打不进去，估计她把自己的号码设为拒绝来电了。

　　林越知道苏紫的脾气，一生气就玩失踪，不管你再急再气，她就是像人间蒸发了一样不发出任何动静。

　　花园的有些东西苏月都拿走了，有一次林越去的时候两人迎面碰到了，苏月应该觉察出了他和苏紫的关系，所以任凭林越再怎么追问苏月就是什么也都不说。

132

　　记不清两人闹过多少回了，苏紫总是让自己舍不得彻底放开，她的蛮横总让人哭笑不得"姓林的——如果你敢不要我，我诅咒你——诅咒你这辈子都忘不了我"

　　每次吵架，林越几乎从来不和她讲理，直接就挂电话，有一次苏紫脾气上来了打过来找自己理论，连续不断的拨了近一百个电话，直到把林越的电话打到没电了自动关机估计她才收手。

　　后来苏紫问他"你是不是不喜欢我这样的女人？我是不是很烦人？"

　　"恩——你是我见过最烦人最不讲理最胡搅蛮缠的女人"

　　"可是——我最烦人最不讲理最胡搅蛮缠只对我喜欢的男人，不喜欢的人我才懒得理呢？"苏紫总是满嘴的歪理，一贯的自以为是。

　　记得有一次上班时间她给自己打电话，电话接通了，她能张口就来这么一句"林我想你了"

　　怕旁边的同事听到，心虚的自己啪的挂断电话，然后很快的又给她回了过去"你又想干嘛？有同事在"

"没事就是想告诉你我现在想你了，你可以说我也是，或者说恩我知道了，那样多好，多浪漫有情调的一件事，可是你啪的挂电话，真太不解风情了"

"都老夫老妻了还要风情啊"林越笑她。

"我才不要老夫老妻呢，我想永远做小的，小的得宠"

"好——你一直都是小的，小女人哪里想我？"

"哪里都想……"

已经两个多月了吧，苏紫，你在哪里？难道你永远都不会再见我了吗？林越的心也在一点点的下沉，想到这里，他长长的呼了一口气。

慢慢地将身体后仰，头靠在椅背上闭上眼睛刚想休息一会，但是突然办公室的门被敲响了。

"进来——"林越很快的又只好将身子做正，将视线转向门的位置。

"林总——"进来的人又是吴燕燕，年轻的脸上洋溢着阳光和活力，似乎现在又夹杂着女人的妩媚。

"看来这个宏翔的手腕够有力的，但是我们毕竟是第一次和他们合作，所以在工程的各个细节上我们最好更严谨些"吴燕燕说完发现林越紧闭着嘴，似乎并没注意在听自己讲的什么。

"所以监管部门那一块我觉得你最好让他们再去盯紧点"吴燕燕现在很多事都替林越开始留意着，女人心细，所以有些林越想到想不到的她已经都在默默为其暗中谨慎着了。

133

此时林越希望吴燕燕别在自己的办公室多待，"好的我知道了，我会注意的，你先出去吧"

看他的脸上有些阴沉，吴燕燕觉得自己在这个办公室里的确是非常的无趣，于是默默的出去了，掩上了房门。

燕燕咬了咬嘴唇，林越——我不会对你放手的，我要的我一定要得到，她在心里给自己暗暗的下了决心，一个同事路过她的身边，燕燕立刻展露出一贯乖巧阳光的笑脸，仿佛刚才的不悦什么也都没发生过一样。

302国道的工程施工现场上，建筑工人抡起臂膀忙碌的操作着，搅拌机中的砂浆传出轰轰的声音，宏翔公司的杨老板和几个人在一旁对着路面正在指指点点，工程看起来似乎进行的一切都有条不紊……

第九章

苏紫的手臂上缠着绷带，医生说胳膊骨折不算太严重，过段时间把夹板拿掉就没什么事了。

从内蒙回来后，苏紫对邹大峰的关爱及殷勤照顾从心理上坦然的接受了。

忘了一个人最好的办法也许就是让另一人填充自己的生活，虽然荒诞，但是可能也是一种方法。

现在的苏紫话不多，所以两个人在一起的时候大多都是安静的，但是他对她所做的一切尽在不言中，哪怕苏紫的一个动作，一个眼神，都被他尽入眼里。

他喜欢牵着她，让苏紫把手放在他温暖干燥的手心里，有时候恍然有一颗心有了安放的感觉。

苏紫能看得出来，邹大峰对自己可能真的是认真的，因为他总是那么的小心翼翼，无微不至。

即使没有张扬，苏月和方媛他们也都知道了，大家也都替苏紫高兴，三十七八的女人了，这对她来说应该算是很好的归宿了。

苏紫把头发剪短了，记得她在一本书里看到过，说女人剪掉长发是想忘记过去，那如果想让自己失忆呢，估计得把头发剃光，自己真的把头发剃光应该会吓到大家的，所以她选择了前者。

什么是爱情？苏紫对优优说：爱情是女人一生的陷阱，很多人都跳进去过，当一个个被伤的体无完肤后再爬出来时，大都会冷静的融入进现实，现实才能真正让女人的心安定下来，和林越的爱情只不过是一个梦，无论多久，自己总会有从梦中醒来的那一天。

途远创意公司

苏紫站在办公室俯视楼后的的树叶发呆，现在她脑子里有茫乱，刚才邹红进来给她来报告一个好消息，说二哥邹岩给苏紫的工程公司联系了两家单位，让她有时间过去给对方联系联系。

另一家公司没问题，但是交通局的这个项目让苏紫有些踌躇。

现在和那个男人一切有关的东西她尽量都不去碰触，但是这个生意如果不接的话，一是经济上有损失，二是对邹岩的极力帮助也不好解释。

想到这里苏紫的眉头不觉拧了起来，她生活了这么多年的洛城，突然发现这个城市真小……

天气渐渐的凉了，高大的梧桐树开始不断有落叶下坠，很有秋天肃杀的气势，一片两片，如同一颗心慢慢沉淀又慢慢的漂浮上来，梧桐树的叶子看起来如女人上了年纪一副无精打采的脸，失去了生气，褪没了光泽。

新办公楼的装修工程听说进展的很快，林越今天是第一次来这里，每个房间里充斥着胶漆还有别的不知名的气味，他不自觉的吸了吸鼻子，他走走看看，而且还要时刻注意脚下那些散落的装修材料。

135

"每个房间的插座别图省事尽量给他们多留出几个，还有这里，这个柜子的位置再朝里面挪一点怎么样？他们以后用起来应该更方便些……"

说话的女人背对着门，棕色的短发发梢蓬松凌乱，一件军绿色的小风衣将她的身材衬显得更修长些。

林越慢慢走了过去，这个声音他太熟悉了，这是他这些天一直极度渴望听到的，苏紫是你吗？他在心里小声的唤着。

"哥你来了？"文清先看到了他，冲他甜甜的招呼着，却没注意到苏紫脸上的神情怔住了。

"这个工程是你们做的？"话听起来是在问文清，但是林越的视线却一直都停留在这个背对着他的女人身上。

"恩你不知道啊？我以为你早就知道了呢"文清的语气里怪嗔很足。

苏紫慢慢地将身子转了过来"你好——林总"她现在面对着他了，很礼貌的客套着，眼睛故意平视着，所以只看着他的下巴。

她好像瘦了，头发竟然会剪的这么短，眼里有一股沉着冷静的坚硬，似乎想把他隔的很远。

"我们谈谈吧——"林越的语言有些凌乱"关于这个工程我们该好好地谈谈——"

苏紫没有说话，不置可否。

见她没什么表情，林越似乎生气了，他不想等她回答了，用力的一把拉过她的胳膊走了出去。

文清愣住了，大哥在她眼里一直都是斯文儒雅的，今天怎么像是变了一个人，看起来凶巴巴的。

受伤的胳膊刚好没多久，现在被林越抓的很疼，她咬着嘴唇，跟着这个男人走出这栋楼，他带她来到了办公楼后面的车库，才松开她。

苏紫抚着自己的胳膊，却仍然不去看他"你抓疼我了，林总"

"无论怎么样，我们总该好好谈谈吧，你打算躲我到什么时候？"

苏紫好像还是不想回答他，懒懒地靠在墙上，眼里散着漠然。

"苏紫那天我喝多了，我应该什么都没做，你知道的，我喝多了，男人喝多了是不行的"

林越很努力的在为自己辩解，现在迫切地想让她相信，希望她现在不生气了，希望她还能像以前一样缠自己，磨自己，希望那个对自己胡搅蛮缠的小女人还能再回自己身边来。

苏紫的嘴角终于动了动，像冷笑，又像是嘲弄"别浪费口舌了，我不想要你什么解释，我早就知道你并不爱我，"

苏紫的口气很轻，似乎也很冷静"也许这么多年你贪恋的只是我的肉体给你带来的欢愉，你招之即来挥之则去的满足感，其实——你并不在乎我"

"我怎么可能不在乎你？苏紫，这么多年了，我是个人，我怎么可能对你没有感情？"

"你在乎我？"她将脸转过来认真的对着他。

"你在乎我你会连一千多的戒指都不买给我？在乎我你会这么多年连一件像样的礼物都不给我？在乎我你会连一句我爱你都不讲吗？"苏紫的

情绪开始有些激动了。

"每次我们生气,你哄过我吗?都是我硬憋着将怨气一点点的散下去,我只能自己消化,甚至我主动道歉,然后再装作什么都没发生对你依然笑脸相承,别人做情人我也是做情人,人家要么图钱要么图感情的慰藉,你呢?你给过我什么?"

"苏紫——"林越想伸手去拉她,却被她很快的闪开了。

"你什么都不能给我也就算了,我在乎你,我什么都不要,我愿意陪你走下去,但是——你有了别的女人干嘛非要让我知道?你干嘛非要带到我的家里?林越——你欺人太甚了吧?"苏紫的口气几乎在冲他咆哮,身体好像也在微微的颤抖。

"对不起苏紫,我喝多了,我不知道她怎么会跟着我到花园去的,我真的不是故意的"林越也有些急了,越发的紧张急切起来。

"我现在不怪你了,只是请你放开我吧,我们结束了,这一次——我真的倦了"苏紫努力的将自己平和下来,向他发出很认真的请求,但是却让他感觉透着一股很强的戾气,让他无法再去靠近她。

林越的手机响了,一起来的同事估计在找他。

"走吧我不想让你同事和文清看出什么"

苏紫说完自顾自的快步走了出去。

他任凭手机响着,看着苏紫就这样头也不回的渐渐走远,突然觉得手机铃声太刺耳了,真让人无法忍受,他猛然拿出手机朝墙上用力的扔过去,划过一个弧线啪的一声后手机又很快的落到了地上,终于安静了……

谁和谁的关系暧昧,谁和谁的关系看起来不正常,谁有离婚的倾向,哪个女人因为老公有外遇日渐憔悴,哪个男人和老婆打架脸上有被抓的伤痕了,纪晨单位的这种事总是有很多,再或者是她比较擅长捕捉别人的生活。

纪晨在座谈会上总是很能积极的畅所欲言,今天聊的是他们单位几个女人怎么管好自己的男人和打击小三。

"那得听听,我们也学着点"米娅和夏菲很热烈的响应。

苏紫懒懒的窝在沙发上,一副洗耳恭听的表情。

方媛不时的在捣鼓手机,似乎今天的座谈会她有些心不在焉。

"既然讲小三,我突然想到了一个有关击退小三的事了,"夏菲突然想到了前段时间在一个朋友的空间里看到的一篇文章。

"一个老板玩小三玩腻了，而小三也渐渐大龄了，逼婚不成竟然向老板要上百万的青春赔偿，后来老板没办法了，竟然连杀人灭口的心都有过，但是财务总监给其献上一计：以提高文化水平为理由，由老板出资十万让小三上了EMBA班，班上老板如云，年轻有钱者更甚，小三一下子迷倒了全班男生，没两个月小三就把老板给甩了，并且又给了老板几十万封口费……"

"这办法真绝"方媛和米娅都很附和。

"切那是指男人想摆脱小三，我们单位的几个女人怎么可能让自己的男人那么做？让男人掏钱打发小三，哼怎么可能？"纪晨一脸的不屑。

"我们单位那几个女人他们口口声声骂小三是狐狸精，不道德，做小三的女人是犯贱，但是他们自己呢？天天上网聊天，号上几乎全是男人，在网上肆意嗔哆，恨不得自己能迷倒一片森林"

"女人鄙视狐狸精，但又巴不得自己也是其中的一只，可以迷惑众生，颠覆红尘"苏紫接过纪晨的话说道。

夏菲："但是狐狸精小三这个职业很吃香的哎，可以少奋斗很多年，物质和宠爱都能集于一身"

"是啊主要是男人宠的要命，我们局长他小情人也是我们单位的，那女的说一句话，我们局长都那把年龄了屁跌屁跌的跑得可欢了"米娅说着一脸的鄙夷。

138

纪晨朝前探了探身子"你们局长老婆不知道吗，她可是有名泼辣的主"

"切怎么不知道？去闹过一回，骂的都不能听，要是我我可受不了"米娅瘪瘪嘴。

"那后来呢？"纪晨追问的口气有点急切。

"那女人真有本事，局长老婆都骂成那样了，人家一句话都没说，旁若无人的自顾走了，连着几天没来上班，等她再来上班，一切照旧，反倒是我们局长对她更顺贴了，"

"那再后来呢？你们局长老婆就这样了？"纪晨可能是因为认识局长老婆，所以对下文仍有期待。

"我们局长老婆再厉害有什么用，男人如果真的和她离了，她还有什么？所以现在睁着眼装瞎呗，"

说完米娅撇了撇了嘴角，脸上浮起一丝鄙夷的坏笑"有一次开会的时候无聊，想像着我那个女同事和他在一起，就我们局长那样的，脱了衣服你们说还能看吗？"

她的话立刻引起了几个女人的哄笑，在座的都认识那个局长，大家一时间几乎都在想像着那个大腹便便老男人光着身子的模样。

以至于以后苏紫在街上见到那个局长，总是不由得去想象他脱光衣服的样子，然后再为自己龌龊的想法而感到可笑。

"你们女同事可以算得上是小三中的佼佼者，手段玩好了甚至可以让男人抛弃糟糠，登堂入室，次之也能得到一笔钱，找个合适的男人嫁了，做这样的小三收益颇丰"苏紫的话刚刚说完，就听到了敲门声。

推门而至的原来是老板于雅然。

"雅然姐，来来来，一起聊聊，"他们招呼她。

"不了美女们，我今天有朋友在，"说完她看了看方媛"媛媛——有人找你，他说他刚下飞机，从香港专门来看你"

"啊——香港来的？让他来让他来"几个女人一起笑闹着朝方媛看过去。

方媛的脸上有些发烫，"这个神经病"说完冲出了门口。

"看来媛媛身上有故事了哦'雅然冲房间里的几个女人笑笑。

米娅往门口看了看"好像是的，一会让她坦白交代，"

"你们聊，一会我让人给送些小点心过来，朋友从外地给我带的，"雅然的笑永远都是舒心平缓的。

139

"谢谢雅然姐，真疼我们，"纪晨夏菲嘴巴最甜，招呼着她出去。

苏紫的手机铃声响了，她低头看了看，一个陌生的来电号码，懒得接，于是拿起桌上的水果咬了下去。

对方好像很固执，铃声一直在响。

"你干嘛不接啊？"米娅问她。

"不认识的号码我现在一般不接，"苏紫自顾的吃着橙子，还是没有要接听的意思。

铃声断了，但是很快的又响了起来，还是那个号码，苏紫皱了皱眉，一时间他们的聊天没法再继续下去了。

"这人怎么这么讨厌？"纪晨手快一把拿了过去，摁下了接听键"喂——"

十年

"任何一个号码都能打通你的手机，唯独我的号码不行，苏紫你这次可真够绝的，"林越的声音很，，纪晨被镇住了，把手机递给苏紫"找你的"

"喂——"苏紫拿过手机放在耳边。

"苏紫，我现在去花园等你，我们再好好地谈谈好吗？"

"我不会再去那里了，我们这次是真的结束了"苏紫淡淡的口吻好像在说一件和自己无关的事情，此时她知道房间里的几个女人都在看着自己。

林越靠着墙慢慢的蹲了下来"苏紫我不想没有你，这么多年你的胡闹，你的温柔，所有的点滴我真的放不下，我知道你想要个孩子，我们现在要个孩子好吗？"

"林越我们真的完了"苏紫冲着电话一字一句的说"就当这十年我是小姐让你白玩了行吗，我现在什么都不要，就要——我们把对方都忘了"

啪的挂了电话，房间里的空气似乎被凝结了，几个女人一时间都没有说话。

苏紫缓缓的给自己点了一根爱喜"我饿了，我想点些吃的，你们呢？"

纪晨第一个反应过来"我们都吃点吧，边吃边聊，"

"我不介意继续刚才的话题，"苏紫徐徐呼出一口烟，她知道在场的朋友都不傻，应该都听出了端倪。

"我是名副其实的小三，刚才那个人的，不过我应该是最傻的那种，他什么都没给过我"苏紫慢慢的讲述着，像是在说别人的故事。

"他比我大四岁，我从 27 岁遇见他就一直跟着他，这么多年就没再把任何男人放进过眼底，我经常找理由和他吵架，因为我渴望他会哄我会宠我，但是几乎一次都没有"

"一个女人想要的东西始终得不到，那几乎是种变态式的自虐，记不得和他闹过多少次了，但是我还是没得到他的娇宠"

"现在他有了别的女人，他应该会宠她哄她，会给她买礼物的吧，而我——"苏紫说到这里顿了顿，一脸的自嘲"看来小三我真的做不好，我很失败"

米娅欠身握了握她的手"你别这么说苏紫，你很优秀真的，"

苏紫环顾了在座的几个女人"没吓到你们吧？这就是我的故事，不过今天被你们撞见了落幕"

"苏紫没想到你会藏的这么深，你很爱他吗？"夏菲有些小心翼翼地问她。

"呵呵，现在谈爱或不爱还有什么意义呢？一场修不成正果的孽缘而已"苏紫苦涩的笑笑"这些年我仿佛一直在隐忍，退让，好像自己在与自己作战，就像是焚心里说的一面是烽火雷电，把自己烧的遍体鳞伤，一面又是斧钺钩叉，将我对他的感情杀的片甲不留"

"那邹大峰知道这些吗？"纪晨试探地问她。

"他应该能感觉到的，但是他说他不介意我的过往"苏紫老实回答。

"男人嘴上是这么说，但是怎么可能会不在意"夏菲好心的提醒她，"这事既然过去了，苏紫，你就什么也都别说了"

"我无所谓，"苏紫真的一副无所谓的态度"他要是真的在乎我，我的一切他都应该要能接受，否则，我们交往下去还有什么意义"

苏紫刚说完，方媛和魏文进来了，魏文的出现使房间里瞬间充斥起欢快的氛围。

一阵寒暄和嬉闹以后，苏紫提议带魏文去外面去吃小吃，她真的饿了，觉得现在的自己好像被掏空了，真的很迫切地想吃东西。

洛城的特色小吃很多，尤其晚上更为丰富，真正的吃货们大都喜欢选择地摊。

"太好了，洛城的小吃我很多还没尝过呢"魏文说着那双星目看了看方媛"以后我会经常来的，洛城我吃定了"

方媛哼了一声回应了他一个不屑的表情然后大家起身一起下楼。

下了楼，到了门口，才发现邹大峰也来了。

"有请客的喽，"纪晨和夏菲打趣的相视一笑。

"谢谢你，"苏紫走近他小声地说了一句。

"什么？"他好像没听清楚。

苏紫笑了笑，什么也不说了，走过来主动拉过他的手，两人向车的方向走去。

以为是惊艳了时光，原来是蹉跎了岁月，苏紫在日志里这样写道。

天气渐渐转凉了，苏紫觉得现在的生活很安静，日子一天一天以不紧不慢的速度过去，如同潮水一波一波涌来，既然任何人都躲不过，那么就

141

干脆都随波逐流吧。

吴军的腿恢复的很好，现在自己挂着拐杖终于可以不需要人照顾了，他工程公司的事也几乎可以不用苏紫操心了。

邹红好像恋爱了，眉目之间的芒亮是掩饰不住的，恋爱中的女人是最美的花，每时每刻心都小鸟般的雀跃着。

邹红现在在公司干得很积极上进，看得出她很爱现在的工作，如果苏紫不在公司，这小丫头现在好像有独当一面的架势了。

邹大峰经常也和苏紫到苏月家里去吃饭，有时候心情好也围上花围裙烧两个小菜。

看着这个职场上叱咤风云的中年男人居家的一面，苏紫有时候觉得好像这才是生活，这才是安定的日子。

苏紫觉得自己恢复的很快，如果不是太在意的话，也许别人看不出自己的心生过病，而邹大峰——现在就是自己的私人医生，他挖空心思给自己安排一些节目和应酬，让自己没有时间去胡思乱想。

岁月静好安然处世

邹红现在隔几天就会拉苏紫回家吃饭，邹母小厨房的菜让苏紫渐渐的胖了起来，她开始有些担心自己的身材了。

别总想着去减肥，女人胖一点才好看，邹母总是这样宽慰她。

在苏紫看来，这个家以及这个家里的人似乎已经把苏紫当邹家的人来待了，苏家老少待自己不错。

142

今天是周末，邹岩和邹丽两家人也都来了，所以今天餐桌上的菜肴与平时比又格外的丰盛了些。

和往常一样男人到一起谈些官场上的局势，女人随便聊些家常，再然后就是饭后陪母亲打打麻将，这是又一次很温馨的家庭聚会。

聚会散场后，苏紫提议两人去邹大峰那里。

今天的苏紫很主动，时而温柔时而娇媚，黑暗中她仿佛是只妖精，骑在他身上奋力的癫狂，她的娇喘呻吟让他欲罢不能，更让他在一次次淋漓的快感中升腾……

"醒啦？"邹大峰早上一睁眼引入眼帘的是苏紫的笑脸如花。

"妖精——"他伸手一把将她拥到自己的怀里。

苏紫温顺的像一只母猫，乖乖的贴着他的身子，两个光滑的身体紧紧的挨着，他有些又想了。

"大峰——"她轻轻地唤他。

"恩你说"他闭着眼睛，宽大的手掌在她的身上摩挲着。

"帮我一个忙好吗？"苏紫的声音听起来很小心，仿佛怕惊扰了他的动作。

他的手停了下来"怎么了？"

"我一个朋友现在碰到了麻烦，你能想办法帮帮他吗？"苏紫将柔软的身子贴他更紧了。

"昨晚邹岩他们讲的那个事吗？"邹大峰睁眼看了看她。

苏紫不说话，也许算是默认了。

"昨天邹岩他们说到那个事的时候你当时的动作有些慌乱，我就知道那人是谁了"

苏紫张了张嘴，一时间不知道该怎么开口说了。

他又定了定，继续说下去"你和我在一起的时候你喊的那个混蛋就是他吧？"

"你听我说，我只是——"苏紫的话没说完又被邹大峰打断了"你昨晚床上那么的卖力也是为了他吧？我还以为你真的在心里能接受我了呢"

"苏紫——你果然很聪明，很知道怎么利用男人"

说完他坐起身子，披上睡袍走出房间，彭的一声把门带上了。

苏紫坐起来，怔怔地看着门，咬了咬嘴唇然后将头深深的埋进膝盖里……

看着窗外秃秃的枝丫，

窗外那几颗梧桐树的枝干已被生生的砍断了，想像着电锯嘶哑的声音，那么粗大的枝干被生生的截断，怎么会不疼呢？

爱或不爱但是时间久了已经习惯了对方的存在，情既然已经滋生了，不管爱不爱那个人，但是情已是浓的舍不掉了，想必早已深入了骨髓，如被硬硬的被砍了去，那种感觉怎么能怎么会不痛彻心扉？

既然爱过，那个人始终是蒙在心里的一道雾霾，说抹去就能一把抹去，怎么可能呢？苏紫又点上了一支烟。

她在陌上流年已经坐了很久了，房间里越来越暗，她懒得站起来去开灯，脑子里仍然杂乱的旋转，看窗外的街灯都亮了一盏接着一盏，她还是一脸的茫然和无奈。

十年

"苏紫——"有人推门进来了。

"雅然姐"苏紫小声喊了她一声算是招呼了。

雅然在她身边坐了下来"我以为你约了人，可你一个人坐这儿已经快一天了"

"遇到点麻烦，我只是想想该怎么解决"苏紫冲她倦倦的笑笑。

"能告诉我吗？也许我能帮上忙也说不定呢"雅然好像永远都是一副善解人意的温柔模样。

"谢谢你雅然姐"于雅然的真诚让苏紫心里感到稍许的欣慰。

"我可能要离开洛城了，离开之前希望能帮到你，"

"你要离开这里？"苏紫有些惊讶。

"恩现在真要走了却有些舍不得了"说完于雅然轻轻的环顾下这个房间。

黑暗中两个女人推心置腹的交谈着，原来雅燃果然是个不简单的女人，苏紫的担心和忧虑在对方的宽慰下慢慢舒缓了下来……

职场上在看不见的地方有人会布下陷阱，一不小心猎物都不知道怎么死的。

302国道的工程上果然有问题，现在的生意人有几个不做手脚的？林越狠狠的猛吸了一口烟，他的眉头依然紧锁着。

这段时间他被检察院传唤好几次了，单位上下的人都在自己背后窃窃叨叨，想到这里，林越的脸色更难看了。

林越私下找过杨辉，他的那番话林越现在还记得很清楚。

"我们做这一行的，哪有不偷工减料的，竞标的价格本来就不高，还要打通很多关系，这钱从哪里出，肯定都是羊毛出在羊身上喽，这年头他妈的生意都越来越不好做了，"

"不过没想到有人举报说你受贿，本来我想也没什么大不了的，我找找关系平息了算了，但是没想到到那人又举报到上面，唉——我也是被检察院盯的没办法了，不过兄弟——看来不是你得罪人家太深了，就是有人想板到你，你们职场上内部那些事有时候比我们这些生意场上黑多了……"

林越回想自己来洛城这几年，好像没得罪什么人，除非是有人窥视自己这个职位，想到这里，他的后背冒上几丝凉气。

但是最让他不解的是，检察院对他的事突然不再继续追究下去了。

虽然林越已经做好最坏的打算了，就像是怀揣着就义的将士即将迎接着枪林弹雨的洗礼，却突然发现战事突然的戛然而止了，他此刻说不出心里是什么滋味，从来没经历过这种事，所以林越很多的不解，很多的愤怒不知道该找谁发泄，

觉得心里憋的有些难受，他拿起电话拨了一组号码，但是拨了几个号码后他又怔住了，慢慢地将话筒又放了下来……

林越的生活和工作又恢复了平静，局里上上下下就连徐局仿佛对自己也比以前更客气了，这让他有些一头雾水。

燕燕仍然一如既往的围着他转，小心翼翼的讨好，轻声细语的应承。

听燕燕说，大家私底下都在议论他，现在大家都猜测他如果不是有很深的社会背景，就是有很权贵的人际关系。

消息源头来自检察院传出来的消息，说北京那边有好几个背景很深的强权人物为了他的事都给洛城的政府施加了压力，甚至有更邪乎的说北京的高层领导亲自开车来洛城就是为了他的这个事。

这些传言让林越听了苦笑不已。

如果真有这么良好的社会背景我在这单位还做这个副总？不如直接去北京好了，我还会指望着每个月的几千元工资过日子？

想到这里，林越苦涩的笑了。

起床，刷牙洗脸，吃早点，匆匆赶去公司，上班，下班，偶尔也让自己加班，让自己的身心全部的扑到工作上，苏紫觉得这样可以不让自己有时间瞎想，就这样将日子可以若无其事的过下去。

邹大峰已经有一个多月没有联系苏紫了。

邹红这些天拉苏紫去家里吃饭，苏紫总是找借口推搪过去。

就到这里吧，苏紫想女人为什么要找男人呢？没有了男人不一样也能活得好好的吗？自始至终苏紫就不觉得女人应该依属男人，一个人过也并没有什么不好。

工作时工作，闲暇时卧在沙发上看看书，给自己放一段舒缓的音乐，渐渐的，苏紫觉得这也是生活的一种，平淡而又轻松。

苏紫跟着陈艳去健身，去做瑜伽，于是苏紫也办了一张年卡，惹得小美容师开心殷勤的围着姐长姐短的喊。

有时候也听陈艳絮叨她那个玩性恶劣的老公和她吵架的过程。

145

"小吵能升温夫妻感情，你们吵的越凶说明你们越在乎对方啊"苏紫揶揄她"老话不都是这么说的呀？打是疼骂是爱，不打不骂不相爱嘛"

"没搁你身上，如果天天吵天天闹的看你烦不烦？"

"那以后少对我唠叨围城内的劣迹斑斑，否则我会对婚姻望而却步，如果我真一生孤独终老，那你就是始作俑者"说完苏紫半真半假的怪她。

"好好——不说了不说了，我可担不起这么严重的罪过"陈艳作势对她摆摆手。

苏紫笑倒在沙发上"我说什么来着，你就是这样，别人半真半假说的话，你就会立刻惶恐不及"

"不要太在意别人说什么，相信自己，你老公的话也都别在意，要不然你们根本就吵不起来……"

陈艳撇了撇嘴"不和你说这个了，以后你买书去卖场估计见不到我了"陈艳转了一个话题。

"怎么了？你不干那个职务了？"苏紫正了正身子。

"恩我现在去我们单位的政企部了"

苏紫听的有些不解"政企部是干什么的？"

"恩——出去跑批销业务，估计要招投标的形式多点？"

"你们新华书店现在还做招投标？转型了啊？"苏紫真的是有些诧异。

"是啊——现在如果只做图书的话，市场是越来越没有发展前途了，现在我们这个企业只有转型和拓展新的业务才能有发展"

苏紫好奇地问她"那你们都投什么标？"

"什么都可以啊政府采购什么我们都可以参与"陈艳看了看苏紫又继续说下去"办公用品电脑软件建筑材料五金百货服装鞋帽啦都可以"

苏紫听的有些不太相信，"真的假的呀？建筑材料和五金百货也可以啊？"

"是啊只要不是毒品枪支弹药违法的商品都可以做"陈艳很认真的给她介绍自己公司的营业范畴。

苏紫听后眨了眨眼"新华书店现在发展的趋势那么广啊"

陈艳笑她"现在新华书店也改名了，叫新华传媒了"

"哦——厉害厉害！"

话刚说完，苏紫的手机响了，苏紫拿起手机看了一眼，犹豫了几秒又将手机放下了。

"怎么了？有事？"陈艳问。

苏紫摇摇头"没什么"

手机铃声断了，但是很快又响了起来，苏紫不自觉的拿手指揉了揉的鼻子。

"想接就接吧，"陈艳说"你拿不定主意的时候还是喜欢揉鼻子"

苏紫笑笑，拿起手机摁下了接听键。

"喂——你现在在哪里？"邹大峰的声音听起来很正常，仿佛什么不快都没有发生过。

"和同学在左岸咖啡"

"哦——我找你说个事，东环路上是吗？"

"恩"

"那我现在过去找你，你等我"说完邹大峰就把电话挂了。

"你朋友要来？男的？"陈艳隐约听出来了。

"恩他一会就到，找我说点事"苏紫老实回答她。

"谁啊？我认识吗？"

"你不认识，一个自以为是而又霸气测漏的男人"

"你就够张牙舞爪自以为是了，呵呵不过帅吗？帅吗？"现在换陈艳打趣她了。

147

"没我帅，比我老"苏紫冲她做了个鬼脸。

陈艳看了看腕上表的时间"那你等他吧，我该回去了"说完陈艳拿起包站起身来。

"那好吧，明天瑜伽一起去啊"苏紫身子动也没动，只是朝她挥了挥手。

邹大峰·坐下来就把一份合同递给苏紫"你先看看吧"

苏紫拿过来翻了翻，然后看了看他"什么意思？"

"我知道你和你朋友都喜欢陌上流年，所以我把它接过来了"邹大峰的口气好像很轻松。

"有钱人就是不一样,像是——买把小青菜，为什么经营合伙人是我？"说完苏紫把合同放了下来。

"因为我知道你喜欢"他一脸的认真。

"谢谢——我真的是很喜欢，"苏紫低下了眼帘"但是我现在经济上不宽松，所以我没法和你合作"

"我出钱，你经营，我们各占一半的股权，这样行吗？"邹大峰郑重的和她商讨。

"你这么相信我？"

"恩我觉得你能做好，"

"呵呵那我考虑考虑吧？"

"不用考虑了，就这样吧"邹大峰的口气还是那么的霸道。

"邹大峰——"苏紫口气顿了顿看了看对方的眼睛"你别对我这么好，我觉得我们俩不合适，真的"

"我现在没和你谈这个，现在我在和你谈合作"

"我们还是做朋友吧，情人不如朋友来的久远"苏紫的眼神看起来是认真的。

他愣了一会，脸上有些愠怒，却又不好发作"那现在这个生意朋友可以合作吗？"

苏紫看他有些不悦，于是笑笑"朋友当然可以"

"好不许反悔了"他绷紧的脸上似乎放松了一些。

"那好吧，介绍我这个赚钱的路子，要我怎么谢你？"苏紫笑着问他。

"请吃饭吧我到现在还没吃呢"邹大峰觉得自己早就饿了。"吃什么？海鲜？"苏紫想缓和气氛与他打趣"我没带钱啊"

"吃地摊，罗锅腰面条，走吧——"说完他站起身子，拿起合同伸出手想去拉苏紫。

苏紫笑笑却没有把手递给他，从沙发上坐了起来，于是两人一起离开了左岸……

第十章

农村的路路通建设已经搞了好几年了，所以原来的乡间小路已经是越来越少见了，随处可见青色的水泥路带展铺在村与村之间，路边两旁的树木也跟着挺拔的延伸着。

现在农村的树种数杨树居多，秋天的风催黄了叶子，少数的叶子经不起凉爽风的作弄有的已经开始纷纷落下了。

远离了城市的喧闹，这里真的是一片安宁的世界，乡下的空气真好，将车窗的幅度又打开一些，苏紫贪婪的深深呼吸着。

转了个弯苏紫的车在一栋两层小楼门口停了下来。

苏紫怄不过父亲的旨意，前几年在老家的村庄给他们盖起了一栋房子，两个老人有时候来住上一段时间，一开始苏紫和苏月担心老人住惯了城市这么多年，怕农村很多的粗陋条件不习惯。

父亲说他本身就是农村人，老了回乡下住是自然的，毕竟这里是他的根有他的亲人。不过这几年农村的条件也都好了，自来水下水道什么的也都有了，所以苏紫也就放下心了。

母亲打电话说这几日父亲有点晕，估计是血压又有些高了，于是苏紫回来看看。

其实苏紫是想经常开车回来小住几日的，但是却很怕母亲千篇一律念经一样的唠叨。也不能怪母亲，和她一样年龄的人孩子最少也都上初中了，同村甚至有两个的孩子都谈婚论嫁了。

"我就不信这世界上那么多的男人，就没有配不上你苏紫的，你这样，苏月也这样，你们是存心不让我和你爸省心啊……"母亲的絮叨让苏紫只能老实听的份，绝不能顶嘴，否则将会迎来更变本加厉的指责和唠叨，所以只能让自己的耳朵饱受磨难了。

"苏月和吴军估计俩人差不多了"苏紫嘴里咬着一根黄瓜嚷嚷的说。

"是嘛，那就好，我和你爸都喜欢吴军那孩子"母亲停下手里的绣的十字绣脸上浮起了笑意。

母亲六十出头了，绣十字绣竟然不用戴老花镜，身体也没什么大毛病，大大咧咧一副热心肠的老人。

"那你让苏月和吴军有时间回来一趟，我和你爸也都想炎炎了"一想起孩子，老人的脸上笑意更浓了。

"嗯，知道了，他们回来你好好说说他们，让他们早点结婚，你就可以不操她的心了是吧"苏紫话没说完就听到有人进院子里了。

"李奶奶——你们家来客人了"邻居家的小秀领着一个男人走进了院子。

"你怎么找到这里的？"苏紫有些吃惊的对那个男人说。

对方还没来得及答话，苏紫的母亲就从里面也走了出来。

"你是——"苏紫的母亲疑惑着打量着眼前的这个男人。

"阿姨。我是苏紫的朋友邹大峰"邹大峰给老人自我介绍。邹大峰今天穿了一件深黑灰色条纹衬衫，外套居然也是黑色的休闲长款皮衣他的身材不胖也不瘦，再加上男人穿黑色看起来人很精神，将他的男人味释义的更浓了

"哦——好好"老人说着又将眼光将邹大峰上下扫描着，脸上立刻堆满了笑容。其实老人听苏月说起过这个人，没想到今天他自己主动登门，老人的心里就明白的差不多了。

"快进来，快进来"苏紫的母亲不迭的招呼着。

"秀——快去东头把你苏爷爷喊回来，就说我们家来客啦，快去快去——"

叫秀的小姑娘应承着又折身轻快地跑了出去。

苏紫接过他手里的礼盒"来之前怎么不给我一个电话？"说完她用眼睛瞟了瞟母亲，小声的怪邹大峰。

150

"如果给你说，怕你不让我来"邹大峰同样也是小声的回答。

看到女儿和这个气度非凡而又沉稳持重的男人小声窃语，老人的脸上喜上了眉梢。

邹大峰陪老人叙话，苏紫的母亲问他和苏紫怎么认识的，年龄，婚姻状况，职业等等，惹的苏紫有些坐立不安似笑非笑的陪着。

"妈——中午了，该做饭了"苏紫终于忍无可忍的打断了母亲。

"哦——做饭做饭"老人笑吟吟的对邹大峰说"让苏紫陪你坐会，我这就去做饭去"说完她走出去还是忍不住回头乐呵呵的看了看邹大峰。

既然邹大峰人都来了，苏紫就带他就到处走走转转，她带他来到了村子的南头，苏紫指着一处两层很普通的小楼给他看"那是我家的老宅基地，我就是在这里出生的"

"原来我们的屋后还有一颗大枣树，现在也早就没有了"看着儿时居住过的地方，苏紫心头霎时涌上许多的回忆，但是眼前的场景却又找不到当年丝毫的影子，不觉心里有些怅然。

"现在我觉得这里对我来说好陌生，那时候觉得在乡下疯的那几年简直就是我玩乐的天堂，你没在农村呆过，你不明白的"

"谁说我没在农村呆过？"邹大峰打断了她"我在农村上完小学才离开的"

"你也在农村长大？"苏紫有些好奇，曾近一直都以为他是标准的城里人。

151

"我爷爷虽然是城里的国家干部，但是我爸那时候是下放知青，我妈是农村人，一所小学的教师，在农村我爸妈才相识的，我们在农村也住了好多年，后来爷爷年龄大了，托关系才把我爸妈调回到城里，那时候我十三岁，邹岩十岁，邹丽才几岁，那时候还没有邹红呢"邹大峰似乎陷入了他小时候的记忆里去了。

苏紫还是第一次听邹大峰讲他的事，于是安静着没有接话。

"那时候我和邹岩就和其他的农村孩子一样，调皮打架上树掏鸟窝，什么也都干过"

"我也会爬树，小时候苏月最羡慕我会爬树了，摘到桑葚枣什么的我在树上当然先能吃到嘴里，苏月只能捡我扔下来的吃，苏月那时候想我什么要是也会爬树就好了，但是每次看到我下来时肚皮被粗糙的树皮拉的生疼的表情，她那个时间就不羡慕了"

听她这么说，邹大峰想像着苏紫小姑娘模样爬树的样子，不由得咧着嘴角笑了。

"不过我那时候不掏鸟窝，我爬树是为了摘桑葚摘枣吃"苏紫说完看了他一眼"谁像你们，好好的小鸟都没长毛呢就被你们拿来玩，然后再把鸟窝拿来踢着玩"

被她这么一说，邹大峰有些不好意思了"那时候乡下的男孩子都够捣蛋的"

"不过那时候爬树我最怕碰见毛毛虫了"苏紫瘪瘪嘴说"虽然彩色的看起来很亮眼，但是一耸一耸的往前爬，我觉得肉乎乎的很恶心"

"乡下人叫毛拉子"邹大峰给她注明了一下。

"恩恩是的，大家都叫它毛拉子"苏紫赞同的附和他。

"那你既然怕它，那你肯定还怕豆虫了？"邹大峰推测着问她。

"恩——更怕豆虫，更肉乎，更恶心"苏紫咧咧嘴，想起那东西好像身上都起鸡皮疙瘩了"所以豆地里有那种东西的时候我一般都躲得远远走"

"夏天的时候泡桐树上有时候还有那种"吊死鬼"邹大峰接着吓唬她。

"别说了—别说了，说别的吧，怎么总说那种让人发毛的东西"苏紫打住他继续说下去。

苏紫建议说聊点别的边说边往回走，快到中午了，估计饭快要好了。

"那后来呢？出生在这样的家庭你怎么会选择从商的呢？为什么没和邹岩一样从政呢"苏紫现在才觉得自己了解邹大峰很少，所以就随便的多问了些。

"大学毕业后一开始我也是中规中矩的在机关部门工作了几年，但是那种按部就班的生活让我感到很枯燥无味，于是和朋友闲的时候开始做了点小生意，没想到那时候钱那么好赚，而我又属于下海比较早的一拨人，于是我就干脆把工作给辞掉了，从此就踏上了我的经商之路了"

"哦听起来你的发家史好像没什么传奇啊？"

"是啊我的一生几乎都波澜不惊，包括和我妻子的婚姻"邹大峰说话的口气也很平常，好像自己的故事本身就是一件很平凡的事。

"你和你的妻子是怎么认识的？那个时候大多都是相亲介绍的吧？"苏紫觉得那个时候的婚姻几乎都是大庭相径的。

"她是我的高中同学，她从上学的时候就喜欢我，大家都说我们也很般配，所以后来我们就结婚了"

"那后来你肯定也爱上她了吧？"

"她对我很好，我对她谈不上爱或者不爱，总之就是亲人一般的感觉"

"亲人般的爱是最深浓的，也许是男女之间感情的升华和最高境界了吧"苏紫说着眼神却有些迷离……

中午苏紫母亲做的饭菜很丰盛，其中地锅炖的小鸡烩茄子让邹大峰自己就吃了近一半下去，邹大峰来的时候给苏紫父亲备了一箱好酒，两个男人喝的都有些多了，邹大峰脱去了外套，挽起了衬衫袖子，胸前的几粒扣子也被他自己解开了，健硕的体型挥散着爽朗，他大声的陪着苏紫的父亲说笑。

"我在苏州军区待了十八年，后来才转业到洛城的"苏紫的父亲真的喝多了，开始讲起以前的事了。

"一开始带随军家属的时候没带苏紫，因为苏月小，所以我们两口子前几年先把苏月带走的，把苏紫扔在乡下让她疯野了好几年"

"那时候我哭着缠你们，所以你们买了一个烧饼就把我给打发了"苏紫说完瘪着嘴一副很委屈的样子"奶奶后来对我说的，看来我从小就具备了吃货的潜质"

153

听苏紫这么一说，两个老人和邹大峰都笑了起来。

苏紫的母亲也开始对邹大峰说苏紫小时候的事"苏月乖，说什么就是什么，苏紫不一样，小时候性子野不听话，总是和我们拧着干，所以挨打挨骂都是她"

"所以你们才不疼我，从小就偏苏月是吧？"

"不是吧，都疼的吧"邹大峰接过苏紫的话说。

"哎——大峰，还真不瞒你，我承认！打小这俩孩子我还真就偏苏月"老人倒也真的是实话是说。

"苏紫这孩子从小性子就犟，这点像我，吃软不吃硬，所以我可真打过她好几次，至于苏月，哎，老李——我好像从都没打过她吧？"说完他转向自己的老伴求证实。

十年

　　"恩你几乎一个手指头都没动过你小女儿"苏紫的母亲笑吟吟的附
和他。

　　听到这里，苏紫自嘲的笑笑，低着头吃菜不再说话了。

　　母亲看到苏紫有些闷闷的样子，于是又转变了口吻"不过苏紫打小
就比苏月独立性强，有主见，现在家里的事包括亲戚一碰到麻烦都是找
苏紫，我们家亲戚多，所以有时候都是她抛头露面的去东奔西跑，唉，
也难为她了"

　　"是啊，我就俩女儿没儿子，有时候我几乎拿苏紫当儿子使唤，她这
些年都是自己一个人打拼，我们又帮不上什么，她这些年也真不容易"父
亲说完心疼的看了看女儿。

　　"爸——我是老大，我们家亲戚大都在乡下碰到什么事我不跑谁跑？
我应该的"苏紫说到这儿，知道自己这么多年的打拼和辛劳爸妈是看在眼
里的，一时间心里有些酸软。

　　这顿饭好像吃了很长时间，苏紫发现邹大峰哄老人开心很有一手，也
看得出爸妈很喜欢他，对于老人下次的邀约他竟然答应的欣然爽快。

　　看着爸妈和邹大峰说笑，一时间苏紫觉得自己仿佛是个外人。

　　苏紫走上二楼的晒台，在父亲的摇椅上坐了下来，慢悠悠的摇了
起来。

　　农村的午后也是安谧的，凉爽的秋风吹在脸上，让人不觉泛起了困意，
于是她慢慢地将眼睛也闭了起来。

154

　　恍惚中母亲又开始唠叨，父亲怎么又会像小时候一样斥责起自己来？
原来他们逼着自己结婚，而婚礼上那个男人的脸忽远忽近，终于——看清
楚了，是邹大峰。

　　几声犬吠让苏紫打了个激灵，睁开眼。

　　"醒了"邹大峰看她醒了于是把脸转向了别处。

　　不知道自己睡了多久，不知道他什么时候上来的。

　　苏紫看了看站在自己旁边的这个男人，回想刚才的恍惚，苏紫的心里
对他谈不上不好，但是发现自己内心似乎也不大情愿……

　　"吃好了？"她懒懒的问他。

　　"恩你爸喝的不少，他去睡了"

　　"哦那——你还不回去？"

　　"我看到你开车来的，所以我让老王走了"

苏紫听明白了"那你把我的车先开走吧"

"一起回去吧，我喝酒了"他说的到也真是实话。

"那就傍晚醒醒酒再走"

他答的很快"晚上我还有个会"

苏紫扭头看了看他，佯装微怒"你故意的吧？"

说完苏紫不去理他，自顾的下楼去了，邹大峰笑着跟着也下去了。

回洛城的路也就两个小时左右，苏紫手握方向盘眼睛直视着前方。

车窗外地里的黄豆已经开始泛黄了，估计要不几天农民就可以收割了今年的收成应该是不错的。

今天的邹大峰看起来心情不错"以后老了也在乡下弄块地，种种菜，养点鸡什么的也不错"

"哎苏紫——下次我再来，给你爸多弄些粮食发酵的酒来，现在大多都是勾兑的不好"

"谢谢你来看我爸妈，以后——"苏紫说到这里口气顿了顿"以后你就别来了吧？"

"为什么？"

"我——不想—他们老两口误会"

听她说完邹大峰没有答话，于是车内的空气一时间有些沉闷。

看得出来，邹大峰有火，但是却又奈何不了的样子，苏紫知道自己惹到他了，一向那么高高在上的男人被一个小女人如此的憋了一回，如何能让他不动容呢。

155

为了缓和一下气氛，苏紫边开车边对邹大峰说起陌上流年她的经营计划，说起陌上流年，苏紫的脸上呈现出光彩"我已经让工人开始装修了，我想增加一些新的东西，打算把陌上流年打造成另一种新颖的休闲场所，估计是洛城都没有的，你猜我想怎么弄？"

"一切你看着办吧，我不插手"邹大峰的视线转向了窗外。

听他这么说，苏紫自觉无趣也就懒得再讲下去了。

打开车里的音乐，听到歌手开口唱了几句，现在歌名真是什么都有，干嘛非要叫《十年》呢？她立刻又把音乐关上了。

"那你睡会吧，一会到了我叫你"苏紫对坐在她身边的男人说。

邹大峰看出她脸上也有些不悦，于是他把眼睛闭上也不再说话了。

接下来的几天邹大峰没有联系苏紫，他让邹红带给了她一张卡，既然先前说好了的是生意合伙人，所以那钱是装修工程费用的部分投资，苏紫本不想接的，但是拗不过邹红的软磨硬泡，只好先接下了，只是苏紫把每一笔的花销都仔细的记录下来，合伙的生意嘛，这也是必需的一个账目操作流程而已。

男人不主动联系，往往女人更不会主动的。

反正苏紫也忙，装修上的很多事她几乎都亲自亲为，因为是真的喜欢，所以苏紫更加的全力以赴。

自从那次邹大峰去了乡下，没几天苏的母亲就电话催问女儿什么时候再带那个邹大峰来。

"妈——我现在忙，他一个大老板更忙，我都好多天没见他的影子了，恩……真的……好了我知道了……恩……过几天我见了他给他说，恩……看他什么时候有空，好……好……"苏紫一边哄着母亲大人，一边给贴墙纸的工人递着材料"妈——不给你说了，我手机里有电话打进来了啊，就这么说啊拜拜——"

为了不想听母亲的唠叨，用这种方法哄老人苏紫也不是一次两次了。

哪有心思想那么多呢？再说了，邹大峰身边的女人随时可以一抓一大把，我算什么？也许他只是脑子一热，和我交往着玩玩而已，认真——恐怕只会让自己再一次自找无趣罢了。

156

今天一大早苏紫就开车带吴军和苏月去医院，吴军腿上固定的钢板终于可以拿掉了，所以吴军今天看起来也是既紧张又有些兴奋，苏月笑他终于可以不做独拐大侠了。

苏月陪吴军在医生办公室里听医生的交代，苏紫出来接一个难缠客户的电话。

耐着性子与对方啰嗦了好一通，终于才算把对方给摆平了，挂了电话苏紫好像看到了一个熟悉的身影。

"文清——"

没想到在医院苏紫会碰到文清。

文清也看到了她热情的招呼了起来"苏紫姐——这么巧啊""我来带吴军来拆钢板，你怎么也在这儿？"

"哦，我大哥这几天手术，这几天我几乎是天天往这儿跑"说着文清抬了抬手里的一袋东西。

"他怎么了？"苏紫发觉自己的心被什么东西扯了一下。

"急性脯胃炎，小手术"文清轻松的笑笑。

文清应该知道自己和她大哥是朋友的，既然撞上了，于情于理都应该客气一番去看望一下的吧，是该演戏呢？还是应该真的去看看他？苏紫的脑子里飞快的盘算着。

不管怎么样，客气话总是要说说的吧，苏紫发现自己的心跳有些加快"哦——那一会我去看看吧"

"好的，外科 26 床，那我先去给他取药了"

"好——你先去忙吧"苏紫故作若无其事，其实心里早就忐忑不定了。

文清应该觉察到了些什么，转过身没走多远又回头看看了她，只见苏紫站在原地好像有些出神。

四人病房带林越自己只住了两个病号，总的来说还算安静。

林越把头对着窗外发呆，不知在想些什么。

天是灰黄的云色，又高有远，似乎毫无生气，而远处耸立的高楼近似于深蓝给人冷冰冰的感觉。

好像有人朝自己走过来了，林越转过头来。

床边站着一个女人

她一身薄呢立领黑色风衣搭蓝色的丝巾，典雅中还是一贯自我的气势。

一时间空气仿佛被静止了。

"你还好吧？"苏紫首先开了口。

林越的视线定格在对方的脸上"你怎么知道我在这儿？"

"刚才碰到文清了"苏紫避开了他的视线。

"哦——"他仍然不想把视线从她身上什么移开。

"她没来吗？"

"来了，我让她又走了，孩子上高二了"

"哦——"

接下来两人又沉默了，谁也不知道接下来该说些什么

"燕燕姐——又来看我哥了？"文清在走廊里就看到了门口站的人热情的招呼起来。

"哎苏紫姐也来了"文清和燕燕一起朝病床前走了过来。

157

十年

    林越觉得空气中到处弥漫着局促和不安，佯装若无其事的又看了看苏紫。

    此时苏紫看了看燕燕，果然是阳光可人，苏紫的脑子里忽然冒出了正值芳华这个词。

    两个女人之间没有说话相互笑笑算是礼貌招呼了。

    "我还有事，先走了"苏紫冲文清说，算是告辞，看也不再看林越了。

    "苏紫姐，那我送你"文清的客气中透着一股乖巧。

    "不用了，你照顾你哥吧"苏紫推辞着边朝门口走去。

    林越望着苏紫走出了门口，一种怅然若失的感觉久久不能散去，有些酸楚，更多的是说不上来的憋闷

    燕燕看了看病床上的男人"这个苏紫蛮漂亮的"

    林越收回了视线，将头又转向了窗外，此时他什么也不想说。

    苏紫走的很快，薄呢风衣的下摆随着步子的节奏恣意抖动，在病房中虽然才呆了几分钟的光景，刻意压抑的汹涌心潮在看到那个燕燕的时候霎时溃散了溃不成军只有落荒而逃,这是她唯一能做的了,不回头也不能回头,只有离开，别无他法。

    深深吸了一口气，不争气的那颗心竟然还是会疼，既然尘埃落定了干嘛还要心曲难平呢，苏紫越发的鄙夷起自己来……

    陌上流年可以重新开业了。

158

    因为邹大峰一段日子没有联系苏紫，所以她只是给对方发了短信告知开业的日期。

    "你看着办吧"邹大峰只给她回了这几个字。

    虽然人没露面，但是苏紫收到了一个香港快递过来的礼盒，拆来后发现是一件米色的小礼服，把衣服拿出来，才发现还有一双鞋子和一张卡片，金色的卡片上只有寥寥的几个字：开业正装

    苏紫莞尔一笑，她知道，估计是邹大峰的心意魏文的眼光。

    她试穿了一下，的确很合适自己，米色是皮肤白的女人最佳的首选，深 V 字领高腰式的束身刚好过膝，简单而又彰显大气，正是苏紫一贯喜欢的风格，更让苏紫喜欢的是那双鞋子，金色的高跟设计，鞋面上夺目的蕾丝伸延出了鞋口，直引得邹红唏嘘不已，并且赶紧给大哥打电话让他也给自己要买一双回来。

"谢谢你，很喜欢"苏紫给邹大峰发了一条短信。

没过多久，邹大峰回过来一条"谢什么，给自己的女人买的，喜欢就好"

收到这条信息后，苏紫没有再回，于是——两人之间又不再联系了。

阴历八月初六苏紫的生日，那天是周六，陌生流年也在那一天重新开业了。

除了苏紫的同学社会上的朋友还来了很多不认识的面孔，她不用猜也知道，应该是邹大峰安排的，一时间门庭若市，人气红火。

邹红一大早就过来给苏紫帮忙了，苏月带着公司里的几个年轻人也都过来帮忙招呼着，估计听苏月说的井子和文清也来了，苏紫周旋在络绎的顾客和朋友之间，收放自如，谈笑风生。

"不错啊苏紫，以后我们以后会常来的，这里的环境真太好了"同学们左看右看由衷的夸赞着，引得苏紫频频颔首致谢，脸上笑意十足。

"这种营业模式也只有你这种小资情结的女人才能想得出来，这才符合你的情调"迎妹说完拍了拍苏紫的肩膀。

"你这里的书大都是当今最热门的啊"陈艳的眼睛环顾着嘴里不停的对苏紫念叨着"苏紫你可真行，怎么想到把书吧和茶吧娱乐都结合在一起的？"

"我一直都梦想有这么一个地方，几个人小坐谈心或者一个人下午茶时间翻一本好书，静静的彻底放松身心，哦，我的音乐选的是舒缓的欧美经典，估计有品位的人都会喜欢的"说完苏紫的手机响了，邹大峰的号码。

159

苏紫给同学致歉的摆摆手，朝安静的地方走了过去"喂—"

"今天开业我赶不回去了"邹大峰人在机场，身旁还跟着几个人"我晚上尽量赶回去"

"没事，我能应付，你忙你的吧"

"嗯，拜拜"说完邹大峰就挂了电话。

苏紫这边刚收了电话就看到米娅和纪晨他们向她走了过来。

"苏紫，你可真行，这事都瞒着我们？什么时候接下来的？"纪晨夸张的捶了她一下。

"是啊，早说啊我们几个也都入个股了"方媛说着环顾着四周。

十年

　　"不好意思，我可没出资，我只是负责经营而已"苏紫替自己老实辩解。

　　"谁啊？又是那个有钱人姓邹的？"说这话的是夏菲，边说还冲苏紫眨了眨那双眸目。

　　苏紫笑笑，算是对朋友默认了。

　　"对你不错啊幸福的小女人——"米娅揽了揽苏紫的肩头。"你们俩进行到哪了？是不是又想什么时候给我们一个更大的惊喜啊？"

　　"什么呀，现在只是生意合作而已"苏紫挣脱了米娅的手臂，紧接着又提醒各位"快去二楼最后一个房间看看去，我们几个的定点雅间"

　　她的话立刻引起几个女人的欣喜，这才算打住对她的揶揄笑闹着去楼上参观去了。

　　陌上流年的书可以翻看，也可以出售，所以第一天的营业额就不少，占了总营业收入的近一半。这让苏紫感到很是欣慰。

　　忙碌了一天，终于有了闲暇的时候了，苏紫和邹红一起整理归拢着书架上的图书。

　　"苏紫姐，照这样下去，生意不错啊"

　　"因为人们总是对新的事物充满着新奇，今天第一天开业，生意好是肯定的"苏紫手里拿着一本书眼睛却在架子上扫描着找寻着其余的摆放位置。

160

　　"哎—苏紫姐，我们要不要做广告宣传啊？"

　　"何必花那个钱，我已经找几个人到各个机关单位和高校去散发一些名片了，因为我们的消费群体大都是有些文化水平和底蕴的人，上班族的女性大多都有很浓的小资情结，所以这里很适合她们"

　　"是啊，一壶茶一杯咖啡可以坐一下午，谈心叙话的，谈生意的，我们这里环境这么好，那以后肯定也不错"说完邹红脸上一脸的憧憬和希望。

　　邹红忽然停下了手里的动作，把脸转向苏紫"说真的，苏紫姐我真佩服你，你真能干，干什么都能干好"

　　"我和你不一样，你是温室里的花，什么都可以不操心"苏紫说完轻轻地叹了一口气。

　　"我是什么都要自己拼，所以——我必须看准了用心用力小心谨慎的去做，因为跌倒了没人可以拉我，所以——我不能让自己跌倒"

"苏紫姐——"

这个话题有些伤感了，所以苏紫把脸又转向她"不和你小丫头扯这些了喜欢陌上流年这种形式的生意吗？"

"嗯，喜欢，我要是自己也有一家这样的店就好了"

"好啊，如果生意好的话，以后我们可以开分店，你来做老板好了"苏紫扭过头给她一个鼓励的笑容。

"真的？太好了！我可等着了啊"邹红一脸的期待与欣喜。

"不过这得和你哥商量，他才是大老板"苏紫逗她。

"他啊——"邹红的小嘴撅了撅"他肯定不相信我，和他商量还不如和你商量呢"

"如果我同意呢？——"一个声音骤然在她俩身后响起了，不知道什么时候邹大峰已经站到了他们的身后。

她俩吓了一跳，一起回过头来。

"真的？说话算数啊？"邹红认真的问他。

"嗯不过你要先跟你苏紫姐学一年以后才可以考虑"邹大峰给她备注条件。

"好——我好好学还不行吗？"邹红冲大哥做了一个夸张的鬼脸。

苏紫看着他兄妹谈笑，没有插话在一旁也赔着笑。

"可以走了吗？"邹大峰看了看苏紫"我请你吃饭"

"不用了，房间里还有很多客人呢"苏紫推辞着"第一天我在这里多守会，以后才能放心给店员"

161

"去吧苏紫姐，有我在这儿呢"邹红赶紧把话接了过来极力怂恿着。

邹大峰又一次邀她"你忙一天了，也该我这个老板表示表示了吧"

"好像还真有点饿了，中午只顾忙了吃的很少"苏紫发现一听到吃自己好像真的很饿了。

"邹红你老实的守着，否则一切都免谈啊"邹大峰交代自己的妹妹。

"好的——快去吧快去吧"邹红冲他俩用力的摆着手。

这应该是一家新开的餐厅，苏紫第一次光临。

经理亲自出来招呼他们，还送了一瓶香槟，他们坐的位置正好是窗边，俯瞰下去，街道灯火人影恍如背景，玛丽亚凯莉的 Idon'twannacry 在各个角落中洋溢。

苏紫漫不经心的翻看着菜单，拿不定主意这家餐厅那些好吃，

　　"要不让经理特别推介吧？"邹大峰对苏紫说，

　　苏紫觉得这是个不错的主意，于是把菜单合上笑笑算是赞同。

　　"好的邹先生，那现在可以上菜吗？"经理笑吟吟的问道。

　　邹大峰点点头算是应许了，于是经理和侍者都退了下去。

　　"看来对这里挺熟的嘛你？"苏紫说着将身子放松的朝沙发椅背靠上去。

　　"朋友的餐厅，来过几次"说完邹大峰就从怀里掏出一个小盒，推到了苏紫的面前"苏紫——生日快乐！"

　　这个盒子乍一看来有些眼熟，苏紫想起了第一次去邹家吃饭的场景。

　　"看来这次不能拒绝了？"

　　"恩，如果你还不接受我还会送，直到你收下为止"他还是一贯的固执和霸道的口吻"因为这本来就是买给你的"

　　苏紫笑了，伸手拿了过来"你不嫌烦我还嫌麻烦呢，那我这次收下啦"

　　她打开盒子，看着对方给自己精心选择却又不能不收的礼物，心里一时漾起稍许的感动，不觉间欣意和女人特有的小小虚荣形表于色。

　　"咣当"一声刺耳的厉声传来，隔壁桌上好像有人不小心把餐具打碎了。

162

　　苏紫随着声音看过去，打碎餐具的是斜对面桌上的一个男人，当看到那人的脸，她愣住了。

　　看着苏紫心情大好对一同来的男人笑脸如花，从苏紫和那个男人进门到现在林越的脸色一直都很难看。

　　和苏紫一起的这个男人他见过，以前苏紫好像就和他的关系不一般，那个盒子应该是戒指吧？林越的心里此时仿佛被人揪的生生的疼。

　　苏紫，你这个没心没肺的女人，你知道我现在每每想到你都难以安眠吗？你知道我多少次忍不住想打你的电话吗？你知道自从那次后我几乎不喝酒了吗？你知道你一直到现在还在我心里鲜明的活跃着吗？

　　我以为你还是像以前一样在赌气，我以为你气消了还会回来我的身边，我从来就没觉得我们真正的分开过……但是现在……林越再也想不下去了。

　　他的脸色看起来有些吓人，和他一同来的吴燕燕仿佛被镇住了，一句话也没敢说，只有怔怔的看着他，然后不时的又看看隔壁桌上的那个叫苏紫的女人。

人生无处不相逢，相逢何必曾相识？苏紫的心里此时也是酸楚阵阵袭来排山倒海般来势汹汹……

苏紫在心里苦笑，曾经发肤般亲密的一对男女，现在却成了最熟悉的陌生人，而且现在各自身边都已经有了新人，这场景够荒谬也够可笑。

"苏紫——没事吧？"邹大峰小声地问，却不时也拿眼睛朝那个方向瞟了几眼。

苏紫转过头却没有回答他，只是气若如丝的说了一声"我们走吧——"

说完她站起身来，拿起包快步朝出口走了出去。

邹大峰朝林越那边又看了看，发现对方的视线随着苏紫的身影已经延伸到了门口，于是他只好快步的追上去，不再理会那个人了。

出了门口，苏紫才发现不知道要去哪里，这时候邹大峰从她身后走了过来，拉住她的手带着她朝前走去"我带你换一家"

换了一家餐厅，这次是女老板亲自出来招呼，热情推介并帮忙给点下了几个菜，极具风韵的女老板才笑吟吟着离去。

看得出苏紫席间心情不错，她主动的要了瓶白酒，仿佛刚才没有任何的不快发生过，而且吃饭的时候苏紫几乎不停的讲一些笑话，虽然有些笑话并没什么笑点，邹大峰不怎么说话，可能是真的饿了，他只顾吃喝，偶尔抬眼看看苏紫，再或者配合着苏紫笑笑。

163

终于吃完了，要到结账走人的时候了，苏紫问他"今天我跟你走还是你跟我走？'

邹大峰站起身，一边帮苏紫拿起包另一个手去搀她"下面没节目了，我送你回去"

苏紫虽然推开了他的手，但是身子却往他的身边靠了靠"今天可以有节目的，我想有——"

邹大峰没说话，也不去看她，往车子的方向走过去，并且伸手拉开了车门，等苏紫过来。

苏紫走到车边站住了，冷不丁的却冒出了一句"这么快就对我厌倦了是吗？"

十年

　　"苏紫——"邹大峰似乎终于忍不下去，于是声音也大了起来"我不能总是做那个人的替代品，你能不能尊重我一点！"

　　"我没有不尊重你啊，我愿意以身相许"苏紫上去挽住了他的胳膊，一副风尘女人轻薄的样子。

　　邹大峰第一次发现今天的苏紫这么自我而又不通情理。

　　"够了，苏紫，你想找他你现在还可以和他重温旧梦去，当我没出现过，当我是老流氓，随便你——"

　　邹大峰关上副驾驶的车门，快速的又绕到车的另一侧拉开驾驶室的门，一头钻了进去，发动了车子，于是车子朝前冲刺了起来。

　　苏紫愣在那里，看着扔下自己的车子和男人离她越来越远，半天似乎才回过神来。

　　站的久了，她好像感觉累了，慢慢的——她蹲了下来……

　　很晚了，风竟然凉的有些让人彻骨街上的行人几乎都没有了，唯独街灯都还孤零零的亮着，清冷的街道上一个踉跄的男人，旁边的一个女人不时用手去搀扶着。

　　好久没有喝酒的林越今天终于又醉了，东倒西歪的由吴燕燕吃力的搀扶着回到了他的公寓。

　　"苏紫——你真的没——有心吗？说离——开我——就离开了，这么多年了——啊"

　　"苏——紫你是人——吗？你始终——自以为是——狂妄——自大——"

　　"你就那——么——迫不及待——的需要男人吗？送——你戒指——你就可以谁——都能跟吗？"

　　"我知道你——很想很想——很想要我给——你戒指——我——我就不给你——我就要让你心里难受——哈哈——"

　　林越语无伦次，断断续续的一直在喃喃自语。

　　吴燕燕终于把他弄到了床上，大口地喘着粗气，定了定神，又赶紧去给他拿垃圾桶，去烧水。

　　直到她把湿毛巾拿过来敷在了他的脸上，他才睁开眼睛看了看床边的她。

　　"苏紫——别离开我好吗？"林越用力去搂她的脖子，女人只有乖巧的俯下身来。

164

他满嘴的酒气狠狠的吻上了她的唇，手肆意的在她的身上摸索了起来，慢慢的两人的身子都开始有了狂躁的反应，她的动作开始由迎合转变为主动去探索，一时间男人和女人都无法再自持了，一场最原始的战斗开始上演了……

"苏紫，我们——不分开，你是我——的"林越狠狠的动作着，似乎想把身下的人弄碎了钦入自己的身体里，让她再也不和自己有一点点的间隙。

在林越此时的眼里，苏紫在不停地在娇喘呻吟，林越的脸上有些扭曲，越来越用力的冲刺起来……

第十一章

毕竟比苏紫大几岁，也许真的是因为大人有大量，没几天邹大峰又仿佛什么不痛快都没发生一样，对苏紫还和往常一样，倒是苏紫一想到那晚自己对他的态度觉得挺对不起他的。

吴军的腿除了不能太劳累，基本上可以说是行动自如了，怕他来回奔走辛苦，苏月替他选了一辆银灰色的大众波罗，因为左腿还没有完全康复好，所以车是自动挡的对吴军来说也没什么大碍，没几天吴军就把车开回来了。

"我说你一大爷们有没有自己的主见啊？现在苏月说什么就是什么呀？"苏紫糗他。

苏月白了她一眼，懒得和苏紫斗嘴，反正贫起来也不是她的对手，从小苏紫就伶牙俐齿的，歪理正理总之都是她有理。

"波罗也不错啊，地盘厚重外形也挺大气的"现在的吴军越来越会说软话了。

"得——现在你们现在俩是一个鼻孔出气，妇唱夫随了都，算我多嘴挑事行了吧"苏紫说完从盘子里夹了一块肉朝嘴里送去。

"近水楼台日久生情然后就顺理成章了呵呵"苏紫说完看了看他俩，脸上露出得意的笑。

吴军装听不见不言不语，苏月别过头去装作给炎炎夹菜。

"哎，有段日子邹大峰没来吃饭了"苏月突然想起来问苏紫这个问题。

苏紫嘴里嚼着饭菜嘟囔着"估计这段时间忙吧，我这几天也没见过他"

"哦对了——"苏紫突然想起来一件事，于是把脸转向了吴军"上次邹大峰和我说建议你现在试着接土建方面的工程"

吴军手里的筷子停了停"以前没做过，我的公司现在也没有资质，这行吗？"

"你可以考虑考虑，要不下次你见了他你再问问他,这方面我也不太懂"说着苏紫故意和炎炎抢菜吃，炎炎夹哪块她就去跟着夹哪块。

炎炎有些急了"妈妈——你看大姨又欺负人"

现在吴军公司的业务有些蒸蒸日上的势头，邹大峰建议他做大，土建工程的竞标渐渐的也开始参与了，有了邹大峰和苏紫的支持，吴军的胆子现在也是越来越来大，越做也就越有劲头。

井子终于回到他的家族企业里去了，苏紫清楚这是文清的功劳，现在他俩俨然是一对幸福的小情侣。

看到这一切，苏紫心里觉得很欣慰慢慢的她的心也安定了下来。

如果说和林越在一起是电闪雷鸣，那么和邹大峰在一起就是风和日丽，他不会和她闹别扭，总是笑着应承她。

苏紫的父母见过邹大峰后，两个老人对邹大峰的沉稳和气势也是说不出的喜欢。

167

苏紫慢慢将自己的心门打开，一点点的让邹大峰走近，就这样吧，苏紫想这也许就是自己想要的安稳生活。

洋酒太烈，可乐太涨，最后——女人终究离不开的还是那杯温开水。

两人不忙的时候邹大峰带苏紫出去度假，这次来到了一个海滨城市。

傍晚的时候他带着她入住离海滩很近的一栋小楼，房子很大，苏紫觉得两人住真的有点奢侈。

但是房间里什么都很齐全，仿佛之前有人早就给备下了。

苏紫走上二楼，把自己的行李和衣物放到房间里刚整理好，邹大峰就跟着进来了。

"可以走了吗？"一身休闲打扮的邹大峰站在门口两手插在兜里。

"去哪里？"

"走吧——到了就知道了"

海南的夜景很美，内地虽然已经入了寒冬，但是这里的气温还是那么宜人，难怪很多内地人越来越多的在这里购置了房产。

地摊的烧烤很美味，俩人喝着啤酒边吃边聊。

"没想到你这种有钱人也喜欢吃这种地方"苏紫取笑他。

"美食面前人都一样的"邹大峰说完递给她一张餐巾纸，示意她嘴角有污。

"我和米娅小时候就经常光顾地摊小吃我们特喜欢吃羊肉串，那时候都是电烤箱的那种，你知道吗？"

"恩，我也吃过，那时候大家都吃那种"邹大峰附和。

"米娅的家庭条件比我家好，经常是她请我吃所以我总觉得欠她很多顿，现在我有钱可以请她了吧，但是现在请她多少顿也没法还她当时请我的人情了"

说着苏紫有些小伤感"锦上添花哪能堪比雪中送炭啊"

"如果是真正的朋友米娅是不会计较这些的，你的心里作用罢了"邹大峰安慰她。

"是啊，她不会在意的，我们这么多年的交情了"说完苏紫举杯喝了一大口啤酒。

"你和米娅媛媛他们几个关系都挺好的,我看你们常常在一起座谈""是啊，人都挺不错的，而且我们几个在一起都挺能闹腾的"

"恩看得出来他们几个都不是简单"

"那是——我的朋友有几个不出色的"苏紫又开始有些自吹自擂了，反正喝的有些多了，所以话也开始多了起来。

"我们几个年龄最大的是纪晨，我们喊她纪老大，她这人最有意思了，是个泼辣型的御姐"

邹大峰笑着听她说下去。

"有一次她姐去服装店里买衣服，她姐人很老实嘴巴不及她伶俐，那家店老板态度不好后来和她姐吵了几句，她姐委屈的回到家后，被纪晨知道了，她哪能愿意啊，立马去了那家店里，对老板不依不饶，非要那老板给她姐道歉不可，"

说完，苏紫清了清嗓子，学着纪晨的强调"你们看老实人好欺负是吧，也就是我姐嘴笨，有本身冲我来啊，我捂住半个嘴能说死你们全家——

"哈哈哈哈……说完两人一起笑了起来。

"还有呢？你的哪几个朋友也都这么厉害？邹大峰想听她再说一些，觉得和她聊天真的是一件很愉悦的事。

"还有——夏菲最臭美了，苏紫继续讲了下去。

"有次一家四口要出门，老公女儿儿子早就整装待发了，唯独她还在那儿磨叽犹豫不决穿什么衣服，三位家人在沙发上不语听她唠叨

说到这儿，苏紫又学着瞎菲的强调"唉呀，我这日子可怎么过啊？我连一件能穿出门的衣服都没有，我可怎么出门啊？

"终于儿子忍不住了，站出来冲她说：你没衣服穿？我们家四个衣柜你自己现在都占三了，我早就想问你接下来你打算把我们的衣服往哪儿搁啊

"这个夏菲……邹大峰被苏紫说的笑得合不拢嘴了。

"那你呢？该说说你了吧？邹大峰想听她怎么介绍自己的典型事例。

"我啊—我这人死心眼，性子拧，说完苏紫好像想起了什么，脸上浮起了坏笑。

邹大峰故意夸张的拍了拍手"来——说说你的光辉事迹

169

"我小时候在军营大院呆过几年，是个乡下的土丫头，说着苏紫扮了个鬼脸"这事我也记不清了，后来还是我妈笑我的时候给我说的

"军营院里一个女孩好像也是乡下来的，特没教养，谁惹惹她就骂谁，骂的都让人还不了嘴，嘴巴特厉害，所以在一起的玩的孩子几乎都不去惹她，有一次——不知道我怎么惹她了，她就开始对我吐沫横飞，我后来被她逼急了，我就开始还击，那应该是一场口舌恶战，再后来她终于败下阵来，但是我还是不放过她，她走哪儿我就跟她到哪儿，后来天都黑了，大家都回家了，我竟然还跟着她蹲她家门口继续她妈出来撵我几次，我转了一圈然后又蹲到他们门口继续，后来他们家人实在没办法了，他们把我妈喊来才把我弄走……

"不是吧？那么不依不饶？邹大峰听的都有点不太敢相信。

"不知道——可能平时小伙伴被她言语上欺负惯了，所以我也想痛快

的给大家出口气吧"

"那你都怎么骂的？不会是农村人的那些秽语吧？"

"不是，我现在也不会骂那些脏词"苏紫老实的回答"我那时候就不停地骂她猪狗不如，不如狗，不如驴，不如鸭，不如牛，不如鸡……总之把所有我知道的动物都用上了，像唱歌或者念经一样的唠叨个不停……"

"哈哈哈，真是个不依不饶的丫头……"邹大峰夸张的取笑她。

"恩自从那次，全村的人都知道苏家的大丫头是个难缠的小主"苏紫傻笑了起来"所以以后再没孩子敢惹我了"

"呵呵，听你这么说，我也不敢轻易惹你，"邹大峰故意一副怯怯的表情。

"切，人不犯我我不犯人"

说完两人一口都把自己杯子里的啤酒喝光了，站起来结账走人，苏紫觉得有些吃撑了，不觉得打了个饱嗝，惹得两人又一起笑了起来。

"苏月总是说我是顶级的吃货"苏紫有点不好意思的自我嘲弄。

"差不多，你刚才大快朵颐的吃相可真不敢恭维哦"邹大峰开始打趣起她。

苏紫哼了一声向前快走了几步。

晚上的海面和白日相比是安静的，此时的海翻滚着深蓝色的波麟，像是在向世人展现着娇美的容光。似在忧郁的怨诉又像是欢快的喧响。

170

只听苏紫吟了几句：

登山则情满于山观海则意溢于海

海日生残夜江春入旧年

邹大峰站在她的身后，没有说话，只是安静的看着她。

苏紫突然又张开双臂好像又想到了一句描写海的诗句，不觉大声的颂了出来："海是位得道者,大智若愚而又心怀大志,深邃博大而复归沉默静宁,在它的身边，也常在那无言以教中得到启发，得之点化……"

"才女"邹大峰站在了她的身旁，仿佛又发现新大陆的看了看她。

"爱看书而已，我是新华书店的VIP"说完苏紫又接着自吹"我以前也写过东西，好像还获过奖呢，女子无才便是德，朋友都说我很缺德"

邹大峰愣了愣，才反应过来"我觉得也差不多……"

惹的苏紫又咯咯的笑了起来。

软软的沙子踩在上面有一种说不出的舒服，苏紫故意将脚陷入沙子很深，然后把脚几乎擦着地面向前迈步，所以每走一步脚都被沙子亲抚着。

邹大峰也学她，两人都有点像刚会蹒跚走路的孩子一样，然后你推我一把我推一把的笑闹着。

两人回到住处，苏紫冲了冲澡，拿毛巾擦干她的那头凌乱的短发。

隔壁房间的邹大峰没一会就又过来敲门"美女，需要什么服务吗？"

"嗯——聊天什么价？"苏紫站在门口煞有介事地问价。

"陪聊免费"

"那不行，不收费的我不要，从小到大我都不喜欢占便宜"她拒绝的很快。

"那十块八块你看着给吧"说完邹大峰笑吟吟的就进来了。

两人靠在床头开始聊天，一开始苏紫总觉得有些别扭，但是他离她有些距离，没有打算碰触她的意思。

"你朋友魏文真喜欢媛媛？"苏紫问他。

"这小子这次好像是真的认真了，不过方媛好像挺难追的，总是让魏文有些捉摸不透"邹大峰有次陪魏文喝酒从他那里听来的。

"唉——媛媛的感情上受过挫，所以女人不会那么容易接受下一个男人的"说着苏紫轻轻地叹了口气"其实媛媛是个好女人，爽朗仗义，那么多朋友中她很值得我深交，也帮过我很多忙，我真心希望她能幸福"

"如果不爱就走开,如果爱就好好呵护,总之你不能让魏文对她胡来啊"苏紫很快的又补充这么一句。

邹大峰笑着拉过她的手"放心吧，其实魏文人也不错，一个他曾深爱的女人利用了他以后又把他给抛弃了，所以他那几年憎恨女人，特别是虚伪狡诈耍心机的那种，才一度做过几年风月场上的浪子，但是我相信他这次绝对不是，因为方媛是我同学的妹妹，他不会胡来的，而且——"

说到这里邹大峰的口气顿了顿

"而且什么？"苏紫扭头看向他。

171

"而且——他知道我对你是认真了,所以肯定不会和方媛只是玩玩的,毕竟大家以后都是朋友圈里的人了

苏紫听他这么说,收回了目光低下了头"我真不明白你到底喜欢我什么?"

"从我第一次认识你的时候我就喜欢你,不知道为什么,你身上好像有一种魔力,总是让我欲罢不能,我第一次看见你的时候——"说着他慢慢的闭上眼睛,仿佛又回到了第一次见面的场景中了。

"你当时一头蓬松的卷发,穿的是黑色的上衣一条花色长裤,你当时在接电话但是我从你的嘴里却听到了我的名字,然后你说我主动找你搭茬,再然后就是你羞红的样子……

"其实说真的,我这个年龄的男人哪还相信什么轰轰烈烈的爱情,我只信我的直觉——"

邹大峰的声音听起来好像有些缥缈,苏紫一时间听的有些入神了。

"和你接触后我慢慢发现你是一个聪明自信独立能干的女人"

我哪有那么好?苏紫终于忍不住插了一句。

"我也知道你一直把我当朋友,但是那天你一个人在路边哭着对我说:邹大峰—不管你是谁,把我带走吧—

说到这里,他好像停了停,似乎情绪上有些波动。

"当时的你是那么的柔弱,看着你无助而又近乎绝望的样子,我才发现自己有多么的心疼你,从那一刻起,我就对你有了一股强烈的占有欲,我想揽你入怀,我想待在你身边,我想好好的呵护你,不想让你再受到一点点的委屈和伤害……

"然后我把你带走了,而你做了一夜我的女人,所以我愈发强烈想抓住你,再也不想放开你了,于是我才追到优优那里……

"大峰——"苏紫的心里有些温热了起来。

"其实我没有你想像的那么好,我和所有的女人一样也自私,小心眼,有时候也不讲理,而且有时候我也会乱发脾气

"我知道,我会让你,不会和你吵

"我的过去是我心里有一道很深的刀口,我需要时间让它慢慢愈合把它淡化,慢慢去忘记"

"我明白,我会等你把以前忘掉,把那个人忘掉,我会在你身边一直等,直到你的世界能完全的接受我"

"大峰—"苏紫主动将身体朝他靠了靠

他伸出手臂揽过她的肩头"只是不要让我等到头发全白了，到那时候我穿礼服可就不帅了啊"

被他这么一说，苏紫忍不住又笑了，一抹娇羞的红晕随之爬上了她的脸庞。

邹大峰揉了揉她的头，发现头发早就干了"很晚了，睡吧"

"恩"苏紫听话的将头睡倒在枕头上。

他替她盖好被子，吻了吻她的额头，然后离开房间把门给她关好了……

在海南的这几天，苏紫跟着邹大峰几乎吃遍了所有的夜市，哪些好吃的哪些一般的自喻吃货的苏紫都会对邹大峰侃侃评价一番。

在美食面前苏紫总是不亦乐乎，而每次吃完又要怪邹大峰"肯定又胖了又胖了都怪你"

"没事，女人胖点才性感好看"邹大峰和母亲一样也拿这样的话来宽慰她。

"好什么好啊，我要是真吃成母猪怎么办啊"

"那有什么呀，那我立刻就把自己吃成一头公猪和你配对"邹大峰现在是越来越喜欢逗她。

"我才不干呢，你爱做猪你去做吧"苏紫给了他一个狠狠的拳头……

有时候邹大峰趁苏紫睡懒觉的时候一个人也去菜市，买了一些海鲜回来自己烧，系着围裙的他有时候还要摆上一些POS让苏紫拍照惹得苏紫指着他在一旁大笑……

今晚邹大峰又卖力的烧了几个菜，苏紫则穿着一条吊带花裙在旁边转来转去，偶尔帮忙，偶尔又给他捣乱，等把菜搞定后，邹大峰指挥着让苏紫开了瓶红酒。

看到邹大峰的兴致这么高，苏紫也笑吟吟的陪他喝点。

"苏紫，感谢你让我走近你，让我走进你的生活"邹大峰一脸正经的对着苏紫端起了杯子。

苏紫也学他把杯子举起了，也学着他的口气"感谢你邹总在姹紫嫣红中垂青与我，很荣幸——"

两人的对白结束后，他们忍俊不禁，对视后将杯子里的酒郑重其事的一饮而尽。

173

晚餐的氛围不错,两人边吃边轻松地聊着,不知不觉一瓶很快就喝光了,邹大峰很快的又开了一瓶,两人接着喝接着笑侃下去。

"邹大峰——我发现你真的是一个好男人"苏紫开始笑了,估计酒精的作用已经在她的体内作祟了。

"是嘛?我在你眼里怎么好了?今天好好的夸夸我,我以后再接再厉"邹大峰说着又给她的杯子倒上酒。

"恩——会挣钱,会做饭,还会哄女人"苏紫的眼睛渐渐的开始迷离起来笑的也开始放肆和妩媚了许多。

"那要看女人是谁,自己在乎的女人男人一般都会好好宠着的,如果不在乎的话……"说到这里,邹大峰傲慢的扬扬嘴角,"懒得理会"

"如果不在乎,就让她滚一边去,我明白"苏紫说完,一口喝下杯子里的酒,又给自己倒上,又一口喝了下去。

"可是我不是一个好女人,"苏紫开始不停地笑起来。

邹大峰一脸正经的反驳"别这么说,你在诋毁我的眼光"

"哈哈哈你不信是吗?我抽烟喝酒,陪人打麻将赌过钱,我是一个吃喝嫖赌,除了嫖没干过,现在什么都全了"

喝多了的苏紫现在一副张狂而又放肆的模样,邹大峰的身子涌出了一股异样的感觉,他也开始笑了,继而站起身来。

他站起来,把苏紫也拉了起来,从后面熊抱住她,脸贴在她的脖颈上在她耳边小声地说了一句"今晚你也可以试试嫖一次的"

他口中的热气让她感到温热而又发痒,苏紫不是未谙世事的女生,她明白这是男人对需求的一种很直白的表露。

苏紫把他一把推开了,故作正经地说"不行我是个坏女人,可你是个好男人,不行——"

他理解是她的一种欲擒故纵伎俩,这使他更加的热血沸腾了起。

邹大峰坏坏的把她一把揽了过来,让她再重新回到自己的怀里,手却不安分的在她的身上摩挲了起来"试一次,苏紫今天我让试一次"

被他的手抚摸的有些安定不下来了,苏紫闭上了眼睛,任凭邹大峰的吻落在自己的脸、脖子还有胸脯上"别这样,这是餐厅—"说着她想用手再次的推开他。

邹大峰不理会她的推搡,似乎更加的兴奋了,手里的动作也随着内心的渴望更加的肆意了。

被他撩拨的满脸潮红，苏紫的脑子里有些迷乱，闭上眼睛的她喃喃地呓语起来"别——林越——这里不行"

忽然邹大峰止住了动作，抬头直直的看着她，苏紫被他突然冰冷的眼神摄住了，她呆住了，脑子里一片空白，傻傻地看着这个骤然变脸的男人。

突然邹大峰狠狠的一把推开了她，紧接着又用手一挥，桌上的几个瓶子顺势落到了地上，发出很刺耳的声响"无论我怎么努力，还是挤不进去你的心是吗？"

苏紫没有说话，继续一脸的愕然。

他恶狠狠的看着她，脸上的表情因为愤怒而显得有些扭曲"我哪点比不上他？和我比他又有什么？"

苏紫不敢去看他的眼睛，低垂下了眼帘，是的她理屈词穷，她无力发声。

很快的邹大峰大步走到门的方向，立刻就闪了出去，给这个屋子留下了震耳的关门声。

这么久了，怎么还会喊出那个人的名字，苏紫自己也愣住了是习惯吗？还是真的没有忘记那个他？

苏紫的酒好像一下子醒了过来，她一个人呆若木鸡般在那里直直的站着。

175

一个人收拾着餐后的残局，不经意的被几片玻璃划破了手，她不理会那几根流血的手指，任凭红色的液体涌趟着，等一切都清理好后，她才去水盆清洗，血和水一起在龙头下交融着，苏紫的心在胸口好像也哗哗的。

黑暗中，苏紫蜷在床上，

这么晚了，邹大峰去了哪里？他是不是不回来了，她反反复复的睡不着，脑子里不停的胡思乱想，迷迷糊糊的不知道自己什么时候睡过去的……

不知道什么时候，苏紫感觉有人从后面抱住了自己的身体，迷糊中她知道那人是谁，她转过身子，温顺的蜷在他的怀里"对不起大峰我不是故意的"

他吻了吻她的头"该说对不起的是我，苏紫—我答应你给你时间忘了那个过去的，是我不好……"

十年

　　虽然有个小小的波澜，但是对于两人来说海南的那几日是温馨甜蜜的，而苏紫觉得仿佛是自己的又一场恋爱，努力的爱上自己身边的这个男人吧，让恋爱再来的猛烈些吧，过去的终究只是过去，而我—现在有新的生活，新的男人。

　　邹大峰现在出去应酬几乎都带上苏紫，渐渐的洛城的一些有头有脸的人物对她来说也都混了上脸熟。

　　今天的饭局是邹大峰做东，被宴请的是一对老年夫妇，男的姓张，至于叫什么，苏紫记不太清了，原来是设计院的副院长，现已经退休在家，这两位宾客中男人是主客，女人和苏紫一样只是陪衬。

　　饭局言谈之中，苏紫这才明白，原来邹大峰已经开始做房产开发这一块已经应该是有些时候了，难怪他会让吴军进入土建工程的参与。

　　很多人情事式或者生意中国人大都喜欢在饭局上商谈，一顿饭吃下来，几杯酒下肚，似乎什么事都好商量了，苏紫听出来了，张院长给邹大峰设计建筑图纸，邹大峰给对方两套百平方的房子，双方似乎都很随心所愿，所以这也是一场很愉快的洽谈。

　　宴会结束后，邹大峰安排老王开车去送张院长夫妇，自己坚持开苏紫的车带苏紫回去，苏紫有些担心，见他今天喝的有些多了，但是好像又没醉，不过今天邹大峰看起来兴致很高，于是也就没再坚持下去。

　　没想到他一开出车位就错了方向，在停车场逆行道上的拐弯处和一辆车速过高的右拐车撞到了一起，苏紫吓得不轻，一时间有些惊魂不定。

176

　　很快的对面的车上下来四个年轻人，估计也都喝多了，嘴里一边骂骂咧咧一边对苏紫的车子踢踢打打"你他妈的会开车吗？没长眼睛吗？"

　　邹大峰也下了车，不过还算理智，并没有回嘴，只是看了看双方的车撞的毁坏程度，看来两辆车子都有些受伤，苏紫这时候也拉开车门钻了出来。

　　看到邹大峰没有还骂，可能是因为年轻气盛，也可能是酒精在作祟，那几个人的气焰似乎更高了，嘴里更是不干不净"看来不敢吭声，可能是带情人出来不想惹事吧？"

　　"也许今天真的是带别人的老婆出来偷情的吧？"

　　"怪不得呢，看他那熊样——哈哈哈"

　　苏紫狠狠地瞪了他们几个一眼，邹大峰则从嘴里骂了一句"滚—"

他的声音很重，几个年轻人都听到了，忽然有一个人上去就揪住了邹大峰的衣领把他甩了个踉跄，邹大峰哪能再忍下去，于是他很快的给了对方一拳，与那人扭打了起来，那几个人很快的也就都上去开始大打出手。

那几个人年轻力壮，虽然邹大峰也是正值壮年，但是怎么来说也是寡不敌众，很快地就只有处于下风了，苏紫本能的上去想去拉开他们，但是毕竟是女人，很快的被一个人给甩了出去，一下子跌倒了在地上，但是很快的她又爬了起来，对着那几个人又撕扯了起来。

可能他们被她抓疼了，有人回过头来对着她也出手起来，苏紫只感觉到下巴上狠狠地挨了一拳，疼的她一时间眼泪几乎就要下来了，但是此时她也被彻底的惹恼了，于是变本加厉的对那几个人更是撕扯拽拉的来劲了，可是换来的却是肚子还有肩膀又一次更疼痛的回应。

见苏紫挨了打，那边的邹大峰更加的奋力，于是场面也更加的不可开交了。

很快的，附近的保安喊来了巡警，把他们几个拉开后一起都带去了附近的派出所。

苏紫从小到大也没被人送入派出所过，所以她正思忖着应该给米娅的老公打电话，怎么说他现在也是公安局的一把手，但是邹大峰比她动作更快，电话应该拨出去了，听他的口气，一会应该就有人会来的，于是她才作罢这才回过意识发现身上有些地方还在隐隐作痛，她这时间才去认真地去看了看邹大峰，发现他似乎也挨的不轻，脸上有些淤青，嘴角也有血渍，而邹大峰也把头转向她，当看到苏紫的狼狈样子，他眼里涌出的是满满的柔情，刹那间苏紫似乎明白他的心思，她向他又靠近了一点，轻声地说了一句："我没事"。

很快的派出所所长亲自到了，没想到邹岩也亲自来了，当他看到苏紫和自己哥哥当时的样子，那种故意压制着不让笑堆积上脸的神情苏紫看得很清楚，不觉窘的满脸通红。

可能由于邹岩的关系权势很快的结论就出来了，邹大峰和苏紫这一方属于正当防卫，那几个年轻人先动的手，属于醉酒闹事伤人，拘留罚款一样都脱不掉，所长最后将他们送上了各自的车，说还要给局长回话，所以就恕不远送了之类的客套话。

177

"局长要是再来我可就真糗大了"回去的路上苏紫对邹大峰说。

"栾飚？你认识？"邹大峰握着方向盘扭头看了看她。

"恩—米娅的老公"苏紫老实的给他介绍这层关系。

"哦——"

苏紫接着又沮丧地说"大峰——这是我这一辈子第一次打架"

邹大峰听她这么说居然笑了，"这也是我这一辈子第一次有女人为我打架"

苏紫看他好像很开心的样子，上去捶了他一拳。

"疼——疼——"邹大峰夸张的叫了起来……

陌上流年的生意一直都还不错，苏紫几乎每天傍晚都过来看看，今天一踏进大厅，没想到有人已经等了她很久了。

苏紫给朋友留的雅间里，两个女人面对面坐着，苏紫的脸上不太友善，表情有些冷漠。

吴燕燕手里轻抚着面前的杯子，眼睛却没敢太去直视苏紫"我来过两次了，店员说傍晚你一般才会过来"

"我觉得我们之间没什么好谈的"苏紫的态度和她此时的表情一样的冷。

吴燕燕笑了笑，仍旧是一如往常的乖巧模样"我也知道来找你是有点唐突但是我还是想来和你谈谈"

"你想谈什么？"苏紫也看了看她，"他只是我的过去，我也只是他的曾经，我们早就没关系了"

"我知道—我知道你是个拿得起放得下的女人，这点我很佩服你，但是我今天来找你是想和你商量一件事的"

说完她顿了顿，抬眼看了看苏紫的表情，发现苏紫也在看她，一副愿闻其详的架势。

"其实他现在对我挺好的，你看——前几天他还给我买了一个戒指，我说白金的就行了，他非给我买了一个带钻石的"说着吴燕燕伸出了左手。

钻石小小的，但是苏紫看着却觉得扎眼的亮，握着咖啡杯的手不觉有些用力。

苏紫努力的将自己的视线从对方的手上移开"那他对你好不好吗？这和我有什么关系？"

燕燕看出了她的脸色很难看，于是一丝不易觉察的得意从她的脸上闪了一下"是这样的，你看我们现在相处的挺好的，他现在也有了想和他老婆离婚的念头"

"这和我也没关系啊？'苏紫接的很快。口吻也很冲。

苏紫将握杯子的力气又加重了些，心里仿佛被什么东西捶打着，一下比一下难受。

"其实也没什么的，你应该知道他那人挺念旧的，在有的事上还有些优柔寡断，他有时候还要去西聊花园转转，本来我以为西聊花园是他的房子，后来我打听过才知道那套房子的业主是你——"

听到对方提起那个小花园，苏紫的心好像被人用力的撕扯然后再狠狠的翻搅着，那个秘密花园是她和林越的爱巢。

那里有她们的欢爱，她在哪里和他闹，缠他，磨他……苏紫用力的咬了咬嘴唇，竭力控制自己内心的汹涌。

"我觉得——如果你能处理掉那套房子,应该就能彻底断了他的念想，听说你现在身边也有别的人了,这样应该对他对你都好不是吗？"燕燕说完，偷偷地看看了苏紫。

"那是我的房子，我想你没资格和我谈这个问题，既然你都有本事能让他有离婚的念头，那你可以再蛊惑他让他彻底也忘记那个地方"

听到苏紫这么说，吴燕燕的脸上明显的怔了怔但是很快地就缓了过来。

"我也只是找你商量而已，既然都过去了，何必还让他心存念想呢"

苏紫的双手交叉相握，紧紧地攥着，骨头似乎都有些生疼了。

枝枝慢慢难难舍舍暮暮思思朝朝念念苏紫突然想起了林越给自己的一条短

信满满的酸楚填满了心房。

是啊，既然两人都结束了，何必还要留下那些痕迹呢，不如全部毁掉，让所有的一切都从两个人的世界里蒸发掉，这样的话也许自己心里的那个刀口也会恢复的快些吧。

她把脸转向窗外，稍许的愣了愣，似乎在努力的平和自己的情绪。

"那我考虑考虑吧"苏紫的口气不再那么的犀利了，觉得这也算是给了她一个答复。

走出陌上流年的门口，苏紫觉得有点冷，不由得裹了裹大衣的领口，抬起头来，她忽然发现开始下雪了，小小的雪花慢悠悠的杨撒着下来多软多轻的雪花啊，在空中飘舞着，像一朵朵小小的白菊。

苏紫看着雪花正在发呆，邹大峰来接她的车就到了。

他今天带她来到了一个会所制的餐厅，已经有几个人先到了。

这顿饭局一共有四个男人，带苏紫却只有三个女人，那两个女人看起来年纪不大，却是风情万种，娇美可人，而且席间对邹大峰频频敬酒，苏紫这才后知后觉明白邹大峰今天是主客

看得出那两个女人一开始根本就没把自己放在眼里，所以苏紫自顾自的吃喝，对桌上的嬉笑调弄充耳不闻视若无睹。

但看到苏紫一直都是旁若无人的态度示人，这两个女人似乎又有些不悦，渐渐的将矛头指向了她。

"以前没见过这个姐姐，第一次见，小妹我敬你一杯"说完那个貌美如花的蓝衣女人仰头把一杯白酒全喝了下去。

苏紫皱了皱眉头，看情形这女人酒量估计不小，于是心里有些发怵但是这种场合自己怎么也不能认输啊，于是她端起杯子也全干了下去。

"看来姐姐也是个爽快的人，来——我也敬姐姐一杯"另一个红衣可人的女人也朝她发起了进攻。

苏紫笑笑，也很干脆的一口喝光。

几个人拍手叫好，然后一个个的开始轮着敬她。

"你们别闹了，她不能喝"邹大峰开始张口护她。

180

几杯白酒下肚，苏紫觉得开始兴奋了，脸上开始发热泛红谁找她喝她就和谁喝，邹大峰不时的扯她的衣角。

邹大峰的举止终于被人发现了，大家开始取笑起他来"既然邹先生这么心疼这个美女，那你替她喝也行啊"

于是那两个女人又开始冲着他来了，邹大峰爽快的一一接了过来。

"没事我自己能喝，不需要他替"苏紫的舌头有些大了，但还是一副逞强的气势。

看来大家很给邹大峰面子，不再找苏紫喝了，但是苏紫却主动找别人喝，不一会又喝了不少。

最后饭局散场后，一出了餐厅的门苏紫就哇啦哇啦的吐了。

邹大峰和司机忙不停的给她拿餐巾纸，递水。

"我给你丢人了吧？"苏紫呵呵地笑着问他。

邹大峰只是怜惜的看着她笑笑没有说话。

"我今天不开心——"苏紫靠在树上却还在傻傻的笑。

"怎么了？"邹大峰问她。

"你在乎我吗？"

"怎么突然这么问？"邹大峰一脸的不解。

"你在乎我你干嘛不给我买个戒指？"她还是在笑。

"我以为——我没想到这么快，呵呵"邹大峰脸上堆满了欣喜。

"我要戒指，而且要——钻石大大的那种"

"好，好——明天我就带你去买"他不迭的回答。

"那你知道戒指对女人意味着什么吗？"苏紫转为认真的态度问他。

"我知道，女人不会轻易向男人要戒指，男人也不会轻易送女人戒指的"

"男人买戒指给女人就说明他在心里承认对方是自己的爱人，承认自己爱这个女人是吗？"

"是这样的——"邹大峰老实的回答。

"那你知道你干嘛不给我买？"

"买买——明天我就去买给你行吗？"邹大峰去搀她，朝车的方向走过去。

坐到了车里，苏紫对邹大峰和老王说"我告诉你们一个我的秘密啊，"说着苏紫还是呵呵不停地笑。

"我喝多了就不停地笑，只要你们看到我不停地笑——就是我喝多了——"

说完这句，苏紫就靠在椅背上迷糊的睡了过去……

站在花园客厅的中央，环顾着这个房间的每个角落，苏紫觉得自己还是做不到风平浪静，心如止水。

从房间的整洁干净程度不难看出他的确来过。

看来他还不算是太冷血，这里—毕竟是一个女人让他肉体欢愉过的地方。

她拿出手机拨打了他的号码，这是分开后的第一次，估计也是最后一次了。

电话很快就接通了苏紫对着电话却不知道该怎么开口。

"喂—苏紫—是你吗？喂——说话啊"

181

"林越我在花园……"

"哦那我现在过去"林越的声音听起来有些急切。

"别过来了——我这就走了，"她赶紧阻止他。

听她这么说，电话那头沉默了下来。

"我就是想告诉你，这套房子我打算卖掉了，以后你就别过来了"

"苏紫—我们真的回不去了吗？"

"恩再也回不去了—"说到这儿，苏紫发现自己的喉头有些梗塞。

"我们的身边现在都各自有了新人，我现在已经不恨你了，真的，既然现在你那么在乎她，那就对她好一点，别像以前，每次吵架的时候不知道哄女人，别让女人总是一个人生闷气……"

"对不起苏紫—可是——我真的忘不了你"林越难受的闭上了眼睛。

"我也忘不了你……"苏紫的心忽地又软了下来"毕竟这么多年了，怎么可能说忘就能忘得掉呢，我们把对方当亲人吧，如果想起对方了，就把另一个人当亲人一样的想念吧"

"对不起，苏紫—对不起"

林越说完就听到对方把电话挂断了。

十年的感情就换来了一句对不起，对不起谁呢？

也许我最对不起的是我自己吧？苏紫这样安抚自己那颗还在隐隐作痛的心

182

记得在一本书里看过，所有的男女之间的爱情不过是一场盛大的演出，有的时间长些，有的时间短些，仅此而已，而现在只不过是我苏紫的一段感情结束了而已，也只是仅此而已……

第十二章

　　吴军的爸妈从老家来了，吴军开车把苏月的爸妈也从乡下接了回来，又忙着张罗着订了一个饭店让两家人聚在了一起。

　　两个老战友谈着谈着就说到了吴军和苏月的事上了。

　　"我看今年年底就把俩孩子的事办了吧"吴军的父亲对旁边的老战友说"我们两口子可早就盼着这一天了啊"

　　"是啊这俩孩子我们都是从小看到大的，我很多年前也就想结这门亲了"苏紫的父亲乐呵呵的说"不过绕了一圈这不还是到一块了，好啊好——"

　　"就是，你们老哥俩这么多年的交情了，到现在我们才能算真正的是地地道道的亲上加亲喽——"吴军的母亲微胖的脸上堆满了满意的笑容，不时拿眼神扫了扫吴军和苏月俩人。

　　"吴叔叔，谁让你们家吴军磨叽，要我说早就该把苏月娶走了，"苏紫在旁边帮腔怂恿着，引得吴军朝她瞪了瞪眼。

　　听她这么说，苏紫的母亲把矛头指向了她"你还说他，你比他们都大，那你呢？你什么时候才能成个家给我看看？"

　　没想到引火烧身，苏紫吐了吐舌头，不敢再多嘴了。

　　经常被大姨捉弄的炎炎看到姥姥吵人姨，呵呵的笑了起来。

　　"臭小子，你笑我？"苏紫拍了拍他的小脑袋"你的姓就要被改写了——"

"为什么？"孩子仰起小脸蛋不解地问。

"因为你军舅舅要和妈妈要结婚了，所以他以后就是你的新爸爸了呀"苏紫摇头晃脑的给他解释。

"那我以后就喊他舅爸爸好了"炎炎一脸认真的回答。

舅爸爸？旧爸爸？哈哈一桌人都被孩子逗笑了起来……

苏紫发现邹红这几天有些不太正常，好几次一个人在那自顾自的发呆，恹恹的一副失神样，有时候接到电话好像也有些神神秘秘的，苏紫本想关心问问的，但是怕又问了又觉得不妥，所以也就没张口，觉得也许女孩大了心事也就自然多了，估计和男孩之间的感情枝蔓罢了吧，于是笑笑，也就没开口问起她。

终于有一天，邹红忍不住到办公室找到了苏紫。

"苏紫姐——你——能帮我点忙吗？"

苏紫停下了手里的鼠标，将视线从电脑屏幕上移开来，"怎么了？你说——"

可能是因为很少张过这种嘴，所以邹红的脸上有些很不太好意思，耳根好像也跟着红了红"你—能借我点钱吗？"

借钱？苏紫有点不太相信自己的听觉，在她看来，邹红应该不是缺钱的主，所以苏紫不免有些担心了起来"怎么了？是不是碰到了什么事了？"

184

"没事——我一个朋友急需用点钱，所以我帮朋友转一把而已"说话的时候邹红的眼神躲避着苏紫的视线，这让苏紫的心又更加的隐隐的不安了起来。

"真的只是帮朋友吗？"苏紫再一次想让对方印证自己的话。

"真的——我很好的朋友"邹红肯定了自己的口吻。

苏紫看了看她，心里还是不太放心。"你要多少？"

邹红似乎犹豫了一会，"恩——先借我五万吧？"

苏紫笑了笑"好的——给我个你的账号我网上银行转给你"

听到了苏紫的应允，邹红脸上闪过一丝怅然，但是很快的又消失了。

"谢谢你苏紫姐，谢谢——我这就把账号给你——"说着邹红立刻转身向门的方向走去，不过很快的她又定住了身子，接着把头又折了回来。

"苏紫姐——你答应我这件事不告诉我哥行吗？"

听到她的话苏紫愣了愣"好的——我答应你，不告诉他"

看到苏紫答应了，邹红才放心的又把身子折了回去，离开了房间……

现在的邹大峰也陪苏紫时不时的去乡下看她的父母，苏紫应允了的，所以邹大峰更加卖力的施展他的殷勤功夫。

"来看我们就好了——不要每次都带这么多东西，我们什么都不缺——"苏紫的母亲对邹大峰是实在的喜欢，总也看不够似的，每次都会变着花样的展现自己厨艺，希望这个邹大峰每次都能吃好喝好。

苏紫的母亲偷偷的问过女儿"你们什么时候办啊？邹大峰的家里有没有给你提过？"

苏紫现在最怕母亲唠叨这个问题，以前是唠叨自己孤身一人，现在自己身边有男人了吧，又开始唠叨成家的事了唉——什么时候可以不用逼自己呢。

"妈——我们才认识多长时间啊，总得让我们先好好的相处着看吧，等苏月结婚了好不好？你们再来问我的问题"

"那苏月和吴军说什么时候结婚啊？"母亲果然把关切转到了小女儿的婚姻上了。

"这个你得问他俩，好像他们想把房子重新装修一番再办吧？"苏紫把知道的据实给母亲交代。

听苏紫这么说，老人立刻又埋怨起她来"那你催着他们快点装修吧，你这个做姐姐的也不替着上点心"

"我的亲妈哎——他们早晚会结婚的，你还担心吴军会跑吗？小吴军——他敢？"苏紫龇了龇牙，"我扒了他的皮，抽了他的筋——"

母亲被她逗乐了"就你能——管好你自己吧，还有那个邹大峰，快点结婚给我生个孩子，你都什么年纪了你？"

苏紫心头一紧，知道千篇一律的唠叨又开始冲自己了，于是赶紧打岔"咦？我爸和邹大峰去哪了？我去找找去——"

说完她煞有介事的走出屋子，佯装真的去找人了。

此时的苏父正带着邹大峰满庄的转悠，老人让邹大峰把苏紫的几个叔叔家的门都认认，并且临走的时候喊他们都去自己家吃饭，看得出老人心

185

情很好，于是邹大峰乐呵呵的一路陪同

碰到村里的人和自己打招呼，不管人家问没问起邹大峰，老人都会高兴的给他们介绍"邹大峰——苏紫的男朋友——"

农村人热情，大家几乎都替老爷子开心，当有人问起邹大峰什么时候办喜事，邹大峰总是频频点头"快了——快了——"

听到邹大峰这么回答众人，老人笑的都快合不上嘴了……

"我告诉你——这是最后一次，我希望你能把东西还给我……我真的没钱了，上次的钱我都是问朋友借的……你别太过分了……"

公司的走廊尽头，此时的邹红估计气得不轻，拿着电话的身子似乎也跟着微微的颤抖着。

苏紫离她不远就这样站在她的身后，电话里邹红的声音她听得很清楚。

等邹红挂了电话，看到身后的人，她呆住了"苏紫姐——"

"谁的电话？到底怎么回事？"苏紫的口气有一股威严的气势，她定定地看着面前的这个女孩

"我……"邹红一时间不知道该怎么给自己圆场了，所以口气有些吞吐。

"邹红——如果真的把我苏紫姐姐，我也希望—真的能帮到你"

"苏紫姐——我——我真的不敢告诉家里人，我现在真的不知道该怎么办了……"所完邹红的眼圈里有些亮亮的东西涌动着。

"别急慢慢说……"苏紫小心地哄劝着，怕自己的话语会再吓到她。

等邹红一五一十的将自己这段时间碰到的麻烦对苏紫说完后，苏紫先是惊愕，继而也跟着愤愤起来……

一个规模不大的小公司写字间里，突然来了几个人，看起来者绝不是什么善类。

"谁是刘小刚？我们老大想会会他——"说话的人一本正经的口气，脸上的刀疤显得很突兀，让在座的员工都跟着紧张了起来。

听到问话，虽然没有人回答，但是员工的视线都朝一个角落里看了过去，这几个人似乎明白了，朝那个方向的一个小伙子走了过去。

"走吧—如果不跟我们走的话，我们老大说在这儿谈更好——"一个光着脑袋而且浑身上下挂满了吊坠的年轻人直直的问他。

刘小刚头也没怎么抬，老实的跟着几个人走出了公司……

现代的人大多都选择乘坐电梯，几乎没有人走楼梯，所以这栋楼的楼梯就显得有些杂乱，几个人觉得这是个不错的谈判地点，二话不说先将这个刘小刚爆K了一顿，然后才有一个老大模样的人出来开口所谓的谈判。

"刘媛媛二十六岁，大润发的小会计，现在住建设路香樟小区6栋22号……"

刘小刚抬起头来，不顾得擦自己的嘴角还在流淌的血渍，眼睛里充满了恐慌"你们想怎么样？"

听到他的问话，几个人都哄笑了起来，"我们打听清楚了，你姐姐最疼你了，小子，如果我们找几个兄弟和你姐姐也刻一张光盘，你觉得这样是不是对我朋友邹红也公平点？"

"你们敢——谁也不能动她一跟汗毛"刘小刚像头小狮子恶狠狠的警示他们几个，但是由于底气不足，所以声音听起来不大。

他的话又让在场的几个人哄笑了起来，笑声那么的放肆和不在乎。

"小子——你爸妈我们也知道现在住哪儿，想出来混，你也悠着点，你敢对别人下黑手，那就别怪别人对你的手下的更黑更厉"

"既然你卑鄙，就别怕别人更下流，你他妈的就等着瞧吧"

"要不你小子就老实点，道行不深就别玩什么阴招数"其中一人说完这句警告又给了他一脚。

"别—我求你们别动我姐，别动我爸妈我什么都听你们的—"刘小刚开始求饶了。

"好——把你的光盘交出来，我们再商量你姐的事"那个光头开始提条件了。

"我没刻光盘，我吓唬邹红的，无非就是知道她家里有钱，想弄几个钱花花的"

话没说完，老大模样的人就朝头给了他一巴掌"弄点钱花花？快二十万了吧，你小子毛长齐吗就玩的不小啊"

"不会了，以后不会了——我就拍了几张照片，就是发给她的那几张，不过放心，照片上她的脸看不清楚，不会流传出去的就是流传出去了别人也看不出是谁……"刘小刚紧张的巴巴给几个人表明状况，希望他们能信自己的话，能放过自己的家人。

听他这么说，几个人相互看了看，似乎在考虑他话里的水分，而后那

187

个所谓的老大继续一副凶恶的面容威胁他"给你三天时间，把光盘交还给邹红，如果她说不追究了，我们就收手，要不然我们就会去找你姐了，你小子好自为之吧……"

看着几个人扬长而去的身影，刘小刚不顾自己的狼狈，哆嗦着找自己的手机，慌乱的开始拨号……

老大模样的男人钻进一辆车里，立刻一副嬉皮笑脸的样子对着车里等着自己的女人"搞定了，那小子说他吓唬邹红的，根本就没刻什么光盘，你放心吧，估计接下来他该联系邹红了"

苏紫给了他一个感激的笑脸"谢谢你，老同学"

"怎么谢啊？就嘴上说说啊？怎么也得给我来点实际的吧？"男人继续的玩笑着。

"切——这么多年的老同学了，不就麻烦你这一次啊，你还得瑟起来了啊"苏紫叱他。

"是啊—如果不是这事你能找我啊"

"是啊是啊，谁让我认识的人中就你一个混黑的呢，要不然我还真找不到你"

听苏紫这么说，那男人讪讪笑了"那现在总得意思意思单独请我吃顿饭吧？"

"吃饭可以——不过今天没时间，我今天有事，改天好好地请你——"苏紫笑着哄他，

"得—有你句话就行，那我等着了啊"

苏紫故作妩媚状的笑着送人，看着那男人拉开车门跨出了车里……

苏月和吴军的婚事终于被提上了日程。

苏紫开始张罗着帮苏月装修新房了，虽然吴军的房子面积大一些，但是苏月说自己的房子住习惯了，还是想在自己的房子里装修。

现在吴军对苏月几乎什么都依着她，所以这也不是什么问题了。

幸福好像是一股发酵剂，它感染着苏家的每一个人。

看着自己的妹妹第二次嫁为人妇，苏紫心底也衷心的为他们开心，一有时间就陪苏月满装饰城的选窗帘沙发什么的格外用心，乐此不疲。

和苏月正讨论着窗帘的颜色，突然手机响了，苏紫看到来电显示是邹红的号码。

"苏紫姐你现在说话方便吗"

"还行你说什么事？"

"他这几天天天求我，现在把钱也给我送回来了，我觉得他的话应该是真的，也许真的没有什么光盘吧？"

"我听同学说了，看样子应该真的没有"说着苏紫与苏月拉开了距离，她不想让苏月知道，毕竟这是邹红的私事。

"那你同学到底是怎么吓唬他的？"邹红对这个问题好像一直都有些好奇

苏紫笑了起来，"抓住每个人人性的一面，对他这种人我们也就是以恶对恶，以牙还牙而已……"

"谢谢你——姐——"邹红的感谢里包含着太多的东西，似乎与苏紫更亲密了起来。

"傻丫头，没事的，以后好好的交个男朋友，没有感情的刺激以后不要再碰了"

"恩——我听你的——拜拜"邹红听话的挂断了电话。

"怎么了？神神秘秘的？"苏月问她。

"没事，一个朋友的电话"说完苏紫又在纠结窗帘的颜色了"我觉得还是这个好点……"

苏月只是笑，反正她也好脾气，一切也乐得听苏紫的安排。

回去的路上，苏月接到了吴军的电话，还没说上几句话，苏月的脸就难看了起来

苏紫一边开车一边还不忘和妹妹打趣"怎么了？小吴军现在就敢欺负你了？"

苏月没有去理会她的话，却反过来命令起她来"快掉头去医院，吴军被送去医院了"

苏紫吃惊不小急忙问她"怎么回事？"

"不知道，电话是文清打过来的，工地上的什么东西突然掉了下来，砸住吴军了……"

等两人到了医院，看见吴军满脸都是血，躺在医护室上已经有医生在给他处理头上的伤口了。

"怎么样？医生？"苏紫拉着旁边的医生紧张地问道，苏月在一旁吓的几乎是六神无主了。

"病人现在很清醒，伤口不深，我们现在正在给他缝合和止血，一会

189

你们带他去做个脑部的检查"

"好—好知道了"苏紫不迭的回答着，不过听说人还是清醒的，所以心里也就松了口气。

头上虽然封了五针，不过吴军的精神看起来还好，有关脑部的检查也都查了一遍，也没什么大事，大家这才都把心放了下来。

忙完了这一切，天也很晚了，留下苏月在病房里看守着吴军，苏紫出去给他们俩去买点吃的，又坐了一会，确定吴军没什么事了，才放心的离开。

吴军的伤势不大，留院观察了两天所以就可以出院了。

虽然吴军的受伤只是虚惊了一场，可是吴军却发现了苏月对自己的态度变了，很明显的在疏远自己，一开始他也没放在心上，不过后来慢慢发现情况真的不对了。

吴军终于忍不住了，他想和苏月认真的聊聊，可是苏月总是吞吞吐吐，往往话里总是使人不明所以，没办法他只好给自己搬救兵找上了苏紫。

苏紫对自己的妹妹可没那么好脾气，一上来就直接质问了起来"你到底怎么回事？吴军哪里又惹到你了？"

苏月在心里对苏紫毕竟还是有些怯几分的，她扭捏了一会，欲言又止，最后还是狠心的说道"其实我是为了吴军好，我觉得这个婚还是不要结了"

190

"不结婚了？"苏紫忽然脸色一变，真以为是自己听错了"苏月——你开什么玩笑？"

苏月朝窗边走了几步，停下了脚步，低下了头"我是认真的"

"为什么？"

"我……"苏月又开始想犹豫了，但是明白终究是躲过不了苏紫这一关的，所以也就豁出去了"我的命不好，我怕会害了他，"

这都什么呀，苏紫还是觉得有些不明白，她摇摇头，等着苏月继续说下去。

"庭轩那么年轻就走了，现在吴军也是霉运连连……"说着苏月把头低的更深了"吴军前些头受伤了，我找人给我算了一卦，都是我的命不好，我可能……克人……"

苏紫微微张了张嘴，这种事情苏月竟然也能想得出来是哪个八卦先生给算的，苏紫真想现在就去踢了他的馆子"这都什么年代了你现在怎么信这个？"

"原来我也不太信，不过最近吴军总是出事，我才开始有点……所以我才去找人算了一下"

"吴军总出事？最近还怎么了？"

苏越把头转了过来，诺诺的说道"上个星期吴军的车差点翻了，幸亏人没事要不然……"想到车受损的状况，现在她还心有余悸。

"怪不得这几天没见吴军开车——"

苏月郑重的看了苏紫几秒"总之这个婚我觉得还是不结了的好，我真的不想吴军有事"

"别瞎想苏月——"苏紫现在真不知道应该劝她，她知道苏月的性格，虽然平时没什么主意，但是一旦认定的事情她是一根筋。

"就是现在我不知道该怎么给爸妈和吴叔叔他们说—"苏月的脸上的确是满脸的愁容……

邹大峰看着苏紫的一副心不在焉的样子，忍不住关切的问她"怎么了？碰到什么棘手事了？"

"唉——"苏紫边拉过保险带给自己扣上，边开始给邹大峰描述下午和苏月的谈话内容。

"啊——苏月现在信这个？"邹大峰忍不住摇头笑了，他扭头看向苏紫"那现在你打算你怎么办？"

苏紫把眼睛闭上懒懒地说了一句"不知道——还没想好——"

191

过了没多会，邹大峰忽然笑了起来"要我说这事也不难，你也别愁了，这件事我来给你搞定"

"怎么弄？"苏紫来了精神，扭着头直勾勾的看着他。

邹大峰开始不正经起来了一手握着方向盘，另一个手直向自己苏紫的那半边脸"来来——来一个再告诉你"

苏紫没怎么犹豫，大方的朝他的脸上用力的亲了一口，然后与他拉开了一定的距离，继续追问道"什么好办法？"

当听完邹大峰想到的主意，苏紫一扫刚才脸上的愁容，但是很快的又有些担心了起来"可我们去哪里找级别高深的大师啊？"

"所以我说这事交给我了呀？"邹大峰再一次毛遂自荐"我的圈子里找这种人不是小毛毛雨的啦"

苏紫被他的话逗的咯咯笑个不停，半天才止住了笑。

"谢谢你，大峰——"这话是苏紫由衷的感言。

"和我客气什么呀？苏月她不也是我……"说到这里，邹大峰顿了顿，看了苏紫一眼，发现苏紫也在看他，于是补上一句"我小姨子"

"去你的——"苏紫笑骂了他一句，故意扭过头不去理他了。

"我说错了吗？不管我们现在结没结婚，你现在不就是我的女人嘛？"

苏紫白了他一眼，咬着嘴唇忍着笑将脸又别了过去……

魏文果然是说到做到，洛城他现在的确是经常光临。

一开始魏文来洛城，方媛会拉上纪晨和夏菲几个相陪，但是没两次后，几个女人都借故各有其事，不再露面了，其实大家都心照不宣，不管方媛怎么恶言作骂，她们都笑着不加理会了。

一开始方媛也陪魏文在洛城转转，毕竟主客位置现在颠倒过来了，客从远方来，怎么说也要尽些地主之意的。

渐渐的，明白了魏文每次的到来好像都是冲自己而来的，方媛经常能收到鲜花和一些小礼物，单位不大，所以现在早已是众所皆知了，虽然是没有署名，但是方媛清楚这个招摇的神人是谁。

如果说鲜花只能算是普通的话，那么那些礼物看起来倒都是别出心裁和新奇，引得女同事羡慕嫉妒眼红的发晕。

"你没事做吗？天天都这么无所事事？"有一次方媛忍不住直讥他。

没想到魏文竟然会这么回答她"我觉得我现在做的就是正事"魏文的口气是一本的正经。

方媛有时候也懒得理他，鲜花她随手拿去送人，现在单位的女同事每人几乎都桌上一束，至于小礼物她自己都好好的保留着，看的出来不仅新奇而且价格上也不算低档，如果也随便送给他人，实在是有点可惜了。

今天魏文来到了方媛的单位门口等人，衣着和相貌都这么出色和英俊的男人，早就使单位先出来的几个年轻女孩垂涎的眼珠通红了。

方媛对靴子一直都情有独钟，今天脚上的短靴是亮金色的，与她今天穿的浅咖啡色的小猎装相衬映，的确是醒目而又靓丽出众

人群中魏文总是觉得一眼就能认出她来，见到方媛走出了单位的大门，魏文笑着迎了上来"嗨——方美女！"

"媛媛姐——明星帅哥耶，可以介绍我们认识吗？"有人羡慕的和她小声商量。

"是啊，是啊他太帅了，能和他合个影吗？"更有一女孩花痴般的请求。

方媛笑了笑，忽然眼里闪过几丝狡黠"好啊—今天这帅哥是共享的，晚上大家都一起好了"她的大方应允立刻引得几个女孩心花怒放起来。

魏文不明所以，只看到今天的方媛似乎心情很好，等走到了几个女人面前停驻了脚步"下班想去哪里？"

"怎么？今天又想跟我混？"方媛挑了挑眉毛，看着他笑。

"当然——香港你可以跟我混洛城我当然是跟着你混了，"他笑起来一直都那么好看，迷人的脸上一脸的真诚。

"好啊——吃饭，K歌，今晚所有的项目消费都是你的"方媛冲他提出了条件。

"好的，很荣幸——"魏文乐得全盘接受。

"那走吧，先带你吃好吃的——"方媛迈步向前，几个女孩簇拥着魏文随后跟上，魏文这才明白原来今天的约会不是他和方媛两人的，虽然有些无奈，但是却又奈何不了。

玫瑰小屋的菜肴一如既往的美味，因为方媛经常光顾，所以老板招呼的很是热情，给他们几个安排了一个僻静的雅间。

几个女孩有嗲气的，有故作斯文淑女状的，但是看得出来都对魏文很热情，献媚指数颇高，花丛簇拥般的场景魏文可能不是第一次经历，所以他坦然若之，从容而对，方媛更是视而不见，不理会魏文时不时瞟向自己的视线，一本正经的点菜。

席间魏文是唯一的男人，所以他为博众女开怀，讲了很多好笑的段子，不管可不可乐，几个女孩都笑得花枝乱颤，这顿晚餐的氛围大家似乎都乐在其中。

中间方媛出去了一趟，好大一会才回到房间，只见她回来后脸色有些不爽，魏文讲笑话的心情也跟着有些不够专心了。

"方媛—方媛——你出来"

"先生——你别这样，请不要影响我们做生意"

"方媛——有本身你出来——"门口有人继续喧哗着，虽然老板劝慰制止着，不过看来成效似乎不大。

　　房间里的人都听见了，大家的视线都朝方媛看了过去，方媛不说话，好像这事和自己没有一点关系，仍然若无其事的不停筷子。

　　门外的人似乎还不想消停，继续在那里嚷着"方媛你不是有种吗？这时候装什么乌龟啊，有本事你出来啊？'

　　那人的话似乎激到了方媛，她的眉头厌烦的皱了皱，不过还是按捺住自己的情绪，仍然不想去理会。

　　突然他们雅间的房门被推开了，一个带有酒气的男人站在门口，看上去这个男人喝了不少，脸色通红，看清楚了房间里的人，他毫不客气的走了进来。

　　"果然在这里啊——"

　　当男人看到了在座的魏文，脸上掠过了几丝不爽"原来还有帅哥啊，怪不得刚才懒得理我"

　　房间里那几个女孩子好像明白是怎么回事，她们几个低着头都没有吱声。

　　魏文看了看那个男人，又把视线转向了方媛，还没等魏文站起身来，只见方媛突然先起立了"何伟——你到底想怎么样？"

　　"我想怎么样？我怎么你了？"那男人反过来问，并且向前又近了几步"是你太没人情味了吧，太绝情了吧，我表弟的事你怎么就不能给帮忙办了，好歹我们也一张床上睡了那么多年吧……"

　　方媛终于忍不住了，不等对方把话说完，她就厉声反击了起来"何伟，你还讲不讲理？你表弟的事我问了，的确是不行，你还能让我怎么样？"

　　"这么多年我还不知道你的能力？你压根就不想给帮这个忙吧"何伟一副不依不饶的口气，态度固拧的的确很不讲理。

　　"认识你这么多年了，你们家还有你们家亲戚大大小小的事我帮忙办了多少？我到人家面前靠着家里的这点面子到处欠的都是人情，虽然现在我们离婚了，但是我给你们何家帮忙也都看在他们平时待我不错，我曾经和他们亲戚一场，至于现在你表弟的事我真的已经尽力了，实在不行我能有什么办法？"

　　"我不信，尽没尽力你心里清楚，怎么了？嫁给我你亏了是吗？当初是你非要不顾家里反对死皮赖脸要跟我结婚的，那时候——怎么就不嫌我家境平庸了？"

死皮赖脸这几个字方媛听的很清楚，她没有犹豫，很快的上去给了何伟一个响亮的耳光。

何伟挨了耳光，一下子有些懵，可能他没想到方媛会出手这么快，不过很快的，他一把抓过方媛，把她拽到了自己的面前。

情况发生的很快，在座的几个女孩有些惊慌，有胆小的竟然唏嘘了起来魏文反应的也很快，他上去也一把拉过方媛

不等何伟扬起手，魏文上去纂住了他的手腕，目光愤愤的看着他。

"放开她——"

"你是谁？这是我们之间的事,你少在这儿逞英雄"何伟的目光不避闪，定定的与他对持着。

"你只是她的前夫，而我——"魏文看了一眼方媛，又继续说了下去"现在她的正牌男友是我，有什么你冲我来，我不可能眼睁睁的看着你欺负我的女人——"

魏文不示弱的也将我的女人那几个字咬的很重，一时间房间里的人都安静了下来，方媛怔住了，然后转头看了看魏文，觉得他那个时候不仅英气逼人而且特别的男人，好像是从那一刻起，方媛才改变了对魏文的偏见以至于以后对魏文的态度也正色了不少。

听他这么一说，何伟的气焰似乎一下子被削弱了很多，定了定神，何伟松开了抓住方媛的手"这么快就勾搭上了别的男人，女人都他妈的够淫贱的——"

195

话刚说完，魏文就重重地给了他一拳，也许刚才这一拳早就忍了有一会了，现在终于替方媛又出了一口气。

何伟真的喝多了，没有任何防备，他立刻跌倒在了地方，本能的他想爬起来还击，但是方媛的话使他立刻丧失了战斗力。

"够了何伟——你还嫌不够丢人吗？"方媛站在那里，修长的身形此时显得有些高高在上。

"以后你不要在你的亲戚和朋友面前吹嘘你的个人能力了年轻的时候激情蒙蔽了我的心智，我爱我所爱，不理会任何人的偏见容忍了你所有的自私和虚荣，我们都很清楚因为我们家的影响你才有了你现在的职务虽然我们之间有过一段真挚的感情，但是我现在不欠你的"说到这里方媛的内心似乎有些波动。

十年

　　"你以后别再搅动我的生活了好不好，我希望——我们以后生活里不要再有任何的交集了……"

　　一口气说了这么多，方媛心里似乎舒畅了很多，她走回到座位拿起了自己的包。

　　"我们的感情早就完了，别再变本加厉的摧毁你在我心里仅有的那点形象了，希望我们给对方还留一点好的回忆吧——"

　　说完，方媛走出房间的门，魏文没有犹豫，很快的也追了出去，房间里何伟颓唐的坐在地上，还有就是那几个呆若木鸡般的几个女孩……

　　方媛的步子很快，街灯下她一脸的僵硬，没有任何的表情。

　　好像走了很久，方媛可能走累了，她停驻了，魏文一直和她都保留着一段距离，所以他也跟着她站住了。

　　"你还要跟我多久"

　　"你打算走多久我就陪你多久——"

　　街灯将两个人的影子拉的很长，风拨动着方媛的头发，她皎洁的脸庞看起来异常的冰冷。

　　方媛慢慢的转过身子，于是两人对立着"如果不把我这个猎物拿下，你是不是就不会收手？"

　　听方媛这么说，魏文愣了愣"我不是猎人，没把你当成过猎物——"

196

　　方媛笑了——"我不想和你玩猫和老鼠的游戏我方媛现在也不是让任何人玩弄与股掌之上的女人"

　　"我承认以前猎艳的游戏我玩过，方媛——但是对于你——我没有"

　　对他的说词方媛似乎懒得去深究话里的真假，只是懒散的说了一句"我累了，请我喝酒吧——"

　　酒吧里有些暗，还不到午夜，所以这时候酒吧里还算清静。

　　要到了啤酒，两人喝了起来，没多久，他们的桌上就有了好多的空瓶子。

　　"魏文——现在的社会，你觉得还有真正的爱情吗？就是有—我觉得也掺杂着虚荣，利用，占有等等很多的因素，我曾经掏心掏肺全力以赴的爱着刚才那个男人，可现在呢？你觉得他爱我吗？"说到这里方媛顿了顿，仰头又喝了一大口下去。

　　"为了家里的反对，我和家人对抗了八年，可是真的在一起了，我才发现那个人其实更爱他自己，他以为得到了我，是他非凡的个人魅力，以为娶到了我，是他在这个城市立足攀爬的绳索"

听起来方媛的口气有些幽怨，魏文不说话，他静静地听方媛自顾自的诉叨。

"结婚后我才发现，他自私贪婪，而且特别有心机，任何人的一句话他都能揣摩半天，而最让我不能接受的是——嫁给他后，他以为我就是他的私人专属了，我不能和别的男人接触，下班就要回家，不能和朋友在外面玩的太晚，我的电话和短信他也经常翻看，理由是他在乎我，太——爱我了"

说到这里，方媛自我解嘲的笑了起来"这是爱吗？对于我来说这是让我喘不过气的枷锁"

"这还不算，他在我父母面前很会殷勤，其实我感觉他恨我的家人，我的家人曾经那么反对他和我的婚姻，但是——他太会装了，一副不计前嫌的卖力的讨好他们，为什么你知道吗？"方媛扬着眉毛问魏文。

魏文对着她摇摇头，等着她继续说下去。

"他想要职务和权势，而我的家庭背景和社会关系可以满足他，终于——他都慢慢得到了——"

"终于看清了他，我越来越鄙视自己，你说我以前怎么看不到这些呢，是我以前太傻让激情蒙蔽了眼，还是他太会伪装了呢，这个问题我后来反复的追问过自己，但是我不敢对任何人说—包括纪晨苏紫他们"说着方媛又狠狠地喝了几口。

197

"人是你自己选的，纵是再悔恨当初，那时候也是欲哭无泪吧"魏文好看的眼睛直视着她似乎真的明白她的心结

"是啊——可怜的自尊——"方媛拿起瓶子与他碰了碰，两人很痛快的喝了几口。

"我没脸对任何人说，当初的确是我要死要活的非要选择和他在一起的，所以婚姻里的冷暖只有我自知了……"

说完方媛又赌气似的喝了起来，魏文陪着她，两人又一起开喝了起来。

终于方媛喝多了，言语也有些不清了，笑的也开始暧昧起来。

"魏文　你真的很帅，如果我没　经历过感情，可能我可以考—虑和你游戏一场的，但是我现在一点都没有玩玩的心情？"

十年

"我不想你只是玩玩"魏文一脸的正色"我已经开始正式追你了，认真的那种——"

忽然音乐旋律变了，酒吧的夜生活的开始嗨了起来。

可能是被氛围感染到了，方媛的心也有点激动"哈哈哈哈——"方媛笑的声音很大"你知道体育广场在哪吗？你背我走五圈，不——十圈——我可以考虑考虑——"

这个条件似乎没让魏文有所犹豫，他点点头，拉着方媛朝门口走去……

幸亏很晚了，体育广场上几乎没有人了，才不至于让方媛太囧。

洛城没人认识魏文，所以他到无所谓，只是后来方媛后悔了求他放自己下来，但是魏文仍然一贯的坚持居然真的走了十圈才放下她。

放下媛媛后，魏文毫不顾及身上的名牌，一下子瘫倒在了地上，大口地喘着粗气，好一会才能说出话来：

"方媛……同志，我希……望你说话……算话，正式接受……我的追求……"

方媛看他现在的模样有些替他担心，先摇摇头后来就很快的点了点头，算是应允了吧。

看到方媛的动作，魏文笑了，继而往后一倒，四肢八大的仰面躺在地上，过了一会才拿出手机拨了一个号码"姓邹的——快来接我——"

十圈哪，后来方媛板着手指算了算，竟然有 10 公里路，都什么年纪了，还会那么疯张，后来方媛想起来仍然会觉得自己当时怎么会那样的荒唐。

第十三章

苏月突然接到了邹大峰的电话感到有些意外，当听到要让自己去他办公室的时候，更是一脸的百思不得其解。

但是后来电话里说是因为吴军的事才找她过去的，所以苏月也就跟着紧张了起来"吴军怎么了"

"电话里也说不清楚，你还是来一趟吧，我这儿有个人你过来见见"说完邹大峰就把电话挂了。

邹大峰的办公室很宽大，甚至给人有些奢华气派的感觉，苏月紧张的看了过去，

果然发现办公室里除了邹大峰还有一个人。

这个人五十多岁的样子，竟然身穿一身黑衣长袍，更奇怪的是那个人手里还拿着一把金色的折扇，煞有介事的摇摆着。

"来—来—苏月—我给你介绍一下"邹大峰站起身来，指着那位长袍男人给苏月介绍起来"这位是香港来的黄丘峰黄大师，这位是苏月女士"

苏月对长袍男人礼貌的笑了笑，对方朝她也额首点了点头。

待招呼两人都落了座，邹大峰这才微笑的又开了口"苏月—这次我一个朋友请黄大师来给他看宅子的，我听你姐说你最近对命数很感兴趣，所以我刚才打电话让你姐问了吴军的生辰八字"说到这里，邹大峰脸上笑的

好像很开心"吴军这小子的命不错的啊"

听他这么说，苏月这才明白邹大峰让他来的目的，反到有些不好意思了，她低着头表情有些局促。

邹大峰冲黄大师笑笑，黄大师会意，这才慢里斯条地开了口"这位吴先生属牛，从八字上看，七月十五寅时，属于乾金命，也是八字最硬的一种了"

"可是他最近怎么总是不顺呢？"苏月最关心的问题是这方面的。

听苏月这么说，大师皱了一下眉头开始拿起手指掐了几掐，稍停了片刻"苏女士的生辰几时？"

"五月初十午时"

大师听了立刻又掐了起来，只次掐算时间好像比刚才久了一些，苏月不免有了些紧张。

大师放下手，"苏女士是火命，和吴先生的确可以说是有些相克的"

苏月的眼神立刻暗了下来，低头不语。

大师看到她失望的样子，开始宽慰她"不过不用担心，可以破解的"

"怎么破？"苏月不由得朝前欠了欠身子，追问的口气也显得急切了些。

"火熔金易，金拒火难"

这时候邹大峰插了一句"大师，你就别卖关子了，有什么就说什么吧？"

大师笑，这才娓娓道来"吴先生是个能成大器的人物，很有主见和思想，只是在很多的事上很顺着苏女士吧？"

苏月没有回答，算是默认了吧。

"男人毕竟是阳，女人为阴，阴左右了阳的意愿所以吴先生有些磕绊也是很自然的事了"

苏月不说话，似乎明白了他的话，不好意思的低下了头，脸上有些微红。

"总的来说，苏女士和吴先生的婚姻无大碍的，有道是花无百日红，人无千日好，人生在世没有永远的一帆风顺，总会有遇晦气倒霉的时候，只要在有些事上注意点，一切事都是可以化解的"

"以后苏女士多顺着吴先生的意思，在言语上也少起争执便可"大师交代着，最后大师又让苏月靠近些，附在她耳边又交代了什么，只见苏月认真地点头，牢记在心……

"真没想到这都什么年代了，苏月还信这一套"苏紫一到这件事，总是在心里嗤笑自己的这个妹妹"那后来那大师又给苏月出了什么馊主意，我看她一副深信不疑的样子啊"

邹大峰故作玄虚"这个嘛，我就不告诉你了，总之我说到做到，把我答应你的事情办好了就行了"

"切——卖什么关子啊"苏紫白了他一眼"小心我也找大师给我算一卦去，也许我的命也不好，看看需要怎么才能破解"

邹大峰赶紧制止"好了好了，你学苏月也来那一套，我可受不了，绞尽脑汁的哄完她又要哄你"

听他这么说，苏紫咯咯的笑了起来"谁让你不满足我的好奇心，你当我是好打发的主啊"

"好—好我老实交代"邹大峰应承着，把那个大师给苏月出的破解的法子告诉了她。

苏紫听后笑得更厉害了"不是吧那吴军看来这一辈子都要穿红色的内裤了"

"恩——"邹大峰点头"老黄说这样的主意才比较好骗苏月，让迷信的人才能更容易相信"

"现在只要苏月信了,她的心结才能解开,那他们的婚事还能如期举行,这也是一个办法吧"

"是啊——所以说我的任务现在是完满的完成了"

苏紫主动的拉起他的手故意撒娇似的哆了哆"是啊——谢谢你啊"

"光嘴上谢啊，总的带点诚意吧"他揽过她，一脸认真的样子。

"那你想怎么样？"苏紫一脸的惘然。

邹大蜂拥着她往前走去"跟我走吧——现在看你的诚意去"

苏紫不明所以，只好随着他去了。

他把她带到一家珠宝店门口，苏紫这才明白他的心思，感情这次戒指的事是躲不过了，于是只好跟着他走进店里。

这家店算是洛城最大的一家了，款式很多，也很奢华，一进门营业员就热情备至的迎了上来"先生，你原来看的那几款我们都已经给你准备好了"

201

苏紫笑，没有说话，任由营业员忙前忙后殷勤十足。

店里还有一对顾客，女人撒娇发嗲让一同来的男人买自己想要的，也许是价格让那男人有些犹豫，女人似乎有些不高兴，在一旁任性扭捏。

这让苏紫又想到了自己以前和另一个人光顾这种地方的情景了，只是自己没有那么嗲，原来那男人也没这么大方。

"这几款是先生看过的，美女你看你比较喜欢哪个款式"一个甜美的声音打断了苏紫的回想，她把视线落在了面前的珠宝上。

每个珠宝都是戒指，而且看得出戒指上的每个钻石都不小，苏紫认真的端详了半天，也拿不定要哪个好。

"怎么了？都不喜欢？"邹大峰问她。

苏紫笑笑"钻石都太大了，买了估计我也不敢带"

"为什么？"

苏紫莞笑，口中吐出两个字"怕抢"

斟酌了半天，最后苏紫终于定下了一款，样式极为别致，近似镂空的指环上嗑着小小的几颗小钻，不张扬却又不失低调的奢华。

戒指的风格很像苏紫本人，邹大峰满意而又赞许的笑了……

因为现在陌上流年的老板是苏紫，一到这里她先在吧台安排些事务，所以她还没正式入场。

"好了——我们姐妹几个没有孤家寡人了，都幸福的像花一样了"这次的座谈会纪晨又是首先发言，几个女人都清楚说的是谁，所以大家都笑得心照不宣。

"苏紫现在是花儿，我还不一定呢，"方媛出来给自己澄清。

"为什么？"夏菲八卦的问她"多金又帅的让人流口水的男人你还不喜欢？切——你喜欢屌丝穷丑型的啊"

方媛白了她一眼，懒得和她贫嘴"总之我还没答应他呢，我们现在还在打赌阶段"

"打赌——"几个女人一起看向她不知道她又玩什么。

这个时候苏紫推门进来了，听到了打赌的词，茫然地问了一句"打什么赌？带我玩吗？"

方媛笑的坏坏的，"我和魏文打赌，赌他能让我爱上他"

"你玩什么呀？这种赌局你也想的出来？"纪晨拿眼白了她一眼。

202

"臭媛——别太拿架子了啊，差不多就得了"

"我们还不了解你？就你那性格，估计这次魏文得使出浑身解数来了"

"一部韩剧就要开播了，等着吧不知道这场戏的结果要让我们期待多久呢？"

听到朋友的奚落，方媛仍然一脸的坚持"风月场上滚爬了这么多年，这就要看他的本事了，反正他已经接受了挑战，我们现在已经进入了持战状态了"

"是啊女追男隔层纱，男追女隔重山——可怜的魏文，新的长征现在就在他眼前喽"夏菲摆出一副看好戏般的嘴脸。

"喜欢就是浅浅的爱，爱——就是浅浅的喜欢，媛媛，你别把条件定的那么苛刻了啊"苏紫笑着提醒她。

"不管他用什么方式追我，只要我主动去找他，就算他赢了"

"那他现在还天天送礼物送花那一套吗？"米娅欠身问到了这个问题。

"也让快递送，不过没以前那么频繁了"方媛老实的回答。

"改变战略措施了？欲擒故纵吗？"纪晨的反应一如既往的快速。

说到这里，方媛笑的更欢了"他现在用最老土的方法，你们猜是什么？"

几个人一时间有些面面相觑，过了一会苏紫才不确定的来了一句"不会是——写情书吧？"

"还是苏紫聪明，不愧是文采出众"方媛冲苏紫额首而赞。

"啊——不是吧这年代，亏他魏文能想得出来"

"是啊，魏文的方式太异于常人了，我看这次肯定能赢"

几个女人嬉笑着，好像都在替魏文说话，方媛懒得理她们的神经，拿起水果自顾自地吃着。

"你呢？这种方式你喜欢吗？"苏紫抢过她手里刚拿起的一片橙子，往自己的嘴里送去。

"还行吧——每天一个人临睡之前都要写封信给自己，告诉我他一天都做过什么都看到什么想些什么，好像又回到了我们年轻的时候，那时候没有电话，没有微信和QQ我觉得也蛮有意思的"

"我觉得挺浪漫的那你没有想回信的冲动吗？"苏紫继续问她，并且拿起一块水果递给她，算是刚才还她的。

方媛接了过去夸张似的对她说"想不想回都不能回——那我就算是缴枪弃械了，那么快就被他攻破了心底堡垒，我才不干呢？"

"什么人啊你——"夏菲推了她一把"我看你到底能坚持到什么时候？"

"死撑什么呀？这么难啃的骨头要是我，估计我可不愿花费这么长时间，有这时间不知道男人又可以泡多少小妹妹了"纪晨的话听起来有些吓唬方媛"啰里八嗦的像韩剧一样什么时候能看到结果啊"

"是啊——臭媛，个性要保持，但是帅哥真的不能轻易放弃，如果差不多就适可而止吧，别把美男给吓跑了"夏菲也跟着瞎起哄。

没想到一向好脾气的米娅这次居然会说的更绝"现在的美女那么多，时尚有性格气质的又不止你一个，如果半路又杀出一个你方媛这种类型的，人家速战速决，一把把魏文拿下了，到时候你连后悔药都没地方吃去——"

"你——你们——"看看这个，又看看那个，方媛对她的这几个死党密友真的是无语了。

"别生大家的气，大家也都是希望你好啊"苏紫过来安慰起来方媛来"臭媛我支持你，这次一定要擦亮你的眼睛，如果男人在乎你，历经千难他也会来到你的身边，如果立场不够坚定轻易就会对你放弃，那么这个男人不要也罢"

方媛终于找到一个支持者了，脸上又浮现出了小小的得意继而又夸张的拉过苏紫的手握了握"知我者苏紫也——"

苏紫很快的又加上了一句"不过，如果真的是好男人，我也希望这次你能抓住因为——我们都希望你能幸福"

苏紫的话让方媛的心里一热，感受到了朋友的真诚，她用力的点了点头。

后来魏文再来洛城，大多都是四人聚会了，邹大峰和苏紫，魏文和方媛。

慢慢的魏文来的次数越来越多。

不知不觉，苏紫能感觉到方媛的个性渐渐的柔性了许多，时间久了，对于在乎和呵护自己的人，女人心里的冰山在一点点的融化。

有一次趁着邹大峰和方媛离开的一会，就苏紫和魏文两个人的时候苏

204

紫忍不住问他"怎么想起写情书追媛媛的？"

魏文不好意思地笑了，不过他的回答苏紫相信。

"我以前混迹风月场的时候，什么招数都用过，虽然都能攻下女人的心，但是那都是在作秀，玩的都是虚假的浪漫，但是对于媛媛，既然我是认真的，所以我就用了心的去待她，直到有一天她一定能分辨出我的真心"

"真的是每天一封？"苏紫笑着问道。

"恩——一天都没敢偷懒"

"呵呵——那媛媛还没有主动回过你？"

"还没有——不过我有耐心等下去"魏文一副执著的口吻老实回答她，视线却投射在了由远而近的一个女人身上，小水洗牛仔衫，一条蓝色大花雪纺长裙，裙摆被风扬起，飘逸而又风姿卓越。

远处方媛过来了，两人打住了话题，仿佛苏紫和魏文没有过那段对白……

这让苏紫想起了张爱玲的《倾城之恋》，方媛何尝不像那篇文章里的女主角白流苏，聪明好强，冷静勇敢，一个自我而又骨子里充满了傲气的女人。

和白流苏一样方媛也是喜欢赌的，白流苏拿自己的优雅和娇艳与范柳原赌的是前途和命运，而方媛却是和自己赌的是一场感情，如果魏文让她爱不起来，她说她不会随便接受，如果没有爱，我要婚姻又有什么意义呢？

方媛的观点让苏紫暗暗的自叹不如，是啊如果不爱，又何必要婚姻呢？

后来张爱玲把《倾城之恋》的结尾写作是一座城市的沦陷成全了女人和男人的爱情，当一个都市毁灭了，人的生命游离在生死之间，大家才能真正看清自己的心，让感情才能真正的沉淀下来。

现代的岁月和平的年代，哪里会有战争呢，如何检验自己到底爱不爱另一个人，有多爱，这——的确是一个难题！

后来方媛曾问过苏紫一个问题"你现在相信爱情吗？"

苏紫不知道该怎么回答她。

无论富贵和贫穷，无论是娇艳还是平庸，女人始终把爱情永远放在第一位的如果没有爱情的女人应该是很黯淡的花。

205

十年

作为女人一生不停的渴望着爱情努力的甚至竭尽全力想得到爱情但是又有几个人得到过呢《深度苏醒》中的边南捷说：事实上——世界上百分之九十五的人都得不到爱情，爱情只是少数人在少数瞬间捡到的奢侈品，即使捡到了，也不可能把握住，而且大部份人的生活是和爱情无关的。

如果真的是那样冥冥之中又有几个人遇到过以及把握住了爱情呢？这世界上我们身边矫情太矫，滥情太滥，而调情的男女又太多了，但是放眼看去——每个人却都照样活着，也许活着的都是躯体，在世上空洞的摇摆着躯体罢了。

好男人不多，肯懂女人肯给女人爱情的男人更是可遇而不可求的，碰到了就应该好好的珍惜。

后来苏紫给了方媛一个答案，爱情应该不等于就是幸福，而幸福应该会因为爱情锦上添花的，只要活着——幸福就好。

吴燕燕现在有事没事常去林越的办公室，帮他收拾办公桌，帮他摆弄房间里的花草，看得出，她喜欢呆在他的办公室里，也可以说她喜欢和林越待在一起。

单位里有些八卦的女人开始说些不太好听的流言了，林越虽然没听到过，可是偶尔也能感觉到女同事异样的眼神，于是他想过和吴燕燕谈谈，让她注意点影响，可是最终他还是没有张口。

一是他不想和吴燕燕说话，二是他以为只要自己不做任何的动作的话，时间久了吴燕燕觉得无趣可能也就会放过自己，单位的流言也就会最终不了了之的。

林越有耐心，他觉得自己可以就这样耗下去。

可是吴燕燕年轻，最终存不住气的往往就是最先点火的那个人。

次日上班，吴燕燕拿了一份材料来找林越签字。

他审阅了一遍，看看没什么不妥地方，最后在需要审批人意见栏里签下了自己的名字，然后递还给了她。

吴燕燕接过来，可是却立在那醒，没有动，只是坚持的看着他。

"有事吗？"林越问她。

"我怀孕了——"

林越拿杯子的手明显的抖了一下，眼睛却不知道该往那里安放。

吴燕燕紧紧地抿了抿唇"我想生下来——"

时间过的真快，苏月和吴军的结婚日子就要临近了，邹大峰和苏紫商量送他们什么礼物。

"你干脆直接给钱得了，现在吴军和苏月什么都不缺了呀"

"给钱是给钱，总要送份礼物吧？你好好帮我想想送什么啊？"邹大峰安排苏紫。

"嗯—要是他们结婚早点呢，你还能送辆车，吴军刚买了一辆，现在我也知道送什么好了"苏紫说的也是真心话

"要不给苏月买一辆呢？"邹大峰提议。

苏紫一听立刻摆了摆手"就她那点胆？估计给她一辆她也不敢开"

"那怎么办？"

"回头我再想想，要不就直接问他们需要什么？实在不行就直接封个大大的红包得了，他们爱买什么就买什么好了"

"好——我听你安排——"邹大峰好好先生。

说着话，苏紫的公司到了。

临下车，邹大峰打开车窗提醒她"晚上带你去吃饭，傍晚我来接你"

"让我喝酒我就不去了"说完苏紫把车门彭的关上。

"只要你自己不要酒喝就好了……"邹大峰呵呵地笑着说她。

苏紫回头给了他一个嘴脸，然后径直的往公司的门口走了进去……

一踏进公司，苏紫就看到几个小年轻在嘀咕什么事"怎么了？都没活干啊？"

"不是的，我们的二老板苏月姐结婚，我们在商量给她买什么礼物？"文政笑呵呵的摸着脑袋给苏紫解释。

"送礼物不实惠，如果真有诚意，那就都封个厚点的红包吧"苏紫调侃几个年轻人一句，就转身进入了苏月的办公室。

"怎么了？快做新娘了，怎么还愁眉苦脸的？"苏紫看到她脸色有些不悦所以问她。

"昨天炎炎的奶奶给我打电话，她听说我要再婚，想和我商量把炎炎要回去"

"那怎么行？炎炎是他们张家的骨肉不假，但是身上也流着我们苏家的血液啊，我坚决不同意"苏紫提醒和警告她。

"炎炎奶奶也只是和我商量，我也不想啊，所以我在想怎么回绝老人

家合适"

　　"那我们就让爸妈和她谈，再加上炎炎肯定不想离开我们，所以我觉得炎炎奶奶想也是白想"

　　"恩那我回头给爸妈说说，让他们有时间坐到一起谈谈吧"苏月觉得这样也是最好的了，应该比自己和老人家谈更合适些。

　　苏紫把手放在了苏月的肩头，并重重地拍了几下"你放心——苏月，我们不会让炎炎离开你的，我也不舍得"

　　"恩——"苏月的脸上溢满了希望。

　　"哎苏月，你结婚有钱人邹大峰想送你辆车，怎么样？"

　　"不是吧，我可不敢开"

　　果然如她所料苏紫冲她撇了撇嘴"那还是让他直接给红包吧"

　　"那你和邹大峰打算什么时候办啊？爸妈私下里问过我几次了？"苏月开始反过来问她

　　"我们啊——明年吧"苏紫不打算和她说这个，于是快步走了出去……

第十四章

还没到元旦，气温竟然会这么的凉，但是对于苏家来说，到处充斥着喜气却感觉不到丝毫的寒意。

苏月的婚礼是这个星期六，这几天苏家就开始给亲戚朋友派送喜帖了。

以苏月的意思，她和吴军是二婚了，一切从简低调些就行了，但是苏紫坚持让苏月婚礼司仪婚宴婚纱照及蜜月旅行一样都不能少。

"我一定要让我妹妹再风风光光的嫁一次，所以你绝不能马虎，否则我可饶不了你"苏紫郑重其事的交代吴军。

但是周四那天苏紫却被洛城公安局刑侦科的人带走了罪名是——故意杀人。

这个消息不亚于是一颗炸弹，还没让家人和朋友反应过来，但是更让人吃惊的是苏紫对于杀人的罪行竟然会供认不讳。

苏紫的脸上看起来很疲倦，面对办案人员一次次反复追问的那些问题，她显得有些不耐烦。

"我说过几遍了，凶器被我扔到涡河里了"

"你杀吴燕燕的动机仅仅只是记恨她和你抢男人？"办案人员的表情严肃，一张张公事公办认真执法的脸。

"恩女人之间的嫉恨，我和她吵起来激动之下杀了她"

"你说是死者先勾引林越，致使你和林越才分手的？'

"是的所以我才恨她"

"你和她是因为什么吵起来的"

"她说她怀孕了，我给她钱让她去打掉，本来她答应了，没想到她又反悔了，"

"但是尸体解剖她没有怀孕"

苏紫的眼睛闪了一下，但是很快的又恢复了平常。

"那她骗了我"

"之前林越也到过现场，你知道吗？"

"不知道"……

而另一个审讯室里。

问："你和苏紫是因为死者吴燕燕的出现才导致分手的？"

"是——"林越这几天夜不成寐，很颓废的一张脸。

问：你和苏紫情人关系有多久了？"

林越被这么一问，脸上的表情似乎有些痛心"十年了——"

问话的和负责笔录的办案人员相互看了看，又不约而同的朝林越也多看了几眼。

问："案发之前你和吴燕燕争吵过吗？"

林："是的"

问："你们为什么问题争吵？"

林："她以怀孕的借口逼我离婚，我不同意，我那天又去找她谈，但是后来我们又吵了起来"

问："你不愿意离婚？"

林："是的"

问："但是尸体解剖吴燕燕没有怀孕"

林越和苏紫几乎是一样的神情，他喃喃地说"那她骗了我"……

邹大峰虽然给她请了最好的律师，但是苏紫仍然一口咬定人是自己杀的，所以这让律师无从下手，更也是无计可施，英雄无用武之地，那位律师只好对邹大峰抱歉的摇了摇头。

苏紫在关押期间情绪一直看起来都很平静，公安局局长栾飚去看过她，告诉她外面的一些消息，苏紫听到了只是哭。

"苏紫一米娅他们不相信你会杀人，她几乎天天催我派人再重新去调查，唉……"说到了这里，栾飚长长地叹了一口气。

"给我根烟吧"苏紫擦了擦脸上的眼泪，仰起脸问他。

栾飚赶紧掏出一根，并给她点上了。

"邹大峰也找过我，他情绪有些狂躁，他命令一样的要我再从新开始查，如果我不照他说的做，他说他要找上面的人来接手这个案子，再要不他说他会请私家侦探……"

听他这么说，苏紫的眼泪又落了下来"他还是那么霸道"

"苏月找我也不止一次，你的爸妈也找过我"想到老两口几乎要下跪的情形，栾飚说不下去了。

苏紫的泪更凶了，又开始抽泣了起来。

"这种案件最重要的证据是凶器，你一口咬定你扔到涡河里了，所以我们现在还没有找到，但是案子中很多的证据的确对你很不利，小区门口唯一的监控器里你身上有大面积的血迹，死者的家里也有很多你的指纹，还有就是你和死者的关系，……"

说到这儿，栾飚停了一下。

"但是苏紫——你那么肯定的全部揽承下来了，所以——我现在也……"说完这个刚毅的男人脸上堆满了黯然和无奈。

在关押期间除了被提去审讯，苏紫一直都很安静，关押她的房间很小，但是却不算太闷，房间的上方处有一个小小的窗口，她常常对着窗口发呆。

211

问世间情为何物？却让人生死相许——"这句词苏紫觉得太悲凄了，她喃喃地说"因为不忍，所以不让，这是我自己选择的，谁都不怪……"

临近苏月结婚的这几天，虽然家里洋溢着喜庆的气氛，但是苏紫的心里总感觉隐隐的有些不安。

"这几天总是莫名其妙的心慌能会有什么呢？现在都一切安好啊，"苏紫在给优优通话中对她说。

"会不会是身体不舒服？"优优提醒她"你和那个姓邹的在一起过，说不定是有情况了吧？"

"去你的，朝哪方面想呢你"苏紫笑骂她。

"那你就别胡思乱想了，估计这段时间你给苏月准备婚礼太劳累了，我还不了解你嘛——你这人做什么都太认真，生怕有什么疏漏，所以也可能是你些太紧张了"优优一边换鞋一边去拿包，手机几乎拿不住了。

"不和你说了，我赶时间，苏月的婚礼我一定要到的，我打算周五就过去，晚上咱俩再好好的唠唠"

"好的我等你，拜拜——"说完苏紫挂上了电话。

手机几乎是刚放下，又有电话打进来了，苏紫又拿了起来，显示井子的号码。

"姐——明天瑞景大酒店，别忘了，我爸让我打电话再通知你一遍""你和文清订婚吗？"

"是啊，明天中午，"

"什么叫再通知我一遍啊？你小子今天这不才告诉我？"苏紫又怪责他的木糊。

"呵呵我以为我告诉过你了呢，不过今天也不算晚，明天的事来得及，来得及"电话那边井子不迭的傻笑着。

"好的，我知道了，就这样吧，"

挂了电话后，其实苏紫心里是不太想去的。

那个人是文清的哥哥，他一定会到场的，现在苏紫想避开就尽量去避开，但是表舅和井子那里又怎么交代呢？

苏紫——最终还是去了，但是却让她的生活发生了翻天覆地的转变。

现在的订婚仪式几乎和婚礼差不多了，有司仪也有很多的宾朋到场。

众多的宾客之中他和她的眼神还是碰到了，林越瘦了，神情有些茶靡。

他们俩都属于亲友团的人，很自然的被安排到了一张桌子，视线总在磕磕碰碰中相撞，这估计是两人吃过的最别扭的一顿饭了。

文清的父母和其余别的直系亲人也都到场了，这些人是苏紫以前很渴望见到的，以前觉得甚至他们也都是的亲人，但是现在他们却都成了自己的亲戚，这种转变一时间让苏紫感到有些恍惚。

终于也见到徐丽了，作为一个老师，虽然姿色平平但是看起来是个很知书达理的一名女性，看着林越夫妇并肩坐着，苏紫在他们俩的对面有些坐立难安，这顿饭让她真的是食不知味。

既然遇见了那就坦然面对吧，分手也不一定非要到死不相往来，谁对不起谁现在又何必再去计较呢。总之都过去了。

不避让，不躲闪，该坦然就坦然，该面对就面对吧，就当什么都没有发生过多好。

于是苏紫决定不去太刻意的躲开他，所以两人饭局散场后一同闲步而行。

"你还好吗？"苏紫的口气像是在问候一个很久不见的老友。

"很不好——"林越没有隐瞒她。

"怎么了？"苏紫稍微放慢了步子。

"也没什么，就是有点烦"林越说着皱了皱眉头，以前林越碰到了事总是想和苏紫讲讲，但是现在……

听他这么说，苏紫故作轻松的笑了笑"我们俩现在如果做不了朋友，至少也是亲戚了吧如果碰到什么麻烦的话你也可以像以前一样和我随便聊聊"

看得出林越的犹豫，于是苏紫佯装快走了几步"随你怎么样吧，反正和我又没关系"

这些天林越一直都很苦闷，但是自己现在面临的问题又没人可诉，看到苏紫真的不高兴了，林越最终忍不住还是豁出去开了口"苏紫——吴燕燕怀孕了"

苏紫停住了脚步，在原地怔了怔，然后慢慢地把脸转过来"那你打算怎么办？"

林越低下了头"我当然不想让她生下来，但是她现在和我闹，想让我离婚"

"那你——想和她在一起吗？"苏紫问的很小声，但是心里却有些紧张。

"不想！"林越回答的很快"我只是喝多了和她在一起了两次而已"

林越说完后，一时间两人都沉默了。

过了一会，苏紫咬了咬嘴唇"徐丽没有对不起你，她和孩子仍然是你最大的责任，所以你不能离婚"

"恩如果和徐丽离婚了，我会要你但是绝不会要她"林越觉得这是他自己真实的想法，他的心一点也没有说谎。

苏紫又沉默了一会，然后徐徐的说到"要不我找那个吴燕燕谈谈吧？"

213

"你找她谈不太合适吧，她好像知道你——"

"她知道我现在和你没关系了，那我就以你亲戚的身份找她谈，大不了——我拉上文清"

一听到扯上文清，林越有些很不情愿"我不想让文清知道"

"好那我就一个人，"苏紫干脆地说"我就不信她能有多难缠"

吴燕燕租住的小区有些年头了，以前应该是一个单位的家属楼，但是后来大都置了新的房产渐渐都搬出去了，现在的这个小区里几乎都是外来的租住户。

苏紫运气还算不错，她找上门的时候吴燕燕正好在家。

"是你？"打开门后，吴燕燕看到是她脸上有些吃惊。

"想找你问点事"苏紫怕她不愿意和自己谈，所以她才随便找了个借口，总之先进了门再说。

租的房子面积不大，家具也就简单的几样，苏紫进来后随意打量了一番。

"坐吧——"吴燕燕不太热情，她清楚对方这次登门应该不会有什么好事。

"听说你怀孕了，"苏紫没有拐弯抹角，直奔主题。

吴燕燕一愣"他告诉你的？"

"恩——现在他和我是亲戚"

"你和他只是亲戚，但是他是现在我肚子里孩子的父亲"吴燕燕的口气也示弱。

"可是——他并不想离婚，这点你应该清楚吧"苏紫慢悠悠地说。

"那又怎么样？如果他不离婚他会很难看，我知道他是极度重视形象的人"

看来吴燕燕摸准了林越的软肋，但是听她这么说，苏紫在心里还是升起了怒火，但是却不能发作，她很清楚自己这次来的目的。

"其实燕燕你何必呢？"苏紫将口气软了下来"如果你真的在乎他，你就不应该再去为难他"

看到燕燕没有很快接话，于是苏紫接着说"我也了解他，他真的是不想离婚，他把家庭看得很重，以前我也就是知道他这一点，所以我从没和他提过这个问题"

"你是你，我是我，你有钱，你现在又找了个有钱人，我呢？我现在有什么啊？要人没人要钱没钱，寄住在这样的房子里，我什么都没有—"吴燕燕的口气有些自怨自怜而且还有些很不甘的样子。

听她这么说，苏紫的心里有些豁然了。

"你这么年轻，怎么可能碰不到你喜欢的男人呢？而他真的也不适合你，如果你愿意的话，我可以给你一笔钱，你好好考虑考虑好吗？"

苏紫的话显然让吴燕燕有些动摇了，于是苏紫接着说下去"其实你也别怪他，他家庭责任感太强，在有些事上有时候他是有些怯诺，毕竟人没有完美的，离开他吧，去找一个好男人"

"苏紫——你还爱他是吗？"吴燕燕忽然反问了她这么一句。

苏紫笑了笑"你也知道我现在有了新的生活，我现在虽然和他不可能再做情人了，但是他曾经是我生命中很重要的一个男人，所以——我只是不想他活的不开心罢了"

吴燕燕似乎在回味她的话，又好像在考虑些别的什么。

终于——她妥协了"好——给我五十万，一套房子的价钱，我离开他"

苏紫在心里长长的松了一口气，，"好——我答应你，"

和吴燕燕分开没多久，苏紫决定立刻就去银行，她怕吴燕燕年轻不定性，回头要是再变卦了事情可能就不好办了，于是决定立刻就去取钱交给她。

自己卡上的现金不够，她动用了邹大峰放她这儿的一张卡，把钱都转到了一张卡上去，立刻驱车又朝吴燕燕的住处赶去。

215

没想到了小区门口，他看到林越气色匆匆的从里面走了出来，看他的表情估计是和吴燕燕又吵起来了。

苏紫想喊他，但是后面的车不停地按喇叭催促着，所以她就只有放弃了。

找个停车位，刚把车停好，苏紫的手机响了，优优的电话。

"干嘛呢？"优优问她"半天才接电话"

"刚才停车呢，哎和你说个事——

"苏紫现在想和优优说说。"怎么了？又干什么坏事了？"

"没时间和你闲扯，和你说严肃的，我刚才去找过那个吴燕燕了"

"你找她干嘛？"优优在那边立刻就喊了起来。

"你别插话，听我说完"苏紫吼她，于是优优那边安静了。

十年

　　"吴燕燕怀孕了，她逼林越离婚，现在我和她谈好了，给她五十万，她同意打掉孩子离开林越"

　　"你有病——关你什么事啊？"优优听她说完忍不住骂她"现在你要弄清楚一件事——你和姓林的已经没关系了"

　　"我知道——但是林越不想离婚"

　　"他离不离婚管你屁事"优优忍不住骂了一句粗话"那以后林越再有别的女人你一直这样给他擦屁股啊"

　　被优优一顿斥责，苏紫不再说话了，任由对方数落自己。

　　因为关系铁，所以优优骂她骂的也不好听。

　　她咬了咬嘴唇，"但是我现在和她已经谈好了……"

　　"听我的，苏紫，你别多管闲事，这事现在和你真的没关系了"

　　"可是钱我现在都准备好了，我现在已经在那个女人的楼下了，既然已经说好了，这时候如果再出尔反尔，不好吧？"

　　"你——？我不管你了，你简直就是个彻头彻尾的神经病！疯子——"说完优优啪的挂上了电话。

　　看得出优优气得不轻，苏紫重重地叹了一口气，但是自己如果不管的话，林越现在能怎么办呢？

　　林越的话又在她耳边响起了"如果和徐丽离婚，我要你也绝不会要她，我要你也绝不会要她，……"

216

　　苏紫知道林越是个不会撒谎的男人，有时候他宁愿选择沉默不语也不会撒谎骗人，她相信他。

　　她一个人在车里又愣愣的发了一会呆，林越那张为难的脸又在她面前不停的晃动着，终于——她还是下了车，朝燕燕的住处走了过去。

　　天几乎黑透了，楼道里的灯因为时间久的缘故显得很灰暗。

　　但是燕燕的房门这次却是虚掩着的。

　　"燕燕——"苏紫喊了一声，但是没人回答，于是她小心的推开门走了进去。

　　小客厅里很静，好像家里真的没人"吴燕燕——"她又喊了一句，但是还是没有人应她。

　　苏紫有些犹豫的在客厅里站了站，然后她向卧室走去，轻轻的把门一推，立刻眼前的画面让她惊呆了——

　　她连忙过去，扶起倒在血泊中的燕燕，发现她已经没有了鼻息，苏紫慌了，突唐的一下子坐到了地上，立刻她米色的大衣上沾满了血迹。

　　她不知道现在该怎么办？打电话报警吗？还是现在……不知道，怎么办？给林越打电话？应该告诉林越，但是

　　苏紫的脑子很乱，但是也在飞快的旋转着，林越刚走，他们吵架了，他刚走刚走……

　　苏紫就这样呆呆地坐着，面对着一具尸体，她的脸上越来越苍白，如果不是因为她坐着的姿势，让任何人看来这个房间里应该是两具尸体……

　　无论栾飚再怎么绞尽脑汁的让这个案子使劲的往后拖，派人一而再再二三的努力再去找新的线索，但是案情始终没有出现新的转机，苏紫很坦然的等待着宣判结果。

　　由于职务上的便利，栾飚是见到苏紫最多的人了，他拿了份东西放到了苏紫的面前。

　　"这是邹大峰和我找人给你准备好的一份上诉书，你可以看一下，在上面签个字就行了"

　　见苏紫没有接话，栾飚继续给她解释"苏紫，你的一审判决明天就要下来了，我们必须在一审后的十天内将上诉请求送上去，否则将被视为放弃上诉，我国法律有一条重要的原则，叫做上诉不加刑，何况你的审判已经是最高刑了，谈不上加不加，苏紫——所以你不需要再有任何的顾虑了"

217

　　听他这么说，苏紫仿佛没什么感觉，仍然一副波澜不惊的神似。

　　看到苏紫懒懒的样子，于是栾飚将口气又加重了一些"苏紫——上诉至少可以为你争取一些时间，延缓你的生命，而且，万一……上诉成功了，二审改判的话，哪怕改判成死缓，那也就保全了你的生命，不管怎么说，生命才是最宝贵的，我们应该尽量挽留，好好珍惜是吧？"

　　苏紫没看那份已经推到了她面前的上诉书，也没有回答他的问话，她的眼睛低垂了，不知道她此时在想些什么。

　　好像思虑了很久，苏紫才慢慢地抬起头来"栾飚，如果我提出上诉的话，那么这个案子是不是要重新来调查，审讯什么的都要再来一遍？"

　　"是的，上诉说明你不服判决，所以很多的工作环节我们都要重新来过"

　　听他这么说，苏紫的眼里好像闪现过一种顾虑，但是很快的却又消失

了"那何必呢，浪费人力物力"

此时的苏紫真太固执了。

"我再给你说一遍"栾飚猛地站了起来似乎有些恼怒了，"至少可以给你争取时间，你也有可能被改判为死缓"

苏紫长长地叹了一口气，此时她抬头仰视的看了看他面前的这个男人"谢谢你——栾飚，反正人是我杀的，我还是不上诉了，让这件事——早点完结了吧"

"苏紫——"栾飚再也控制不住自己的情绪了，"你怎么可以这么自私？你的家人还有我们这些朋友的期待被就你一下子就这么给否决了"

"是的——我太自私了"苏紫喃喃的说着，眼里噙满了泪水……

苏紫的判决意向一出来，邹大峰就到了交通局，什么都没说上去就给了林越一拳。

邹大峰没有林越个头高，但是他在林越的面前些时像头愤怒的雄狮。

林越有些踉跄，险些没有站稳，但是很快的又挨上了第二拳，他没有还手，一直让对方一次次将拳头砸在自己的身上。

终于林越可能是忍不住了，他开始还击对方，这些天他内心也是积满了憋闷无处可发，于是两个男人扭打了起来……

终于——两个男人打累了，办公室里也弄的一片狼藉，两人各自坐倒在相隔不远的地上。

林越喘着粗气，他看了看揍自己的男人"对不起—我也爱她，我也很难受……"

"爱她？你配吗？如果不是因为你，她现在该是我的妻子了"

邹大峰此时也平静了很多，他狠狠看了一眼林越站起身来走了出去。

林越的办公室门口聚集了很多看热闹的人，邹大峰不顾他们异样的眼神和交头接耳的议论，大步走了出去……

像是一场瘟疫，使得苏紫原本的生活圈子里惊恐不小。

方媛终于卸下自己的偏执和防线，她主动去了香港，来到了魏文的面前。

对于她突如其来的到来，魏文先是惊喜，不过很快的他担心了起来，"怎么了媛媛？"

"我们都动用了所有的关系，但是都帮不了她，"方媛的声音很闷，神情很是低沉。

方媛嘴里的她是谁？魏文一头的雾水，不过看得出媛媛的伤心，他把她揽过来，小声地问"怎么了？慢慢说好吗？"

方媛这时候很乖巧的靠在魏文的怀里"苏紫杀人了你信吗？"

魏文惊愕住了，他板起方媛的身子"到底怎么回事？"

方媛一点点地把自己所知道的都告诉他，虽然听到审判都下来了，但是魏文也和所有人一样不愿意相信这是真的。

当真的赶到洛城，看到邹大峰一副颓废的模样，魏文不知道该怎么安慰自己的这个老朋友。

"真的没有别的办法了吗？'魏文问的一脸关切。

"能想的办法我都想了，可是苏紫她——"一想到苏紫的固执态度，邹大峰的眉头皱的更紧了。

"为什么一开始不想办法给她判个无期？"魏文提醒他，"慢慢地再减刑，这样的话——"

他的话没说完就被邹大峰打断了，"主要是她的态度，她的态度使得她的杀人动机性质不一样你明白吗？我们怎么可能没想过那种办法呢？可是她——"

说到这里，邹大峰面部表情很难看，狠狠的抽着烟，眼看烟蒂就要完了，似乎他都没有发现。

"我还没有放弃，我找了私人侦探，我希望还能找到一丝对她有利的线索，"邹大峰说这话的时候眼底似乎闪过一丝希望。

魏文重重地拍了拍他的肩膀，这种无声的支持可能算是男人之间的默契吧……

苏紫一共接见了三个人，第一个就是苏月。

苏月看到她，哭的很凶"姐—我现在还是不相信这是真的"

"终于喊我姐了，从小到大你都只是喊我的名字"苏紫强逼着想安慰她，但是还是忍不住眼泪流了出来。

实在忍不住了就干脆的也哭了出来"苏月，你和吴军快点结婚吧，爸妈以后都指望你们养老了，我再也不会怪他们偏心了"

"姐——爸妈是要——我们俩一起——奉养的，你怎么—能让我一个人……"苏月已经有些泣不成声了。

219

十年

听她这么说苏紫的眼泪更凶了"那你多辛苦了，我的公司和钱全都给你和吴军，你们替我照顾好他们"

"爸妈一下子老了很多，他们本以为我们姐妹俩都要结婚成家了，眼看着他们就可以全部安心了……"

"我对不起爸妈，你告诉他们，我对不起他们……对不起他们"苏紫捂住了嘴，压抑着不想让哭声流出来。

"我和爸妈商量了，等你把孩子生下来，我们来好好给你带大"

"邹大峰不知道会不会要这个孩子？"苏紫摸了摸小腹，脸上显出了一些光彩"如果他不要，就只有拜托你和吴军了"

"吴军的生意还好吧？"苏紫拿手掌抹了抹满脸的泪水。

"恩他现在按你的管理模式实施，邹大峰不时的也在帮他，所以工程公司一切都好好的"苏月也擦了擦脸。

"让吴军好好干，以后我们苏家就全指望他了，让他好好的代替我——"

"恩—邹大峰也常常去看爸妈，妈每次什么也不说只是拉着他的手不停的哭"

说到父母，姐妹俩的眼泪又下来了……

优优等着见苏紫早就急不可待了。

终于见到她了，优优的脸上早已是泪流满面。

"傻瓜，你是个神经病——"优优不停地骂她"我干嘛这辈子会认识你"

"那下辈子—我们——不要再——认识了"苏紫在她对面也哽咽着。

俩人相对哭了一场，慢慢的情绪才开始安定了下来。

"值得吗？苏紫——你觉得这样值吗？"优优还是不停的怪她。

"现在已经这样了，我现在真的认命了"苏紫的心境似乎真的安定了。

"如果那天我不挂电话，再坚持不让你再去她的住处就好了"优优一想起那天就自责不安，她已经在心里追悔莫及一千遍一万遍了。

苏紫摇摇头，"这也许就是我的命吧，你还记得我们俩年轻的时候去九华山，有一个游僧对我说的那些话吗？"

"恩但是记不清了，他说你有什么劫难"

苏紫给她又重述了一遍那僧人说的话"他说我会遇见一个男人，我们俩会有一段感情纠葛，我旺他，但是他却不旺我，因为他—我会遭受一次劫难"

说完苏紫叹了一口气，"也许这就是他口中所谓的那场劫难吧"

"你信吗？苏紫——你现在信这些吗？"优优不确定的小声问她。

苏紫轻轻地摇摇头，"当时我们都不信，但是我现在宁愿自己去信，这样我心里才能坦然接受现在发生的一切"

"那我明天就去九华山给你祈福"优优的眼里似乎闪过一丝曙光。

"优优你怎么比我还傻，没听过是福不是祸，是祸躲不过的吗？不管我们现在信不信，现在既然已经这样了，我只有受了"

"我们又没有做什么坏事？为什么要遭这种磨难呢？"优优的脸上堆满了不平

"就当上辈子我欠他的，这辈子——该我来还他了"

"唉——"优优还是为她不甘，"苏紫—你太傻了……凭什么？一个有妇之夫的男人能让你这样去为他？你就那么爱他吗？"

苏紫紧紧的咬着嘴唇，她没有回答优优。

不管两个人之间到底有没有真爱，这么多年当一个男人曾经日日夜夜的在脑子里翻腾过，无论做的可以多么决绝，可是—自己的心原来真的是放不下。

一行晶莹的泪水又顺着眼角流了出来，苏紫低下头，用手轻轻的擦去。

221

优优还是忍不住问了她"苏紫——邹大峰他现在？'

听优优提起邹大峰，愧疚爬上了她的脸"我还没见到他，我也不知道该对他怎么解释，总之——我负了他的情"

隔着探视窗口邹大峰坐在苏紫的对面，他的精神看起来很不好。

"大峰——"苏紫首先开了口"对不起——"

"如果说对不起能改变现在，那你就不停地说吧"邹大峰的脸很阴沉。

"对不起——"苏紫的声音唯诺着。

"苏紫——你一向都很有头脑，不是很聪明的吗？为什么要做这种傻事，你亲口告诉过我你要忘了他的，你干嘛还要管他的闲事！"邹大峰的口气显然是抑制不住的恼怒。

"大峰——别怪他，也别怪我好吗？现在既然都这样了，我认了，你重新再去找一个好女人，忘了我吧"苏紫泪眼摩挲。

"你让我忘我现在就能忘得掉吗？你是即将成为我妻子的女人，而且现在还是我孩子的母亲——"邹大峰的声音听起来有些不甘。

听他说起自己腹中孩子，苏紫仰起了满是泪水的脸，她和他小声的商量"这孩子——你会要吗？"

提到孩子邹大峰声音也温柔了下来"我当然会要，因为他是你和我的"

听他这么说，苏紫垂下了头，不再言语了。

"苏紫——我今年四十四了，你以为我这个年龄说爱就能随便再爱上一个女人吗？我已经认定了你是我的妻子，现在你让我怎么能说放就放得下你呢"

"可是我今生是没有福气做你的妻子了，大峰——如果有来生我一定会嫁给你"苏紫诚恳的承诺他。

"我已经决定了，我会想办法安排一场婚礼"说完他看了看四周"哪怕——在这里，我也要娶你"

"对不起大峰——如果有来生我会真的爱上你，好好的全心全意的守护你，我会做一个—很乖很乖的妻子……"苏紫这时候又开始哽咽了起来。

"如果真有下辈子我要你先认识我，我不会让任何人在我之前出现，"他坚定的说道"我要你这辈子一定要做一次新娘，我现在能给你的——也就这些了——"他的声音竟然也有些颤动。

"大峰——大峰——"苏紫喃喃的低喊着并且夹杂着哭泣声……

天气彻底的寒起来了，不过狱中可能是因为封闭严实的缘故，所以苏紫并没感到有多冷。

苏紫突然想写东西了，反正无事，何必再浪费这白白的时光呢，现在写作是苏紫最大的爱好，她想把自己的故事一点一点的记录下来。

她清楚自己的感情不会得到任何人的认可，可是现在也更不在乎别人的唾弃，但是生活的方式有很多种，而我苏紫的，只是异于常人而已。

有时候她写的累了，会慢慢地走到窗子旁边，看看外面的天空。

其实倒不是真的惧怕死亡，怕的只是离开自己的家人，亲人以及自己所拥有的这一切吧，每个离开这世界的人都不是最伤心的，最伤心的应该是最爱他的那些人，想像一下自己最爱的人突然离开了，再也见不到了，那种天昏地暗，悲痛欲绝的感觉像毒一样折磨着他们多久不说，他们擦干眼泪后必须还要好好的活着，但是身上的责任会更重了，活的更累了。

其实苏紫并不觉得自己伟大，更没觉得自己很傻，现在的自己孑然一身，而那个人，有家室，有责任，现在也算是身份有地位了吧，既然真爱过他，为他承担一些责任也许是应该的吧，至于自己这样做到底对不对？应不应该？想必现在已经没有任何意义了，就这样吧，人总要有离开这个世界的时候，就这样吧，就真的当自己上一世欠他的，这辈子来还他了，苏紫真的是这样宽慰自己。

开始写的时候她也会流泪，慢慢的，她觉得心里好受多了，事已至此，既然来到这世上已经真的爱过了，又何必带着怨恨和不甘离世呢。

我的生命只是枯萎的比别人早了些而已，只是自己走得太快，父母的养育之恩还没来得及报答，这些是我苏紫人生最大的遗憾了。

第十五章

洛城这边的事，徐丽还是知道了，毕竟这是一个不小的案子，更何况牵扯到了自己的丈夫。

徐丽问林越，林越不想再提，所以对她说的很简单，然后就一副懒得再开口的态度。

"你到底还有多少风流事瞒着我？"林越的态度使一向温雅的妻子终于忍不下去了。

徐丽抱着胳膊冷冷的立在门口，看着靠在床头上的丈夫"除了这两个你外面到底还有几个？"

林越闭上了眼睛，他这时候什么都不想说，更不想吵架。

"姓林的，我嫁给你这么多年，给你辛辛苦苦养大女儿，我一个人操持家里家外，你倒好在洛城每天都风流快活啊"

徐丽说着说着越发的觉得自己很委屈"来洛城这几年，你除了把每个月那点死工资给我，估计别的钱都养那些妖精了吧？如果不是现在出了这事，估计我永远都是蒙在鼓里的一个彻头彻尾的傻瓜"

说到这里徐丽的情绪越来越尖酸刻薄起来"现在你感动吗？一个女人为了你披荆斩棘的消除你仕途上一切障碍，甚至为了你去杀人？你难道没有自豪感吗？你现在是不是觉得自己特有男人魅力？"

见林越皱着眉头把脸别了过去，接着又把身子也转了过去，徐丽也跟着又转到了面朝他的位置。

"那女人为你生为你死的，犯贱能犯到这份上了，她杀人她活该，她被判死刑更活该……"

"够了——"林越听她这么说，忽地坐了起来，然后直视着妻子的眼睛"她处处维护你，处处为你着想，你怎么能这么说她？"

林越布满血丝的眼神看起来有些凶相，徐丽几乎从来有没见过，一时间她愣住了。

结婚这么多年了，他们夫妻很少吵架，即使吵架林越也几乎不怎么还嘴，直至徐丽唠叨一通后泄了气出来也就不了了之了，今天的林越为了在徐丽面前维护另一个女人冲她发火，这是第一次，突然之间，徐丽发现自己的丈夫很陌生。

"现在的确是我对不起你，可是现在事情既然成这样了，你觉得你委屈，如果你真的觉得不能原谅我，如果你愿意的话我们——可以离婚"

徐丽愣住了"我没听错吧，明明是你出轨，明明是你的不是，现在你倒有脸提出解散婚姻，你有什么资格？你凭什么？"

"徐丽——结婚这么多年，我知道你对我好，全心全意的为了这个家好，可是你始终不是我想要的爱人"

"我不是你想要的爱人，那你早干嘛去了，结婚这么多年了，孩子都这么大了，你现在才给我说这些，这么多年你一直把我当什么了？当生孩子过家家的玩具吗？"

"如果我说年轻的时候我们不懂爱情你信吗？那时候我们毕业了参加工作了，该恋爱了，我们就找个人恋爱，到结婚的年龄了我们就应该结婚，一切的过程都是按部就班，都是水到渠成，都是顺理成章，好像不那样，就仿佛是违反常理，就是异类"

说到这儿，林越用手抹了抹脸"我知道我说这些现在太荒唐了，我们经人介绍后，我知道你喜欢我，对我好，你比我大三岁，很多人都说女大三抱金砖，你端庄贤淑，会过日子，你是城里人，你家境好，你疼我，在当时我也实在找不出你有什么不好，于是我就为了结婚而结婚了"

"你什么意思？现在发现你才懂爱了是吗？你想告诉我你爱她，如果不出这件事，你想和她结婚是吗？"委屈和不甘的泪水几乎要夺眶而出，

225

十年

徐丽努力克制着，她想等丈夫给自己一个答案。

林越叹了一口气，看了看妻子，发现今天两人之间的谈话对于她来说的确是有点太过残忍了。

"我没有，夫妻这么久了，孩子也都这么大了，既然有没有爱都不重要了，你在我心里早就是一个无法割舍的亲人了，离婚是不可能的，我知道我的责任，我知道这个家抗在我的肩膀上，所以—我从来没想过和你离婚"

林越看妻子不再说话了，慢慢将自己的情绪平和下来。

"我和她在一起我承认对不起你，可是我也对不起她，她的思想不保守，婚姻和感情她一直都认为是两码事，她知道我没有离婚的念头，认识她这么多年，

她从来没要求我什么，甚至愿意一直就这样下去"

说到这儿，林越又颓然的坐回到了床边"既然我现在什么都跟你说了，那我也什么都给你交代清楚吧，至于那个死者，是她使的伎俩让我酒后犯混合她在一起了一次，没想到她后来纠缠不休，拿假怀孕来威胁我，是苏紫——她现在都已经开始谈婚论嫁了还想出手帮我，争执之下后来才误手杀了那个人……"

说到这儿，林越又重重地叹了一口气"她这样对我，可是我—却什么也没给过她，什么都没给过……"

后来徐丽又找了文清，文清把自己知道的一些告诉了她，因为知道的不多所以说的也并是太多。

"嫂子——你别怪苏紫姐，她是个很不错的人，何况现在—她都这样了……"说完文清的眼圈也有些微红。

后来徐丽什么也不说了，也许她心里似乎也明白了，在洛城住了几日就离开了。

走时只对林越说了一句话"我不想这个家散，要不你还是调回京阳吧"

林越其实这段时间也早就有了这个念头，现在的他真的没有勇气在洛城再待下去了。社会上认识他的人虽然不多，但是单位上上下下的人整天都对他指指点点的，他现在每天都几乎在度日如年，整夜整夜的睡不安稳，工作上现在也是一塌糊涂。

旁人再怎么议论可以都忽略不计，但是自己却日日时时自责难安，对

不起苏紫，一方面更加强烈的看不起自己，如果自己当初勇于拒绝，敢于去承受和担当，现在怎么可能是这种局面。

　　文清的订婚宴上是最后一次看到苏紫，估计也是今生最后一次见她了，他去找过苏月，他很想去看看苏紫，但是苏紫很坚持的拒绝了。

　　她让苏月转达他——让他好好活着，善待身边每一个爱他的人。

　　最后一次见到燕燕，也是案发的那天下午，林越记得那天他登门找她的时候，燕燕的态度才彻底让他惊醒过来。

　　"你也亲自上门了？"燕燕的口气有些嘲弄"刚走一个，又来一个看来我这小寒舍今天可真热闹啊"

　　"刚才谁找过你？"林越见她开了门于是走了进来。

　　"还有谁？你的老情人呗"

　　"哦——"林越没想到苏紫会行动这么快"那你现在还坚持要我离婚吗？"

　　"我如果还坚持你就会离婚吗？"燕燕直直的反过来问他。

　　"燕燕，我承认我不该招惹你，我的确对不起你，但是—我真的不能离婚"

　　"哼——"燕燕的脸上冷笑着"你的确是个吝啬的男人，什么也不能给我？"

　　林越听她这么说，不由得的低下了头，这种话苏紫也在生气的时候对她说过。

227

　　"燕燕我们这次好好的商量商量好吗？只要你这次放过我，你想要什么条件？我尽量都满足你——"

　　不等林越把话说完，燕燕就接过话来"我想要什么？我就想要你爱我，不离开我，你能做到吗？"

　　"我……"林越没法答应她，他没法骗她，更没法骗自己。

　　"从我见到你第一眼的时候我就喜欢上你了"燕燕慢慢的说到"你是俊雅出色的，你是高高在上的，我知道我在你眼里什么都算不上，你从没把我放在过眼里，我只是一个出身贫寒的普通女孩罢了，你对于我来说也只能是个奢望，我只能远远地看着你……"

　　林越被她说的愣住了，她的话如同画外音一般在耳边继续。

　　"但是没想到那次你喝多了，我才有机会接近你，其实第一次你并没碰我，是的，虽然我主动，以为你在酒后会经不住挑逗会让我如愿，可是你喝多了，我没有得逞"

　　燕燕说到这里看了看呆若木鸡的林越"第二天我骗你说我们有关系了，我就觉得你该以为我是你的女人，以为你该会注意我了，该把我放在眼里了吧，但是——以后的相处中你一直在刻意的躲避我，我当时有些不甘，可是我不愿意就此放开你，我想抓住你，我小心翼翼的讨好你，依顺你，我期待着总有一天你会被我感动，会好好的垂怜我"

　　"燕燕——我真的没法接受你，因为……"林越想说却又突然的住了口。

　　"因为那个叫苏紫的女人吧？"

　　林越听她说出这个名字感到有些吃惊。

　　一丝自嘲浮上了上她的嘴角"一次无意中我发现你心里原来早就有了别的女人，难怪你看不上我，我当时不仅不甘心更多的是嫉妒，我嫉妒那个叫苏紫的女人，只有你和她分开了我也许才有机会和你有可能，于是那次在西聊花园你的确没再碰我，但是我发现了那个房子是你和她的爱巢，所以我故意留了那张纸条，果然——如我所愿，那个自负而又高傲的苏紫愤怒了，她主动离开了你"

　　"原来你是故意的——"林越的脸上开始阴沉起来。

　　"是的，要不我怎么能得逞——"燕燕脸上的得意更浓了，可是很快的又暗了下来"虽然她和你分手了，但是你郁郁寡欢，我看得出你心里始终就不愿意忘记过去"

　　"你住院期间我跑前跑后的悉心照料，出院后你要请吃饭谢我，本来说好是新雅饭店的，但是路过另一家餐厅时，我看到了苏紫和一个男人有说有笑的朝里进，我想让你看到苏紫身边已经有了别的男人了，你和她再也不可能了，我想让你彻底对她死心，，所以——我拉着你也进去了"

　　听面前这个女人娓娓的说着，林越的脸色也越来越难看。

　　"再后来，我花了几个月工资给自己买了个戒指，去陌上流年找她谈，我要让她对你也彻底的死心"

　　"你——"林越的瞪了瞪她"她很在乎那个的"

　　燕燕笑了笑"我知道，那次餐厅回来后你喝多的时候说了，要不然我怎么会知道该怎么伤她？把一个女人的心蹂躏的太碎了她才会彻底的死心"

"吴燕燕——你的心机太重了"林越恼怒了，真的很想给她一个耳光。

燕燕得意的又笑了起来"人不为己，天诛地灭，如果我不这么做，我什么都得不到，一辈子只能老老实实在最底层安分守己的扮演一个灰不溜秋的小角色，我不要那种生活"

"可是你无论怎么做，我都不喜欢你，如果我真的离婚了我也绝不会和你结婚"林越的口气很坚定。

"我知道，我现在什么都明白了，我得不到你的人，但是你必须要从别的方面补偿我，"

"你想要什么？"林越不由得的纂了纂拳头，生怕自己控制不住自己的拳头。

"我要职务或者一个有油水的位置"燕燕一点也不客气，似乎谈判才正式开始。

"让我好好考虑考虑，看有没有合适的机会"他努力节制自己心头的怒火，可是现在的他却只能这样答复她。

"其实——我最想要的是你离婚娶我，何况我们现在都有孩子了，说不定是个男孩"她希望能拿男孩来再次让林越动摇，出身农村的男人一般都把儿子看得很重，这点燕燕很清楚。

自从那次她收过杨老板的钱，她的虚荣就在一点点的膨胀，而且更重要的是她想做局长夫人，那个称呼是她做梦都想要的，他知道林越还算年轻，说不定还会有更高的职务，如果那样的话她就什么都有了，自己爱的男人，权利和钱财。

"不可能——"林越拒绝的很快"你别做梦了"

"我和妻子离婚也绝轮不到你——"他斩钉截铁一字一句的说给她听。

"我就知道你从来没把我当回事，我小心翼翼唯唯诺诺，以至于后来的处心积虑，但是我所做的这一切都是因为我爱你"燕燕的语气尖锐了起来。

"你小小年纪就如此的阴险，你这种女人任何男人都只会躲你远远的"林越的确现在鄙视她到了极点。

"姓林的——既然你不仁，那就别怪我不义，我不会让你好过的"燕燕被他激怒了，声音也有些歇斯底里。

房间里的气氛有些紧张，林越真的很想打人，他攥紧拳头，但是最终还是战胜了自己的理智，最终——还是没有出手。

他狠狠的看了燕燕一眼，转身拉开门出去了。

林越的目光冰冷的有些吓人，燕燕的心一下子全部溃散了。

没走几步，林越听到了燕燕也许是因为没有得逞所以几近绝望的哭声，那声音让他更加的厌恶，于是加快了脚下离开的步子……

没想到年纪不大的燕燕会如此的卑劣和贪婪，想到这里林越又点燃了一支烟。

可是更让他不安和焦心的人是苏紫，苏紫的脾气还是那么的火烈，两个女人争执之下，苏紫才把对方给杀了吗？

苏紫——你这样做值吗？对燕燕这种人，值得吗？为了帮自己，现在搭上了自己的性命，苏紫值得吗？……

苏紫——你让我情以何堪？你为我如此的付出，我现在却什么都帮不了你，我估计要在自责和难安下度过余生了……

苏紫——苏紫—苏紫……林越在心里不停的叨念着这个名字……

有钱能使鬼推磨，邹大峰又做到了，关押期间，苏紫的伙食待遇很不错，她知道是有人在特别的关顾自己，但是她没有一点食欲，什么都吃不下，后来看到饭菜胃里就有翻江倒海的感觉。

她开始不停的呕吐，而且整日昏昏沉沉。

让我早点的解脱吧，反正——人早晚都要离开这个世界的，她在心里不停的对自己说。

可是——她不能这么快就能走，医生告诉她—她怀孕了

从医生嘴里得到了证实，苏紫怔了许久，继而狠狠的咬住了嘴唇，痛哭了起来……

苏紫的杀人动机邹家的人也听说了，而对于邹大峰仍然坚持要娶苏紫的这件事上，大家还是有些争议的，邹岩和邹丽持反对的，邹母没有表态，只有邹红支持大哥。

"谁年轻的时候都会犯些这样那样的错误苏紫姐有情有义，如果大哥真的爱她，我觉得她在有生之年能得到一场婚姻的认可，她这一辈子也算是完整了"

作为男人，邹岩可能更注重现实"一开始我就觉得苏紫是个不简单的女人既然和大哥在一起了，竟然还为了别的男人去杀人，她这么做实在是

太出格了，这对老大也太不公平了"

邹丽和二哥的想法有些相似"不管她人怎么样，但是毕竟她现在是个杀人犯，老大如果真的娶了她，在社会上恐怕我们邹家也不好听，我觉得如果不是她怀着我们邹家的孩子，大哥根本就没必要管她的事了"

这时候李倩也上来附和了一句"既然做了那么多年的小三，现在又行了凶，哪个男人娶了他都会让人看不起的"

"面子？"邹红看了看二嫂一眼"人活在世上几十年而已，面子固然重要，但是人心底的感觉最重要，既然是真爱，我觉得就不要在意人言可畏"

李倩知道这个小姑子一向都不喜欢自己，处处和自己顶撞，于是她的口气也不好听"那你觉得有她这样一个大嫂你觉得很光荣是吗？"

"最起码她独立，仗义，不像有些人整天无所事事，除了喝茶养狗不知道还会干什么？"

"你——"李倩的脸色猛地一变"我吃你的喝你的了，你这样的看不顺眼我"

"够了"邹岩厉声制止她们俩的斗嘴"都闭上嘴，不想吃都别吃了，"

邹母这时候终于开始发话了，她缓缓地看了看在座的几个孩子"当着你们大哥的面谁都别提起这件事，这是他个人的事，该怎么做，我想他应该早就打定了主意了"

231

"可是妈——你怎么想的呢？"邹岩和邹丽几乎同时问出了一样的话。

邹母摇摇了头放下了筷子"其实我也挺喜欢苏紫这孩子的，但是现在……唉"

听母亲这么说，餐桌上的人都不说话了，大家各自继续低头吃饭……

后来邹母问过儿子，邹大峰的回答很简单。

"我不管她以前做过什么，但是现在既然她有了我的孩子，我都要给她一个名分"

老人什么也没说，用手拍了拍儿子的肩膀，默默的转身走了。

"妈——"邹大峰对着母亲背影又开口了"苏紫和我在一起的时候就和那个人断了关系的，至于行凶这件事，我相信她只是为了顾念旧情想帮他，所以后来才失手——"

邹母慢慢的又把身子转了过来，面朝着儿子。

"妈——我真的不想失去她"

母亲走上去，拥住了儿子，心疼地拍着儿子的背，怜爱的安抚着他"我活了大半辈子了，现在什么都能看的开了，儿子——你相信她，我相信你——"

几个月过去了，狱中的苏紫渐渐的胖了，因为她的伙食是小厨房单供的，当然这一切又是邹大峰花钱操办的，苏紫明白，所以她每次都吃的不少，一是她需要力气写作，最重要的是为了腹中的孩子，

服刑期间的婚礼虽然邹大峰一再坚持，但是最终还是在苏紫坚持下取消了。

都说女人一生中如果不做一次新娘是最大的遗憾，遗憾是一种另类的美，那就让我带着这份异样的美离开吧，但是老天也没对我太残忍，我全心全意的爱过一个男人，也有一个男人真心的爱过我，至少又让我拥有过一个孩子，这些——对于我来说，已经足够了……

苏紫的写作思路很顺畅，她几乎不和任何人说话，除了吃喝睡觉就是不停地写。

唯一能让她开口的也就是她自己腹中的胎儿，有时候她会轻抚着小腹和自己说话，也只有那个时候她的脸上才会显出笑容。

"你知道我有多盼望你吗？但是你来到这个世界以后妈妈就要去另一个世界了，不过没关系啊，你有一个爸爸，一个小姨，还有一个小哥哥和军舅舅，你还有姥姥姥爷奶奶姑姑叔叔……会有很多人代替妈妈来疼你，你要听话，我在另一个世界能看到你的……

邹大峰知道后，坚持要给她配置了一台电脑，因为电脑是不联网的，只是普通的书写作用，所以狱中的领导也就再一次默许了。

苏紫始终不同意见自己的父母，她的母亲不止一次的骂她狠心骂她冷血，自己女儿最后一面都不让相见，他们的心里的痛楚是无法用言语来形容的。

苏紫知道，不是不想见，她是不敢，多少次梦见他们几乎哭到昏厥，她很怕见到老人时自己无法面对，无法开口，孩子的出现已经让自己的坚持几乎要溃散了，如果再见到自己的父母，可能自己真的会再也坚持不下去了。

六十多岁的父母了，父亲的血压高，母亲的心脏也不太好，万一见到

了自己激动之下有个什么三长两短的，苏紫不敢往下想下去了。

就这样吧，总之女儿很不孝很不孝，来生一定好好的听话，好好的奉养你们……

苏紫现在只见苏月和邹大峰。

每次探监的日子，苏月和邹大峰好像是商量好了的，这次是苏月，下次就是邹大峰。

"我把爸妈接来和我一起住了，他们俩替我接送炎炎，我专心的搞好公司的各项业务"

每次苏月都给她汇报一些家里和公司的事"邹红很懂事，也很用心的帮我搞好这个公司，她也很有能力，"

"苏月，如果你觉得干不来，那就把公司转给邹红吧"苏紫明白苏月的实力，怕她辛苦。

"我找她侧面谈过，但是她不同意，她说她是替你做的，你在不在了这个公司都是你的"苏月说到这里眼圈有些红了。

"这小丫头，怎么和我一样的固执"苏紫苦涩的笑了。

"陈艳还有米娅他们都找过我，他们很关心你在这里的情况"

"告诉他们我现在在这里挺好的，我现在在写书，书里面都有他们，就算那是我留给他们的礼物了"苏紫一脸的平静，已经看不出任何的喜悲了。

"那个林越也找过我好几次了"

苏月说着小心的看着苏紫的表情"他还是想见你一次"

苏紫沉默了好大一会才开口"你告诉他，今生我不会再见他了，来生也不想"

所有的人都替苏紫惋惜，为她不值，因为再过不久，等孩子生下来后，苏紫的审判就会被执行了，一个年轻的生命就这样迅速的凋零了。

米娅他们的座谈会现在也很少聚了，朋友们在一起无法扼制不去想她，曾经那么积极快乐的一个女子，就这样从他们的身边消失了，这让任何人都不能那么快的去适应和接受。

苏月对炎炎说大姨去了很远很远的一个地方，不会再回来了，但是孩子不信，嚷嚷着大姨怎么会不要我们呢，虽然她常常欺负我，但是我知道她疼我，每每这时苏月总是把脸别过去，她现在不敢在孩子和父母面前落泪，父母住的主卧里常常有哭声，她不能再惹父母悲切了。

233

十年

苏月现在对生与死有了更深的体味，虽然生于死在人间是一种很正常的轮回，但是现在她触及的不是普通的生老病死，那是一种戛然而止的痛失，是让亲人无法释怀的撕心裂肺般的悲厥。

苏紫终究是要走的，是会有离开亲人的那一天，但是苏月觉得自己却要背着这种悲泣活着，苏紫把她的那一份责任压在了自己的身上，虽然现在身边有了吴军，但是自己却仍然要背负苏紫留给自己的沉痛将生活继续下去……

吴军几乎不提苏紫，他现在在任何人眼里每天都形色匆匆，这个耿直刚毅的男人独自一人的时候脸色很是凝重，抽烟也是带着一副恨劲。

苏紫在他心里早就是一个亲人了，现在的情形是没有人能扭转过来的，失去苏紫，犹如痛失自己的一条手足，那种痛一钻心彻骨。

因为苏紫的原因，吴军现在不愿意看到文清，如果视线实在避不开就尽量把头转过去。

即使吴军什么都不说，文清心里似乎明白，没过多久，帮公司仔细打理好一切，这个女孩主动辞职了。

林越写了一份调离申请，现在只有在等上级的批复了。

林越一个人站在高高的涡河大坝岸边，风吹在脸上，他竟然不觉得的冷。

因为此时，他觉得没有什么能比自己的心更凉的了。

洛城——也许我从来就不该来，如果不是我—现在的苏紫应该是好好的，她的人生才不会被如此肆虐颠覆。

苏紫——今生我欠你的，这辈子我是无法还了。

如果真的有来生的话，希望爱真的会有来生……

暮色中林越的风衣被风肆意的扬起，身影显得那么的落寞和孤独。

邹大峰现在的话很少，他真的是背着所有人找了私家侦探，但是这么久了，没有给他带来一丝好的信息，他几乎要绝望了，一天一天的近乎狂躁……

现在的苏紫，面对死亡，竟然慢慢会有如释重负般的感觉。

就要走了，真的会有天堂或者地狱吗？而自己死后将被安置去哪里呢？自己这种满身泥沼的女子有资格去天堂吗？

还有一个问题让苏紫很在意——我在另一个世界真的能看到这里吗？我的亲人，我的孩子，真的看得到吗？

多么希望能看到啊，虽然触不到了，但是远远地看着也好啊。

孩子——你知道我多少想看着你长大吗？

想到这里，一行泪水溢出了眼眶，本来苏紫释然的心境，这时候又开始会酸楚了起来……

都说人生如戏，戏如人生，寒冬就要过去了，眼看着春天就要来了。

春天真好，万物吐绿，是个希望的季节。

没想到——苏紫的生命中却出人意料的也迎来了春天。

苏紫的案子竟然有了新的发现。

当邹大峰接到了栾飚的电话，他几乎愣住了，愣了半天才从身体的某个部位发出了狂喜的惊叹"凶手可能是死者的前男友"

邹大峰挂了电话后，几乎是一路在震撼和狂喜中飞车赶到栾飚的办公室。

邹大峰几乎是粗暴的推开了门，栾飚好像等他很久了，立刻就迎了上来。

"局里刚接到一个新的案件，一群小青年酒后闹事伤人，其中一个叫佟飞的疑犯致人重伤，现在还在医院抢救"

"说重点——"邹大峰不耐烦地打断他。

"后来带走几个酒吧里的在场人员录口供，其中有人说听见佟飞似乎虚张声势的恐吓过对方，叫喊着自己曾经杀过人，被伤的那一方也有人说听到了"

栾飚的语速越来越快，邹大峰的心也越来越紧张。

235

"在调查苏紫的案子中，我曾经调查过吴燕燕身边几乎所有的人，但是这个佟飞当时只是她的前男友，案发的时候他与吴燕燕已经很久没有联系了，所以当时才被我们忽略了，但是这个名字我们的办案人员还是有些印象的，既然他酒后张狂的喊着他杀过人，而且洛城的杀人事件最近并不多，所以我们的人就立刻与苏紫的案子再结合在一起，他现在嫌疑很大，已经被我们关押起来了"

"那现在呢？"邹大峰还是不耐烦的催促他

"那小子现在估计酒醒了，说话有些语无伦次，但是不再承认说过那样的话了"

"那现在怎么办？"邹大峰有些急切。

"现在我派人还在审，我们局里最好的心理学办案人员对他说他现在致人重伤，那人已经抢救无效，故意杀人的罪名他现在是摆脱不掉了，如果能攻下他最后的心底防线，那从心理角度上来说他应该会招的"

邹大峰这才发现自己手心里全是汗，现在看来只有等，他一定要等要这场审讯结束后才能让自己安定下来。

"你应该亲自去审"邹大峰定定地看着他，像是在指使又仿佛是在恳求。

听他这么说，栾飚转身出去了，他不怪邹大峰一贯命令人的态度，他能理解邹大峰现在的心情，更何况苏紫也是他夫妻俩的一个多年好友。

局长的办公室里，邹大峰一个人呆呆的坐在沙发上，这场等待对任何人来说应该都是一种漫长的折磨，他的面色有些紧张也有些凝重。

如果凶手真的是这个佟飞，那么——那苏紫肯定是知道在她之前林越去过吴燕燕家，所以她才一口咬定自己杀了人，她原来—只是想替林越承担罪行……

邹大峰仰起头深深地吸了一口气。

苏紫，你是如此重情重义的女子，原来你爱那个人竟然可以让你为了他舍弃性命……

他渐渐的回想自己和苏紫的认识，和苏紫的相处，和她在一起男女之间的亲密，有时候她是温柔的，有时候她是妖魅的，有时候她是爽朗的，有时候她也是干练的，而有时候她又是让人怜惜的……

现在的邹大峰的内心在剧烈的撕扯着，一方面他狠狠的嫉妒那个苏紫如此愿意飞蛾扑火般付出的男人，而一方面又强烈的怪责苏紫的痴傻，如果不是今天有了这一幕惊人的发现，那么—还有两个月苏紫就会这样白白的为他人而送了性命。

苏紫——你是个疯子……

不知道过了多久，栾飚终于回来了。

"的确是佟飞杀了吴燕燕"栾飚的脸从审讯室出来就焕发着光彩,说完，他直接走向办公桌，拿起电话拨给老婆米娅，他知道，米娅和她的几个朋友今夜是不会睡好了。

虽然夜有些深了，但是仿佛天似乎开始亮了

236

一个年轻的囚犯，穿着蓝白相间的囚衣，剃着板寸，一脸的怄样。

“那天中午我去一个朋友家玩，从中午喝酒一直到傍晚，晚上实在不想再喝了，我才从朋友家告辞离开，朋友家在四楼，我下楼的时候经过二楼，没想到听到一个女人的叫骂声，我当时感觉到那个声音很耳熟，于是我留意了一下，一个男人怒气冲冲的离开了，当时门是开着的，我看到了客厅里的一个女人气急败坏的样子，那个女人我认识，我的前女友——吴燕燕……”

于是佟飞就大模大样的走了进去，脸上却堆满了嘲弄和讽刺。

“呦——怎么了？你也被人甩了？”

吴燕燕抬眼看了看他，心里此时很烦，所以黑着脸不想理他。

被人冷落，佟飞却没有生气，坏笑着用脚把门踢上了，，然后走过去想揽燕燕的肩头，但是女方很快的闪开了，所以佟飞的手只好定格在半空中。

但是他仍然是一副嬉皮笑脸的表情“甩了就甩了吧，我还要你，我的怀抱一直为你敞开着的”

吴燕燕不喜欢他这个腔调，所以扭头厌恶地瞪了他一眼，慢慢的走到了餐桌旁的椅子上坐了下来。

“这么长时间不理我原来你勾搭上这个男人了，不过这男人看起来不小了呀，离婚了吗？还是你是他小三？”

吴燕燕终于开口悻了他一句“我的事不要你管”

听她这么说，佟飞觉得自己猜测的八九不离十了“做人家的小三有什么意思啊？我不是说过会娶你的吗？你怎么这么贱，喜欢做小？”

“关你什么事，我们早就分手了”吴燕燕瞪着他，一副不想和他继续下去的表情。

“贱货——”佟飞狠狠地骂了她一句“我养了你好几年，和我在一起你吃我的喝我的，你说甩我就甩了，这账我还没和你算呢”

第一次被女人甩让佟飞在朋友面前很没面子，一想起这事他就来气了“你搬了家以为我就找不到你了，今天你这不是又让我碰到上了？”

“佟飞我们完了，你就是打死找我也不会和你再在一起了”燕燕的态度很坚定。

“我怎么会打你呢？我想娶你，真的，那些小太妹都他妈的上不了正经场合，和你不能比，你是大学毕业，而且又有一份正式体面的工作，我妈说了找老婆就要你这样的"

佟飞不停的啰嗦下去，但是很快的就被燕燕打断了"绝对不可能，你也别做梦了"

为什么用你也别做梦了呢？佟飞没太在意，燕燕清楚，刚才林越就是这样一口拒绝自己的。

"我怎么配不上你？你不是喜欢钱吗？我爸妈就有钱，他们的钱不都是我的么"

"现在不是钱的问题，是你人品的问题，我们现在绝不可能"

"我人品怎么了？我觉得蛮好的"

"哼——"吴燕燕从鼻子哼了一声算是算是对他的嘲笑。

"哼什么哼，你觉得你有什么了不起，在我身子底下不一样也是一副骚货的浪样？"佟飞看到她那个态度，立刻用秽语来反击她。

"佟飞——"吴燕燕几乎有些咬牙切齿"你要是再这样，我对你不客气——"

"怎么不客气？你能吃了我？"佟飞仍然是一副典型的无赖状。

"你不要以为我不知道你的事，你老大雄哥的女人你都敢碰，你以为我不知道？你还恶心的和那女人玩 3P，如果雄哥知道了你觉得他会怎么对你？"燕燕一脸的鄙夷，想到那个她无意中看见的场景还是觉得恶心。

"你敢——"佟飞恶狠狠的警告她。

238

佟飞有些心虚了，他知道雄哥那个人，如果他知道了，肯定不会轻易饶了自己，估计会断了自己的根都说不定。

"如果你还这么对我不放，你看我敢不敢？"吴燕燕口气中也不示弱。

女人的话激怒了佟飞，他眼里有些冒火，桌上有一把切水果的尖刀，他想也没多想，就拿到了手里。

其实现在的人吃水果大都不用水果刀了，有专门的削皮器，但是这几天燕燕买了几个柚子，所以她才把切西瓜的刀找了出来，长长的刀用来切柚子很方便。

燕燕看到他拿在手里的刀，脸上闪过一丝惶恐，但是很快的又平和了下来。

如果要是在平时，燕燕是个很会洞察观色的女孩，她应该这个时候会闭上嘴了，但是今天她心情真的是糟糕透了，自己在乎的男人一点也不把自己放在眼里，笑自己白日做梦，自己有多在乎他他就一点也觉察不到吗？

而现在这个无赖的男人却在自己面前晃来晃去，粗言秽语，隔壁房间的那个年轻人又开始放舞曲了，和他说了好几次了，但是对方还是依然故我，所以她现在烦透了。

"你不敢——你没有种，每次打架你比谁跑的都快，你只会在那些小女孩面前耀武扬威，虚张声势罢了"燕燕说完站了起来，从鼻子里又哼了一声转身走进了卧室，懒得再和他说话。

看来她的话撩拨了佟飞那颗喜欢逞强好胜的心，真的是彻底的被对方激怒了，没怎么犹豫，他站起来跟着进去拿刀的手就冲对方捅了过去。

捅过第一刀，佟飞愣了，没想到自己竟然真的会捅一个女人。

虽然被捅了一刀，但是第一刀并不深，燕燕感觉到疼立刻就对他抓踢起来，虽然女人力气不大，而且又加上疼，但是燕燕有一脚竟然不偏不倚的踢到了对方的裆部，一时间换做佟飞也跟着剧烈的疼痛起来。

佟飞更加的气急败坏了，他又连着给了燕燕几刀，开始燕燕还喊了几声，但是几乎被隔壁年轻人放的舞曲掩盖了。

等到燕燕没有力气了，几乎是瘫软着倒在了地上，佟飞这才彻底的懵了，不过他反应倒是挺快，上衣外套有血，裤子上不多，所以他几乎颤抖着把自己的外套脱下来，又找了黑色的购物袋，连同那把刀都放到了袋子里，很快的离开了现场。

他没有走正门，他从小区后面低矮的围墙里翻了出去，他有打架逃跑的经验，所以这点难不倒他，再加上是傍晚了，天色有些灰暗，所以没有人注意到这一切……

当后来苏紫听邹大峰对她描述起真正的凶杀场景，苏紫先是震惊，继而缓缓地闭上了眼睛，等她再睁开眼的时候，两行泪水夺眶而出，决堤般的一发不可收拾了。

"知道他没有杀人，你现在是不是很欣慰？"

苏紫什么都没有说，只是哭，先是小声，继而声音越来越大。

仿佛把所有的委屈所有的怨以及所有的不甘都痛快的哭了出来。

不知道哭了多久，终于苏紫抬起泪流满面的那张脸又哭又笑了起来"大

239

峰——我现在可以陪孩子长大了，我终于可以做一个完整的母亲了"

这一天是个好天气，也是个好日子——立春。

来接苏紫的人不少，苏紫和她的朋友们一个个拥抱，但是都不能完整的和她紧密相拥了，因为苏紫的肚子现在已经很大了，她俨然一副幸福小母亲的模样。

来接她的人中，竟然意外的看到了一张让苏紫很吃惊的脸。

"雅然姐——你怎么会知道？"这真的太让苏紫感到意外了。

"听大峰说的，我们有联系"雅然一如往常的温柔舒雅。

她也抱了抱她，然后在苏紫耳边小声地说了一句"大峰是个好男人，我祝福你们"

回去的路上，老王的车一如既往的平稳，苏紫安静而又乖巧的靠在邹大峰的身上。

"雅然怎么会知道？"

"我北京有个官场上的表哥，她一直默默地跟了他很多年，他们感情很深，现在我表哥终于离婚了，于是她现在才有了正式的身份"

"哦——"苏紫明白了，于是喃喃地说了一句"那她终于修成正果了"

"听说媛媛和魏文正式牵手了，井子和文清也结婚了，大峰——这一切真好，好人都有好的归宿"看得出苏紫脸上的笑容是安详满足的。

"恩——现在你和孩子也都好好的，我也放心了"邹大峰说着却将脸别了过去……

第十六章

仿佛做了一场梦,现在终于都过去了,终于可以大口呼吸自由的空气了,苏紫这一觉几乎睡的前所未有的饱满香甜。

等自己醒来的时候,苏紫发现邹大峰不知道什么时候走了,她有些笨重的起身下了床,发现床头的柜子上有一封信。

苏紫隐隐的感觉到有些不安,她拿过来打开,一行刚劲有力的笔迹映入了视线……

苏紫:这些天我纠结了很久,看到你没事了,我真的很欣慰,但是你现在真的没事了,我却不知道该如何面对你。

怎么说呢,当知道案件真相的那一刻时,我的内心就开始动摇了。

苏紫请原谅我的自私,我不是什么圣人,这世界上没有人是完美的,而我也不例外。

我能忍受你忘不掉那个人,因为那么多年了说明你不是一个薄情的女人,你因为帮他过激误手行了凶,我也能接受,那说明你仗义的助人过了头而已。

可是——事情的真相却将我所有的信心一下子全部击垮了,当时你的态度是那么的执着,不容任何人质疑就一口揽下了行凶的罪名,你知道吗?你也敲醒了我,你让我猛地明白了,原来你有多么的在乎他,愿意以生命相许给他,而我呢? 我在你的心里根本无法和他相提并论,对于你也许我只是一个一厢情愿主动送上门的老男人而已吧。

现在你没事了，你为他的如此舍身他应该什么都明白，如果他现在选择和你在一起，估计你仍然会义无反顾的扑向他，，即使你不选择他，接受和我在一起，我在你的心里一直都会活在他的影子底下。

请原谅，我实在没有你想像的那么大方。

苏紫就当我懦弱吧，你对他的那段你生死相许的感情让我退却了，我想了很久，我真的不愿意活在那个人的阴影中，更不愿看到你貌离神合委屈自己的身心和我在一起，请允许我保留一点老男人的自尊。

做朋友吧，就像你说的——情人没有朋友来的久远！

——邹大峰

这封信苏紫看了几遍，她站到窗边摩挲着高高隆起的腹部，窗外已经是夕阳西下时分了，洒进来的余晖将房间里照的看起来极为暖洋，苏紫将脸慢慢的靠在玻璃上，轻轻的闭上了眼睛……

如苏紫所愿，她生下的孩子是个女儿，而且是在苏月的婚礼上，于是忙乱和喜庆夹杂在了一起，苏紫的父母几乎是喜极而泣。

初为人母，苏紫的日子仿佛被充实填的满满的，什么都顾不得去想，每天就是将时间挥霍在这个粉嘟嘟的孩子身上。

邹红经常来看孩子，给孩子不停的各种拍，她知道这是拿给邹家人看的，所以她不让自己在镜头里出现，那个人既然躲开了，估计不想看到自己，所以自己不需要出现在他的眼里最好。

邹家给苏紫请了月嫂，出了月子后，苏紫就把月嫂退了，她不喜欢一个不熟悉的人来自己的家里和自己分享孩子的生活。

炎炎给苏紫的孩子起名叫丫丫，他说自己的名字和妹妹名字发音差不多，这样说明是亲兄妹，听他这么说大家也都没什么异议，就这么叫上了。

听说酒厂没多久就被股份制了，邹大峰在这个城市现在很少露面，也许是很少联系的缘故吧，他的消息苏紫知道的不多。

苏紫的父母背地里让苏月去劝劝苏紫，希望苏紫能去找找邹大峰，他们在心里早就愿意接受邹大峰做女婿了，更希望苏紫能幸福。

"不用劝我，我现在有丫丫就够了"苏紫这样安抚父母，父母知道她的脾气，更何况对于这个几乎失而复得的女儿，于是便觉得什么都不再重要了。

途远创意和陌上流年现在的业绩都不错，因为有邹红尽心尽力的替苏紫打理着，苏月才放心地去给吴军的公司帮忙去了。

还好邹大峰没有因为苏紫的关系，对吴军的公司还是一如既往的眷顾着，就这点，苏紫觉得邹大峰很有分寸很绅士。

在女儿丫丫一周岁的时候，苏紫的书也正式出版了，书名叫《十年》，没想到在各大新华书店销售火热。

新华书店现在已经很多人都知道更名为新华传媒了，陈艳来看她和丫丫的时候告诉苏紫的。

至于让这本书是否出版，苏紫是有些犹豫的，没想到米娅方媛他们很快就打消了她的顾虑，鼓励并且强烈支持她再一次展现自己的才华和能力。

认识苏紫的人看了她的书，都几乎没有提及书里那个让苏紫愿意为他生死的那个人，唯独优优敢。

"你这一生估计都忘不了他吧？虽然我知道你很满足现在的生活"

听到优优问自己这个问题，苏紫没有回答，只是自顾自地唱了一句"往事不要再提——人生已多风雨——"

每个女人都渴望生命中有一段轰轰烈烈的感情，但是一旦经历了，走过了，那么一切的一切也都趋去了平淡。

现在苏紫的生活太平静了，静的让任何人都不想再去扰了她的安宁。

偶尔也听到关于邹大峰的一些消息，好像口味变了，都是一些极为年轻的如花女人在他的身边萦绕，苏紫听到了只是淡淡的笑笑，这一切和自己又有何干？生我的和我生的现在才是我感情的全部。

风轻云淡般的活着，这样比什么都好，苏紫的心里现在真的没有一丝的杂念。

就这样日子一天天的轻轻划过，没有任何的波澜。

因为丫丫的原因，苏紫和邹家还是偶尔有些往来的，邹家的人时不时的以要见孩子的借口让苏紫来家里，每每这个时候苏紫总是把孩子交给邹红，尽量让自己避免能不去邹家就尽量不去，她不想听到邹母说那些做不成儿媳做女儿的话。

每个月都会有一笔钱转进苏紫的账户上，苏紫清楚，那应该是给丫丫的，不过她没动过，用不着，所以没必要动。

十年

苏紫现在感觉她和邹大峰之间和陌生人没什么区别了。

母亲身体有病住院，苏紫和苏月轮流看护，丫丫小，公司事又多，所以一时间苏紫感到有些应付不来，邹大峰好像听邹红说了，于是来医院礼貌性的看了老人后，就要求把丫丫带走。

苏紫不肯，一直坚持自己顾得过来，不同意他带走丫丫，但是邹大峰的态度更是坚决，苏紫扭不过他，再不情愿也只好由他了，毕竟他是孩子的父亲，他有权利这么做的。

走时邹大峰让人往老人的住院账户上交了一笔钱，苏紫知道后给他发了一条短信：不需要我们有钱，我把钱还给你"

邹大峰回了一条，内容让苏紫觉得死灰般的绝望"我看在丫丫的面子上，是我对丫丫姥姥的心情，和你没任何关系"

是啊，我苏紫有什么资格让人家还对自己热忱如昨，感情和任何东西一样，都有保质期，过了时间，或者不理，再或者可以干脆的扔掉，永远都可以懒得再去看上一眼。

渐渐的苏紫开始喜欢上网了，先是玩游戏，下象棋，车马炮帅，每天晚上与别人厮杀上几盘将自己熬的困极了才能入睡。

一个叫安若的网友慢慢的成了她的游戏好友，再后来两人玩累了偶尔也聊上几句。

流年匆匆安然若世这名字挺好，苏紫礼貌的称赞对方。

垂钓坐磐石水清心亦闲你的清心也是好名字，对方也赞苏紫的网名。

我现在只是欲求清心寡欲而已，并无垂钓之心，苏紫回他。

欲有上钩人，如若出色有心之人，弃之可惜了啊对方发过来一条。

苏紫没有回复，转到别的房间继续车马大战。

你能接受一夜情吗？我很棒你有兴趣吗？对方这次更直白的又发过来一条。

看到对方发过来的话，苏紫不想理对方，于是关上电脑睡觉去了。

再后来上线游戏的时候，苏紫经常隐身，她不想说话，更不想去理那个安若的人。

大概半个月后，苏紫一上线发现安若给自己留言了，留言时间是凌晨两点多，内容居然很长。

"对不起也许我的随意调侃冒犯了你，我并不是一个猥琐之人，我现在每日游玩于网络，我只是不想让自己安静下来，我不想让自己再去想她，拼命的抑制，你知道想一个人的滋味吗？一年多了，我还是忘不掉她……"

原来这个安若和自己一样是个感情上的落魄者，苏紫的嘴角浮上了一丝苦笑，红尘之间，原来一个情字竟然如此了得，让人欲罢不能，煎熬难安。

苏紫觉得自己不是一个救世主，她帮不了任何人，于是继续和安若下棋，也算是对他曾经的冒犯算是一个释然吧。

其实苏紫也想给人留言，但是她没有，她只是有时候写私密日志。

八月二十五日晴

今天我和米娅带丫丫去餐厅吃饭见到邹大峰了，他看起来很好，看到丫丫，他把丫丫从我怀里抱过去了，血缘真的是一种很玄妙的东西，看得出来孩子很愿意跟他。

看着他笑呵呵的让丫丫喊她爸爸，与他同来的有几个人眼神就游移在了我的身上。

随他一同的有两个年轻的女人，她们看我看的时间真的有些久了，我笑着给她们自我介绍：我只是给邹总雇来带孩子的"

对于我的自我介绍，邹大峰似乎装听不见，但是我看得出，他的脸上有讽笑和得意。

最后是米娅从邹大峰的怀里把孩子抱了过来，拉着我走了。

知道米娅替我有些不平，但是我能怪得了谁呢？今天的我只是咎由自取罢了吧……

245

安若的年龄估计不大，重情忧郁型的大男孩吧，也许把苏紫当成了一个倾诉的树洞，他常常留言给苏紫，讲述自己的故事，这让苏紫想起了童话里关于那个长着驴耳朵国王的故事了，苏紫只是看，几乎从不回复。

每个人都有自己的故事，都有自己的纠结和放不下，无论人前再怎么的伪装，但是最终骗不了的还是自己的那颗心。

终于有一天，安若留了一条：谢谢你清心对你说了这么多，我觉得心里好多了。

苏紫当天也在日志里写到，我现在也好多了，伤在一点点愈合，心在一点点沉淀，终于会有那么一天，心如止水微风不动。

十年

邹大峰在乎孩子，两人之间很少电话，偶尔打过来电话苏紫知道他是想听听丫丫的声音，所以电话接通后，苏紫就逗孩子尽量让孩子多发出些声音，或者笑，或者让她咿呀。

邹大峰几乎从来不来苏紫这里看丫丫，有一次很晚了，他好像喝了不少的酒，苏紫睡眼蒙眬的给他开了门，苏紫的品味一向不低，，睡衣的款式性感而又极为女人，被黑色的薄衣包裹着，衣物里真空的身体线条凹凸有致。

邹大峰把目光别过去，然后掠过透明人苏紫，他径直走到了卧室去看熟睡中的孩子，他小心翼翼地吻着丫丫，怕任何一点大的动作惊扰到了这个天使般的小人儿。

苏紫不想打扰他，默默的走到了阳台，点燃一支烟，和往常一样欣赏宁静的夜空，或者看看楼下的街道。

太晚了，楼下除了邹大峰的车孤零零地停在那里，再无人迹了，小区里很静，街灯却还是很亮，自我炫耀般的挥着光，，孤独而又张扬。

"有丫丫了，你以后少在她面前抽烟"不知道什么时候邹大峰站到了她的身后，灰暗中他脸上好像没有什么表情，只是那双眼睛烁烁地闪着冰冷。

"我没有，我现在抽烟很少了，就是抽也都在阳台上了"苏紫老实的回答他，但是却不去看他的眼睛，他的眼神早就让苏紫很陌生了，所以苏紫何必要去让自己迎上去呢。

"你最好以后戒了"邹大峰霸气的命令口吻以前苏紫从未领教过，现在果然还是让人不太能接受。

苏紫没有说话，把烟头伸到烟灰缸里使劲的摁灭了。

她的动作好像激怒了邹大峰，这个男人一把抓过她的胳膊，粗暴的口气充斥着浓浓的酒味附在她的耳边"苏紫——你觉得你很了不起吗？"

他用的力气很大，苏紫感觉到了疼，她咬紧了牙关，又松开，但是她的脸上没有显出一丝的不适。

看到苏紫面无表情的这张脸，邹大峰狠狠的又说出了一句"苏紫——我希望你还不如真的死了，那样我心里就痛快了"

冰冷的话从他的口中说出来，竟然如一把利刃直戳心口，这还是那个成熟，包容优秀深情款款的那个邹大峰吗？苏紫的心犹如浸泡在冰窖中，不止是心凉，她觉得自己浑身上下以及每个毛孔都感到冷。

246

原来现在他那么的恨自己，恨之入骨且又如此的歹毒至极。

苏紫只感到心灰意冷"好——带大丫丫，我就去死"

邹大峰的眼里有一种很吓人的冷酷"你给我好好地带丫丫，要不然——我会亲手弄死你——"

苏紫一字一顿的回答"放心—我比任何人都爱她——"

邹大峰仿佛再找不出什么刁难的理由了，沉默开始在空气中静止，也在两个人之间游荡

两人离得那么近，呼吸和体温几乎都能让彼此互相感觉得到可是却又仿佛隔得那么的远。

忽然邹大峰上去开始撕扯她的衣服，动作粗鲁而又狠着力气，苏紫先是抵抗，但是当发现这一切是徒劳的时候，慢慢的停止了反抗，任凭他去恣意妄为。

"如果你觉得我欠你的，那你可以随时以这种方式来讨回去，我现在不介意你也把我当成一个不知廉耻的荡妇"

邹大峰放开了她，看着面前被自己几乎扒光了的女人，他冷冷的朝她的脸上又扫了几眼"他那点比我好？我不可能会输给他"说完他又近乎于咬牙切齿的冲她低吼"苏紫——你给我记住，我不会让你好过的，你会有来求的那一天的，你等着瞧吧——"

说完，邹大峰狠狠的转过身去，朝房间里走去，继而她听到入室门被带上的声音……

247

是的邹大峰在洛城的势力苏紫清楚，想打压自己，对他来说易如反掌。

创意公司后来果然有些部门来找麻烦，她心里清楚，摆平了这次，还不知道会有几次在后面等着自己呢，她现在没心情和任何人过招，于是苏紫很淡定，她把邹红喊到了自己的办公室。

'你现在历练的差不多了，我想把公司交给你，怎么样？'

"为什么苏紫姐？"邹红有些不明白苏紫的突然决定"我知道现在公司碰到点麻烦，不过不会有什么的，我让我哥找人问问，不会有什么大事的"

邹红不知道里面的弯绕"这个公司是你一手办起来的，很多客户也都给你关系很好的呀，你为什么会突然不想做了，"

"我累了，我只想好好带大丫丫，或者——找一个人嫁了"

一听到苏紫说到了嫁人的问题，邹红有点急了"你打算结婚？那丫丫怎么办？"

苏紫笑了"放心我会好好带丫丫的，丫丫现在是我的命——"

"苏紫姐——我大哥知道吗？"

"这和他没关系，不过你们邹家放心，那男人年龄大了，他也喜欢孩子，答应我会好好待丫丫的"

苏紫看邹红一副不太能接受的样子，于是又把谈话转入了正题"你好好考虑考虑吧，我这几天就拟好合同，你先回去给你家里人商量商量，如果同意只要签字就行了，这个公司——我现在只放心交给你做"

"苏紫姐——我——"邹红站在哪里，不知道该怎么好了。

苏紫给她一个鼓励的笑容"没事的，我相信你能做好，你认真考虑考虑吧"说完，苏紫拍了拍她的肩膀，转身忙其他的事了……

邹大峰找到了优优，优优一听到是他的电话先是给他挂了，后来他又打了几次，直到优优不耐烦了，才接了她的电话。

"邹大峰——你何必和苏紫过不去呢？你既然说过做不了情人你们可以做朋友的，就是看在丫丫的面子上，你也别再去为难她了好不好？那个男人是我老公生意上的朋友，对苏紫有好感不是一年两年了，他一个五十岁出头的鳏夫怎么可能配得上苏紫啊？"听到优优的那番话，他的脸上很是难看。

248

优优那边口气慢慢的平和了下来"经历了这么多，苏紫现在真的想过平常人的生活，可是那个鳏夫我是坚决不同意她接受的，她知道你恨她，她说她想躲开你躲开洛城躲开过去，来我这个城市开始新的生活，可是别那么逼她好吗？我知道她的脾气，一旦冲动起来也许真的和那个老鳏夫……"优优真的不愿意看到那样，所以她说不下去了。

从优优的口里得到了证实，一个猥琐的老鳏夫形象总在邹大峰的脑子里挥之不去，这让他恶心到了极点，于是邹大峰拨出了一串号码。

"喂——邹总——"苏紫的声音客气而又疏远。

邹大峰的口气一如既往的冰冷"如果你要结婚也行，丫丫的抚养权我会找律师找你谈"

邹大峰果然不是一般人，一下子能把苏紫的致命点掐的死死的。

"邹大峰——你够狠——"

"狠不过你——"邹大峰回复的很快。

电话里的苏紫喘息声很大，邹大峰紧张的拿着电话等苏紫的表态。

"好——只要你不把丫丫从我身边带走，我孤终一身"

听到邹大峰从话筒里用鼻音发出的恩字后，苏紫立刻把手机挂断了。

这边得到了苏紫给自己的保证，邹大峰心里清楚，这一次他没占到什么便宜。

既然大哥交代过的，公司的事邹红不会接手的，于是苏紫的公司还是苏紫的，好像一场误会，那些部门对公司也就没有追究任何的不是的，日子又平静了下来。

苏紫一到公司就发现苏月在门口等自己了，应该是有什么事，否则自己的妹妹没必要行这种迎宾大礼。

还没等苏紫开口，苏月就把她挡在了门口"苏紫——有人找你"有人找自己苏月也用不着这种态度啊，于是她心里开始有些紧张起来，"怎么了？"

"那个姓林的——"

苏紫脸上的表情僵住了，他来了，想见自己，可是分开这么久了，见到了又能说什么呢？已经过去了，干嘛还非要总是一再的揪起来？

"我今天一天都不会来公司了，你和邹红多忙些——"苏紫交代着，把手里的一叠方案递给苏月，好像真的打算尽快的离开这里。

苏月接了过来，可是当苏紫刚把身体转过去，一个声音就又一次震住了她。

"苏紫——"

林越出来了，看来是躲不掉了，这场面是见与不见现在都要相对了，苏紫站住了。

林越在离她不远的地方也站住了，他把手伸出来，手里是一个大信封"我来还你的钱，苏紫——这钱借了好几年了"

苏紫看起来成熟了很多，眼底是平静如水的从容。

林越却是明显的瘦了，轮廓分明的脸上有了沧桑的痕迹。

"你现在还好吗？"林越现在觉得只有这句话可以作为交谈的开始。

苏紫的微笑柔和而又坚定"恩——我很好—什么都好——"

"苏紫——我希望你真的好"

"恩我真的很好——"口气中的肯定苏紫很坚持。

十年

　　接下来两人相对无言，两个人早就彼此弄丢了对方，曾经自己那么深爱过面前的这个男人，曾经每个夜里他的影子都在自己的脑海里翻滚过，可是现在——

　　时间真的是一种很可怕的东西，它竟然能抚平一切，将心里好的或者坏的印记一点点冲淡，现在两人之间仿佛只留下了一个面目模糊的疤痕，如果再久些，也许什么都会很轻很淡，也许被风一吹，可能就会烟消云散吧。

　　他的声音把她从恍惚中拉了回来"苏紫——我觉得怎么都要来见你一面，无论如何都要给你当面道个歉，我——欠你太多了"

　　自己付出了那么多，现在终于得到了承认，苏紫释然的笑了"林越——你变了"

　　"是你让我变了，而且变了很多——"

　　"以前的事情都过去了，我没怪过你，要怪我只能怪自己，以前太认真了"说到这里苏紫自嘲起来"年轻时候谁没做过傻事呢，我只当自己疯癫了一次"

　　"我那时候太自私了，从来没为你想过，当出了那件事后才发现我原来也是爱你的"

　　"如果以前你能这么说，我会感动，但是现在—对我来说已经没任何意义了"

　　"我知道，但是我在心里憋的很久了，总是觉得还是应该对你说出来的"

　　"恩——谢谢你也爱过我"

　　分手后的男女如此心平气和的表达自己的意愿，十年的感情今天才算是划上了一个句号，这种结束似乎才是最圆满的。

　　林越小心翼翼的提出了一个要求"我可以再抱你一次吗？"

　　苏紫大方的投入了他的怀抱，并且紧紧地拥了拥他，不可能没有心酸，毕竟那么多年的感情倾入在了这个男人身上，这也是他肯在人前第一次拥抱自己，只是拥抱后的两人从此以后就不会再有任何的交集了，只要一松开便就是两个世界。

　　看着苏紫单薄的背影，腰却立的很直，从斜后方看过去，有着白皙清秀的侧脸和弧度优美的脖子，可是这些再也碰触不到了，林越心里明白，他早就失去她了……

深秋的夜晚，苏紫陪外地的两个客户应酬到很晚，大家都喝了点酒，客户的言语渐渐的就开始有些调侃的意味了，苏紫故意充耳不闻，自己单身而且又不算太老，所以这种情况又不是第一次碰到过，展开浑身解数的与对方斗智斗勇，终于才算躲了过去。

回到家已经很晚了，可是到了门口才发现有人等自己。

苏紫并不打算请对方进门，所以她说的也很直接"今晚我有应酬，所以我把丫丫送给苏月带了"

邹大峰走近了苏紫，彼此都闻到了对方身上的酒味，邹大峰厌恶的将头撇了过去"陪色鬼喝酒所以就不管孩子了"

苏紫微怒，却也竭力控制着"老客户了，业务上经常往来，今天实在是推辞不了了"

"你是喜欢这种应酬吧？被男人捧着——"

苏紫的脸上有些难堪，她不想和他继续口舌，从包里找出钥匙打开了房门，闪身进去了，不过邹大峰的速度的也很快，在苏紫就要把门关上的时候他也紧跟着一脚踏了进来。

苏紫忍不下去了，反正今天的心情也不怎么好"邹大峰—你到底想怎么样？"

邹大峰没理他，自顾自的去厨房给自己倒了一杯水，然后在客厅的沙发上大模大样地坐了下来。

苏紫看着这个男人一点也不拿自己当外人，轻车熟路的在房间里走动着，仿佛这个家他才是主人。

251

苏紫吸了口气，用手捋了捋头发"邹大峰我们今天好好谈谈吧？"

他抬眼瞟了她一眼，商场上谈判时的强硬本色立刻现了出来"和我谈？你现在有什么资格？"

苏紫脸色一变"无论我以前怎么对不起你，但是我们好聚好散，你没必要现在一次次的和我过不去吧？"

"和你过不去？哈哈哈"他的笑很轻蔑，仿佛没把她当成一个站着说话的人"我邹大峰是什么人？和你这样的女人过不去？"

看着他嚣张而又目中无人的样子，苏紫把还没来得及放下的包朝他扔了过去"那么你走——我不想看到你——"

邹大峰躲闪不及，被包砸中了，受到了屈辱的他立刻站了起来，挥手朝苏紫抡了过去，一巴掌打到了苏紫的肩上，趔趄了几步疼的她龇牙咧嘴了起来。

　　她没想到邹大峰真的会动手，这也是生平第一次有男人动手打自己，她定了定神，冷冷地看向他"我知道你恨我，可是我要怎么做你才能放过我？"

　　看样子邹大峰也没想到自己会动手打她，许久好像才缓过神来"我并不是真的想打你，你陪男人喝酒不管孩子，我只是很生气——"

　　苏紫懒得管他话里的真假，此时她把心横了下来"看在我欠你的份上，既然你只想让我好好带孩子不参与任何应酬，好——我答应你，你转告邹红，途远创意如果她不接，我就把它转给别人，我什么都不做了，只管给你带大丫丫"

　　听到苏紫真的要放弃她打拼多年的公司，邹大峰不太相信自己的听觉，没容他多想，苏紫的话又在他耳边响起了"不过你要答应我，别再恨我了，从今以后我们也就没有任何关系了，也别让我再看到你，你走吧——"

　　赤裸裸的逐客令如被人浇了一盆凉水，苏紫就站在那里，像一个冰冷的雕像。

　　不知道过了多长时间，邹大峰慢慢地走近了她"你一次次的凌驾于我的自尊之上，只会让我更恨你—"

　　看着邹大峰离开的背影，苏紫的心久久不能平和下来。

252

　　苏紫—你又惹下的一段冤孽，什么时候你才能还的清呢……"你的公司真的不做了？"优优听到后也感到吃惊。

　　"恩——转给邹红了"

　　"那你以后怎么生活？"

　　苏紫和优优打趣"你可以救济我们娘俩啊，我以后就靠你养了"

　　"我说真的呢？你以后打算怎么办？"优优这个时候可没有心思和她开什么玩笑。

　　"我现在手里的钱够把丫丫养大的，等丫丫成人了，如果想工作我可以再去杀入职场"

　　"等那时候你四五十了，还能做什么啊？估计只能干打扫卫生了？"

　　被好友这么奚落，苏紫却不温不火"到那时候我有两种路可以选，一是打扫卫生，二是找个老头嫁了，让老头养我，伺候我呗"

　　优优假装摸了摸苏紫的脸蛋，一脸的猥琐"越老的老头越喜欢风骚的女人，你那点骚劲底子太薄了，不照事——"

苏紫被她逗乐了，于是巴巴的拉着她的衣袖一脸正色的求她"到那时恐怕要劳烦姐姐你多指点妹妹我了……"

这么一闹，两人笑的停不下来了，引得旁边喝茶的人朝她们俩看过来，她俩才不好意思收敛了起来。

竟然又一次会有女人找上自己，苏紫觉得太可笑了，看来自己应该真的是一个传奇了。

找上门的女人漂亮的让人嫉妒，那么妖那么艳，看来邹大峰的口味真是包罗万象。

"有什么问题我希望你快点，我赶时间——"

"你——和邹大峰真的没有关系了吗？"

听到女人好奇的问话，苏紫在心里知道她是哪一种等级的女人了"

"是的——"苏紫的回答淡定而从容"已经过去很久了——"

"可是——"那女人对她的回答似乎不太相信"他和我在一起的时候，我听到他喊过你的名字？"

望着面前光鲜而不自信的蠢女，苏紫冷笑了一声，这时候出奇的有耐性给对方啰嗦"那说明他恨极了我，我在洛城曾经是一个众人皆知的女人，你应该听说过吧？"

那女人眨着一双美极了的双眸对她点点头"听说过——"

253

"任何一个男人都不能接受女人和自己在一起时还能和别的男人闹出那么大的风波来，更何况他是谁？他是社会名流—邹大峰"

"所以——以前的情意荡然无存后，他亲口对我说过，他希望我还不如那次死了他才痛快"

那女人听的愣住了，看到她呆滞的样子，苏紫觉得该说的都说了，最后在站起来的时候还是很有礼貌的宽慰了她一句"其实他人不错，又有钱，加油吧你"

看着苏紫急着离开，那女人又追问了一句"那个人听说调走了，你还和他有关系吗？"

这女人何止蠢，还好奇八卦喜欢胡乱揭疤，苏紫转头看了看问话的人。

"梦醒了——什么都没有了——"这是苏紫给她最后一个问题的回答……

十年

  又一年过去了，两周多的丫丫正是最可爱最讨人喜欢的时候，苏紫觉得自己一天都离不开她，苏月带炎炎和丫丫出去半天她都觉得放不下。

  原来做母亲的心情竟然是这般的神奇，孩子让自己的生活充满了灿烂，这世界上什么都不重要，只要活着，只要看着孩子健健康康快快乐乐的长大，就是人活着最欣慰的事情。

  苏紫觉得老天待自己真的不薄，又一次躲过了一场生死劫难 723 特别重大铁路交通事故发生后，温州动车的追尾撞车事件的确是牵动了全国上上下下所有人的心，伤亡惨重让任何人都为之汗颜。

  一家整洁明亮的宾馆房间里，今天一大早苏紫的手机几乎快要被人打爆了，她摩挲着丫丫的小脑袋笑着回应朋友们焦急的关爱，优优在一旁逗着孩子，看着她接电话，把孩子抱了过去。

  "优优听说我带丫丫在北京，非要赶来北京找我们，所以我不在那车上……"

  安抚好一个个家人和朋友，苏紫这才发现手机里有几个邹大峰的未接来电。

  她对着手机屏幕犹豫着，看着它发呆，优优问她"怎么了？'

  "邹大峰的电话——"

  "给他回过去吧，这时候你和丫丫的安危谁都是真的关心"

  听优优这么说，于是她给邹大峰拨了过去。

  但是邹大峰的手机一直占线，苏紫拨了两次后只好放下了。

  还没等自己刚放下手机，手机就振动模式的又响了起来。

  摁下接听键后，苏紫还没来得及开口邹大峰的声音就急切的传了过来"你在哪？苏紫快告诉我你们怎么样了？"

  听到这个久违了的关切声音，苏紫的心头有些发热"我和丫丫在房间孩子没事——我们都很好"

  "你的电话总也打不通，我担心的要死"

  "优优说她这次救了我，我们没坐那趟车，丫丫没事……"

  听苏紫这么说，邹大峰的情绪似乎得到了喘息"我现在已经在赶去北京的路上了，苏紫——我爱你"

  邹大峰的话苏紫听清楚了，她愣住了，这是邹大峰说的话吗？

  现在突然听到邹大峰真挚的表白，苏紫握着手机沉默了。

电话里的内容优优听出了大概"邹大峰来找你？"优优的脸上闪过明显的惊喜"真的吗？"

"恩——"苏紫还是有点恍惚，不太敢相信自己刚才电话里的听到了"可是他以前那么的恨我，恨不得——"底下的话苏紫没有再说下去。

"傻瓜他有多恨你就有多爱你，如果不在乎一个人让谁都懒得管对方的死活"

听优优这么说，苏紫有些半信半疑"他也许是真的恨我的，你知道他都怎么对我的吗？"

"猪头你——如果不在乎你，他会经常打我电话问你的事情？而且还不让你知道？"

"真的吗？"苏紫好像还是不太敢相信的样子。

"你啊你一直都那么要强，邹大峰恨你却又拿你一点办法也没有，可是每到你面前他总是也拉不下脸"

"可是苏紫——你还能接受他吗？"优优现在真的有点担心好友的这个问题。

听到优优这么问，苏紫沉默了一会，然后定定的点了点头"他是我见过的最出色的男人——至少我这样认为的，我想再也没有人像他一样那么爱我了，是我没有福分，所以错失了他——"

优优关注的听着，但是还是不放过她又问了她一个问题"那如果他来找你，想和你重合旧好，你会同意吗？"

255

"这次死神又放过了我一次，可能我命不该绝，我才发现我很多时候也恨他，但是更多的时候我发现自己还是很在乎他——"

优优由衷的替闺蜜开心"苏紫——抓住你的幸福吧，是你的终究怎么样都还是你的"

邹大峰很快的赶到了北京，不顾优优在场，一把抱过丫丫后使劲的亲了又亲，回过身来把苏紫也抱住了"苏紫——你们没事就好了"

"大峰——"

"苏紫——听到动车出事了，你知道我有多害怕吗？我真的害怕再也见不到丫丫和你了"

说完邹大峰将她拥了更紧了些"苏紫——我回来了，你还要我吗？"

苏紫慢慢的闭上眼睛，心里有个声音不停在回响着：回来就好，我一直在等，心一直都没有走开——

这种情景优优不是第一次见了，这个时候她可不想再做一个碍眼的灯泡了，她笑着从邹大峰的怀里把丫丫抱过来，带着孩子离开了这个屋子，并且轻轻的给两个人掩上了门。

"老男人乖乖地回你身边了，一个大师对我说过，人生短短几十年，如果渡不出红尘，就应该珍重你爱的，珍惜爱你的"邹大峰紧紧地抱着她，生怕这个让自己日夜难安的女人会再一次的从他身边消失了。

"我留下信后你却没有找过我，你知道我当时有多失望多恨你吗？"邹大峰问她。

"我以为你真的不愿意要我了，对于一个闹得满城风雨声名狼藉的女人，一个挺着大肚子被另一个男人再一次抛弃的女人，我当时真的已经没有一丝的勇气了，所以我只好等，如果你回来，那就是老天真地在怜悯我，如果你不来，那我注定这辈子不会再有爱了"

"苏紫——你太倔强了，我以为你会拉我一把的，哪怕你伸手拉我一下下，只要你低头一次承认在乎我，我都可能放弃男人所谓的自尊回头找你"

"我知道——"苏紫打断了他"所以你后来才会说那样的话来伤我，我明白的，我知道你在生我的气，我知道……"

"苏紫——我再也不赌气了，再也不要什么可怜的自尊了，再也——不会离开你了——"

256

温热的泪爬上了苏紫的脸"大峰别生我的气了《十年》只是我的曾经，而你是我的现在并且是我的将来，甚至愿意接受你是我的永远，"苏紫这样对邹大峰说……

后记

　　司机老王不时的伸头张望着，而车里的一家三口等的也有些不太耐烦了，前面的车由于出了点小事故，在那里纠缠不休，车里的妻子不停地看着手上的时间，怕耽搁了送孩子去机场的时间，孩子这次去英国上学的所有手续都办妥了，就差送他上飞机了，英国那边接机的人都联系好了，让人家等真的是太不合适了。

　　一个汉子蛮横的在哪里叫嚷着"你赶时间，谁他妈的没事啊"

　　"可是我们好好商量，你看赔多少，我们私了算了，你看堵的后面的车真的不太好吧"一个斯文模样的女人在与他好声商量着

　　"如果真的这样横在这里，等保险公司的人来这得多耽误时间啊，再说了，我真的有急事，大哥你帮帮忙好吧……"

　　那汉子很嚣张，一看就不是什么好惹的主，"不行，不等保险公司的人来，我这车的赔付估计你一时半会也扯不清楚，知道我这是什么车吗？车里的配件不好弄你知道吗？"

　　后面的车主急了，有的忍不住按喇叭焦急的催着。

　　"催什么催？老子今天不走，你们都给我等着吧！"那男人横着脖子一副有恃无恐的样。

　　斯文女人拿着电话给人打电话，满脸的无奈"恩——对不起，我这边出了点事，估计不能按时赶到了……不好意思，一会我让人把合同给你送

过去，你先看看合同……恩……真不好意思……"

车里的儿子幸灾乐祸的笑着"妈——看来真的走不了我就不走了呗，我可真怕过那种天天吃汉堡的日子——"

车里的母亲立刻瞪了儿子一眼，继而又看了看前面的丈夫"大峰——你看你儿子，怎么这么没有宏伟大志？"

邹大峰翻看着手里的一叠资料，扭过头来冲着家人来了一句"不走就不走呗，反正我也舍不得儿子，等儿子上大学的时候再让他出国也不晚啊"

看到自己的男人和自己不在一条战线上，妻子也同样瞪了瞪了丈夫一眼，不想再和他们理论，于是也把伸出车窗，看看事故有没有新的转变。

这时候从后来风风火火的走上去一个女人，拉开那男人所谓的好车车门，一屁股坐了进去，发动车子的引擎，没等那男人反应过来，她利索的一旋方向盘，把车子往路边开了过去，邹大峰刚才没注意那个女人的模样，眼睛里只看到了车子划出一个很漂亮的弧线。

"喂——喂——你干嘛的？"那汉子跑到自己的车跟前，对着车里的女人嚣张的叫嚷起来。

那女人拉开车门，走了出来，一件灰色的毛衣长衫，下面一条素色花色长裙，钻出车子，不理那汉子的质问，她在那里也冲他嚷了起来"你一个大男人，磨叽什么呀磨叽？时间就是金钱，时间就是生命，你在这里算是谋财害命知不知道啊你？"

被这女人一顿抢白，这男人顿时接不上话来，当着这么多人的面，顿时赶到颜面扫地，他挥起拳头，想朝女人挥过去。

没想到那女人够泼辣，头一拧眼睛朝她不示弱的瞪过去"打人？好啊你打啊，你要是真敢打我，，你信不信我能讹得你倾家荡产？"那男人被她的凛气镇住了，举起的手停在了半空中。

见男人不会下手了，女人又瞪了他一眼"在这里等保险公司的人吧，也算是你放过我们大家了"说完她转过身子朝自己的车里走了过去。

邹大峰这次看得很清楚，这女人倔强的脸上因为得逞后挂满了小小的得意。

"这美女太酷了——"儿子被她的气势由衷的折服了，于是勾着头追随着女人的身影，后来坐回到车里又口无遮拦的嘟囔了一句"我喜欢这种女人，以后我找女朋友就她那样的了——"

母亲又瞪了儿子一眼"以后你要真给我找个这样的姑娘，我这个当妈的还不得天天供着，我的日子可怎么过啊"

后面的车子都开始发动起来，老王也缓缓地将车子朝前开去，赶时间的车子一辆辆的飞驰起来，很快的，那女人的车子也超过了他们。

那女人的一个侧脸很快地从邹大峰的身边掠了过去"这女人太厉害了，谁要是找了她，呵呵……"邹大峰摇着头笑了，底下的话就没再说出来……

"笑什么呢？快点吧，我们可别迟到了——"苏紫过来催邹大峰"我可不想给邹沐林一个不好的印象"

为了迎接邹家大少爷的这次回国，邹大峰看出来苏紫几天前就有些紧张了。

"我给你说了，你不用那么紧张——沐林肯定会喜欢你的"邹大峰将手搭在了她的肩上，又一次的安慰她。

"我没把握，毕竟我是他小妈了，如果他不接受我和丫丫怎么办呢？"苏紫还是不能自信起来"不行——我还是再去换件衣服吧——"说完苏紫又神经的朝衣帽间走去。

邹大峰一副贼贼的样子，看着她跑走的背景，冲她大声地喊了一句"放心吧——老子和儿子的品味差不多的——"

一个月后，一栋精巧的别墅楼台里，邹大峰环搂着苏紫的肩头，夕阳的余晖将他们的影子披上了蝉翼般的薄纱。

两人不时扭头看着邹沐林带着丫丫在房间里疯闹，丫丫很开心，不停的咯咯直笑，现在走到哪里都要缠着她的沐林哥哥。

"戒指我可是买给你了，什么时候才能给我一个法律上的名义呢？"

苏紫踮起脚主动吻了吻他，小鸟依人般的女人娇羞模样"再等等吧"

"还要等？"邹大峰扭头看了看她。

"反正你和女儿都在我身边，现在我不急，但是我的准岳父岳母催的急啊？"

苏紫笑的很灿烂，双手环抱住了他的腰"我要策划一场最美的婚礼，我要我的女儿成为我婚礼上最美的花童——"

259

十年

　　林越调回了京阳，洛城对于他来说，有太多让他终生难忘的东西，遇见苏紫仿佛是他做过的一场梦。

　　偶尔听文清说起过，苏紫现在过得很好，在任何眼里都很幸福。

　　当他合上了《十年》百般滋味仍然会涌上心头，久久不能释怀。

　　苏紫的《十年》里有林越太多的回忆，当拥有的时候不好好珍惜，过去了就真心的祝福彼此吧。

　　有一次他去洛城，人流中恍惚见到过苏紫，一袭白流苏长裙，牵着一个天使般女孩的小手，脸上的笑容还是和以前一样在林越心中永远的还是那么美……